Les adorantes aventures
d'Ursule
Flatule

1. LA PROPHÉTIE

www.slpennyworth.com

S.L.Pennyworth

Les odorantes aventures d'Ursule Flatule

1. LA PROPHÉTIE

Dédicace

© S.L.Pennyworth 2022

Ceci est une œuvre de fiction. Les noms, les personnages, les lieux et les faits décrits ne sont que le produit de l'imagination de l'auteur, ou utilisés de façon fictive. Toute ressemblance avec des personnes ayant réellement existé, vivantes ou décédées, des établissements commerciaux, des événements ou des lieux ne serait que le fruit d'une coïncidence.

Tout droit réservé. Aucune partie de ce livre ne peut être reproduite ou transférée d'aucune façon que ce soit ni par aucun moyen, électronique ou physique sans la permission écrite de l'auteur, sauf dans les endroits où la loi le permet. Cela inclut la photocopie, les enregistrements et tout système de stockage et de retrait d'informations. Pour demander une autorisation ou pour toute autre information, merci de contacter S.L.Pennyworth, simonne.l.pennyworth@gmail.com

Le Code de la propriété intellectuelle interdit les copies ou reproductions destinées à une utilisation collective. Toute représentation ou reproduction intégrale ou partielle faite par quelque procédé que ce soit, sans le consentement de l'auteur ou de ses ayants droit ou ayant cause, est illicite et constitue une contrefaçon, aux termes des articles L.335-2 et suivants du Code de la propriété intellectuelle.

ISBN 9782493749178

Du même auteur

Auto-édition

Romance
Bert & moi
D&D – L'affaire du petit-déjeuner
Bert & Dan – Le hibou de Noël
Les cowgirls ne renoncent jamais, et en amour encore moins
Les cowgirls ont toujours raison, même quand elles ont tort
Un livre pour Noël – Patinage & Commérages

Série – Muffin & Majesté
Tome 1 : Il faut sauver le prince Goran
Tome 2 : Mon royaume pour la pâtissière
L'intégrale
Les recettes de Martina

Spin-off : Guitare & Addiction

Urban Fantasy
Série – Le Livre de Kris
Tome 1 : Délivrance
Tome 2 : Alliances
Tome 3 : Allégeances
Tome 4 : Vengeances
Tome 5 : Ascendances
Tome 6 : Discordances

Thriller
Série – Homaro
Tome 1 : Étoile, Croix, Croissant
Tome 2 : Mosquée, Synagogue, Église
Tome 3 : Bible, Coran, Torah

Chez 404 éditions

Steampunk
Détective Lachance – Les cartes musicales
Les aventures inattendues d'Olympe Valoese

AVERTISSEMENT

Dans ce livre, vous entrez dans la tête d'Ursule Flatule. Elle vous raconte son histoire, ce qui entraîne une prose différente de ce que l'on peut trouver dans les livres. C'est une prose « parlée », avec des jurons, des exclamations, des répétitions, des digressions, des discussions sans queue ni tête, des réflexions, un quatrième mur complètement brisé (elle va pas mal interpeller le lecteur), des phrases grammaticalement à revoir et un vocabulaire pas toujours très riche. À titre d'exemple, pas de prunelles, pas d'iris, on dit yeux parce que qui dit prunelles dans le langage courant ?
Parfois, vous allez vous retrouver dans la tête du héros, c'est un peu mieux, mais c'est pas non plus du Tolkien.
Alors, si vous n'aimez que la belle prose, travaillée, exempte d'erreurs et que vous ne supportez pas le langage parlé, passez votre chemin. Promis, je ne vous en voudrais pas.
Il y a également pas mal de références à la culture geek. Certaines, évidentes, témoignent de mon amour pour la trilogie « Le seigneur des anneaux » de Peter Jackson et surtout un personnage, incarné par Viggo Mortensen. D'autres références, plus discrètes, vous seront peut-être moins accessibles. Mes alphas les ont eues quasiment toutes.
Le concours est lancé !

À Aragorn

Odeur 1

L'effluve du pétunia suffit-il pour couvrir celles des déjections humaines ? Je parie que vous ne vous êtes jamais posé la question.

Pourtant, en voilà une importante. Vous saviez que derrière le désodorisant que vous pressez (ou devant lequel vous passez, cela dépend du niveau de technologie que vous mettez pour dissimuler vos émanations) se dissimule tout un processus de création de parfum ?

Ouais, c'est chimique.

Ouais, quelquefois ça pue davantage que l'odeur que c'est censé couvrir.

Ouais, quand vous le déclenchez dans la cuisine, ça sent les chiottes. Personne ne vous demande de le foutre dans la cuisine aussi.

Bref, y a des gens qui travaillent là-dessus. Parfois même des années. On bosse sur le parfum, sur les composés, sur la manière dont on peut fabriquer à moindre coût et sur le nom. Brume du matin, vent des plaines et tout ça... dans certains cas, c'est l'équipe marketing, dans d'autres, c'est nous.

Ah ouais, c'est le moment où je vous explique pourquoi je vous dis tout ça.

OK.

Je m'appelle Ursule Flatule.

Je vois vos rictus là... c'est pas drôle.

Enfin, si, ça l'est. Mes parents avaient un sens de l'humour douteux. Ouais, avaient. Ils sont décédés l'année dernière dans un putain d'accident de voiture impliquant un conducteur ivre et une marque qui lésine sur les freins. Ah, crotte, vous souriez plus.

C'est le moment où je vous dis que ce n'est pas vrai. Que je possède moi aussi un humour douteux et que mes parents vont curieusement bien après trente ans de mariage. Ils habitent toujours ensemble dans leur petit pavillon de banlieue. Il y a bien eu un incident l'an passé, mais ça n'a impliqué que la tondeuse, mon père bourré et les nains de jardin de maman.

Enfin, ça fait souvent cet effet-là aux gens. La mort... paraît que c'est une odeur désagréable aussi. Je confirme. Les cadavres, ça pue grave.

Comment je le sais ?

Je suis nez. Vous voyez les gars et garses (la faute est volontaire) qui produisent les parfums en sniffant toute la journée. Ben voilà, c'est mon boulot. J'avoue, ça pète. Quand je le dis, en général, les gens sont épatés. Je suis nez. Bon, pas le genre à bosser chez Givenchy en revanche.

Non plutôt chez Mouffette and co, créateurs de parfums d'ambiance et de désodorisants. Le fondateur de la boîte aussi a un humour douteux. Ou avait. Je ne sais pas du tout s'il est encore en vie.

Donc voilà... les effluves, c'est mon rayon.

– Ursule ?

La Prophétie

Je me tourne vers Ulysse (chacun sa croix), mon collègue. Assez beau gosse quand il enlève ses lunettes rondes et qu'il ondule sur la musique de Beyoncé. Ouais, je suis jalouse de son déhanché. Mais j'avoue, il met de l'ambiance dans nos soirées du vendredi. Toute l'équipe se réunit au bar de l'espoir (parce qu'on en a encore) et on boit pour oublier qu'on a tous la vie sociale d'une huître.

Le problème, c'est que le vendredi, c'est karaoké. Donc on chante. Je vous jure, on a tous passé un cap la première fois qu'on a entendu Gontran (chacun sa merde) s'égosiller sur YMCA... et enchaîner la chorégraphie. Ça a bien resserré les liens du groupe. Est-ce que c'était nécessaire ? Je ne sais pas. Peut-être pas à ce point-là. Enfin, je digresse, Ulysse attend.

— À ton avis, lys ou géranium pour un parfum d'ambiance dans un ascenseur ?

Je hausse un sourcil. On me l'avait jamais faite celle-là.

— Un hôtel nous a passé une commande spéciale, explique Ulysse.

— OK... aucun des deux. Plutôt herbe coupée ou soleil. C'est apaisant.

Ulysse fait la grimace, se gratte la tête avec son stylo mordillé puis retourne à son poste pour réfléchir à sa formule.

J'essaye de me concentrer sur la mienne lorsque la terre se met à vibrer. Je vous arrête tout de suite, je m'appelle Flatule, mais je sais me contenir. On se regarde les uns les autres alors que les tremblements s'amplifient. Les éprouvettes cliquettent, ma tasse de café marquée « Meilleur nez du monde » tressaute avant de tomber et de s'écraser au sol.

J'ignore quoi faire dans ces cas-là. On doit se foutre sous un truc, non ? Faut dire qu'en plein cœur de Nîmes, on n'a pas trop l'occasion de pratiquer nos réflexes anti-séisme.

— Sous les paillasses ! hurle soudain Marlou (ce n'est pas un surnom, mais la contraction de Marie et Lou... y a des parents à flinguer).

Joignant le geste à la parole, elle se précipite sous la sienne. Je l'imite. Tout vacille, notre équipement en prend un coup et je m'inquiète subitement de savoir si le bâtiment dans lequel on se trouve ne va pas non plus s'écrouler.

Ci-gît Ursule Flatule. Morte dans l'effondrement de Mouffette. Pas terrible comme épitaphe.

— C'est maintenant que je vous dis que je suis sismophobe ? crie Ulysse.

— Sérieux ? Parce que tu le savais avant ? s'étonne Marlou.

Bon point. Personnellement, je ne sais pas si j'ai peur des tremblements de terre, je ne me suis jamais posé la question. Jusqu'à aujourd'hui.

— Ben... non, répond Ulysse.

Je lève les yeux au ciel. Sérieusement. La secousse s'intensifie. J'entends des cris provenant de dehors. À la fois de l'extérieur et des labos adjacents. Des bruits de désordre, d'accident, de tôle froissée et de verre brisé. Je m'attends presque à voir arriver les Quatre Cavaliers de l'Apocalypse lorsque le faux plafond s'effondre en partie sur ma paillasse. Je me recroqueville pour ne pas recevoir de la poussière dans les yeux.

Je ne sais même pas s'ils ont fait désamianter le bâtiment. Remarquez, si c'est la fin du monde, on s'en branle.

Et puis, la secousse s'affaiblit avant de s'arrêter. Je déglutis, regardant de part et d'autre si je peux sortir et si mes collègues sont indemnes. Bon en vrai, je peux pas. Avec le plafond sur mon poste, je ne vois rien.

— Ursule ? s'inquiète Marlou.

— Je vais bien, assuré-je en m'extirpant de sous le bureau.

Elle m'aide en écartant les plaques et me tire vers elle. Ulysse et Gontran nous rejoignent. Ulysse arbore une plaie sur le visage, mais elle ne semble pas profonde. Gontran claudique un peu.

— Je me suis tordu la cheville lorsque je suis descendu de ma chaise, maugrée-t-il quand on lui pose la question.

J'observe les dégâts.

Importants.

La plupart des instruments sont tombés et se sont brisés. Certaines substances se sont mélangées, créant des senteurs vraiment... spéciales.

— Bon sang, je vais être obligé de tout recommencer, gémit Marlou en s'approchant de son poste.

Elle était en train de bûcher sur un parfum pour des bougies d'intérieur, la nouvelle branche que notre patron veut intégrer au panel de Mouffette & Co. Oui, oui, mes collègues travaillent sur les bonnes odeurs et moi, je suis toujours rendue aux désodorisants des toilettes. Voilà... l'histoire de ma vie.

— Vous allez bien ?

C'est Adam (pas de remarque particulière), le directeur des ressources humaines qui vient vérifier qu'on va bien. Je ne sais pas si ça fait partie de la fiche de poste. Licencier, oui. Embaucher également. Récolter les plaintes des salariés aussi. Faire le lien entre les patrons et nous encore. Contrôler qu'on va bien après un séisme, je ne sais pas. Ou alors y avait plus que lui.

— On est tous entier, réponds-je. Et le reste du bâtiment ?

— Pour le moment que des blessures légères, annonce-t-il.

Il s'approche d'Ulysse et vérifie la plaie. Il a été infirmier dans l'armée à ce qu'il paraît. Comment il est devenu DRH, aucune idée.

— Pas besoin de points de suture, diagnostique-t-il. Venez avec moi, je vais faire un pansement. Tout le monde se rassemble dans la salle de pause.

On acquiesce puis on le suit, non sans avoir récupéré des affaires essentielles : nos portables. Miracle, les antennes relais n'ont pas été touchées. Je surfe rapidement sur les actualités. Apparemment, c'est encore trop frais, je ne trouve rien.

Frustrée, on rejoint les autres équipes. La salle de pause est une pièce assez vaste dotée de deux machines à café, d'un endroit cosy avec canapés et boîtes à livres et de plusieurs tables rondes pour manger tranquille. Évidemment, quand on arrive, bons derniers visiblement, les machines à café sont surbookées, les sofas ont été pris d'assaut et il ne nous reste plus qu'un tabouret de libre. Qu'on laisse à Ulysse pour qu'Adam puisse soigner sa plaie.

J'observe mes collègues. Les discussions vont bon train entre ceux qui ont déjà vécu des séismes, mais plus faibles, les experts, ceux qui craignent les répliques et ceux qui sont simplement paniqués. Il y a aussi les parents qui appellent les écoles pour demander des nouvelles de leurs enfants et globalement ceux qui ont une famille qui tentent de les contacter.

Les réseaux vont être saturés, pire qu'au Nouvel An.

Et pourtant, mon portable vibre.

Je soupire. Ma mère. Je l'aime hein, mais elle me gonfle. Quand elle vient prendre des nouvelles, c'est trois quarts de plainte pour un quart de compassion. Cependant, il faut que je décroche, on ne sait jamais.

– *Ursule ? Ursule ? Tu vas bien ?*

– Salut, maman, oui ça va.

– *Oh, je suis soulagée. Si tu savais comme j'ai eu peur. Avec ton père, on n'a pas arrêté de se demander si tu avais trouvé un abri ou si tu étais dehors... on s'est fait un sang d'encre. Tu ne peux pas t'imaginer.*

Non, je ne peux pas imaginer. Je retiens un commentaire acerbe.

— Désolée maman, grimacé-je finalement. Vous allez bien ?

Oui, je sais, je pose la question, faut pas s'étonner après.

— *La maison a tenu le coup. Quelques cadres de brisés, mais c'est tout. Un des lustres du salon est tombé aussi, mais c'était celui de mamoune, donc bon...*

J'entends mon père grommeler en fond. Mamoune, c'est sa mère. Elle a toujours eu un goût douteux pour la décoration d'intérieur, persuadée cependant d'avoir un style parfaitement sûr. On a quelques horreurs à la maison qui témoignent pourtant du contraire. Si le lustre est cassé, ça en fait un de moins. Je comprends que maman soit contente.

— *On a eu des nouvelles de ton frère aussi. Il a appelé dès qu'il a su pour le tremblement.*

Je lève les yeux au ciel. Mon frère, cet homme fabuleux parfaitement empaffé. Avec sa vie géniale, ses enfants magnifiques et intelligents, sa femme sublime... Il a tout réussi... surtout à devenir un connard arrogant et égoïste. Mais comme c'est un lèche pompe de première classe, personne ne le remarque, tout le monde le plaint et je passe pour la jalouse aigrie.

— Ils ont eu des dégâts eux aussi ?

— *Non, apparemment le séisme est resté localisé ici, ils n'ont rien eu à Bordeaux.*

Dommage. Ouais, je suis méchante. Mais ça fait vingt-neuf ans que je me les coltine, lui et sa perfection.

— Ursule ! appelle Marlou. On a besoin de toi.

Je fronce les sourcils. Je ne vois pas en quoi on pourrait avoir besoin de moi. Puis elle m'adresse un clin d'œil. Je comprends qu'elle essaye de me sauver la mise. Je souris.

— Maman, je dois y aller. Il faut que j'aide mes collègues. Je t'appelle plus tard.

— *D'accord, ma chérie. Sois prudente.*

Je raccroche et soupire.

— Merci Marlou. On en sait plus sur ce séisme ?

— Non, assure Gontran, le nez dans son téléphone. Y a pas encore beaucoup d'articles qui en parlent, mais les journalistes spéculent. Apparemment, il serait de magnitude huit. Ça n'existe pas par chez nous. Les géologues essayent de comprendre ce qu'il s'est produit.

J'ai envie de dire avec le climat tout pourri, les framboises en novembre et la canicule en juin, on peut subir des tremblements de terre en janvier. Ça me semble assez logique. Mais je ne dis rien. Parce qu'en vrai, je sens vaguement qu'un truc va arriver.

Et mon nez ne me trompe jamais.

Odeur 2

Je parviens chez moi vers 19 h. Ce qui n'a rien d'exceptionnel en soi. C'est plutôt le côté, j'ai arrêté de bosser à 15 h et je rentre quand même à 19 h qui se révèle un peu frustrant. Sérieusement, quitte à ne pas nous faire travailler, on aurait pu retourner à la maison pépère. Même si soyons honnêtes, j'aurais sans doute fait pareil, à savoir trouver un café pour rester avec les collègues et parler de ce qui s'est produit.

Les informations sont arrivées les unes après les autres.

Nîmes s'avère l'épicentre du séisme qui a touché le Gard. Bon, mais curieusement le tremblement de terre n'a affecté que la métropole en fait. Étrange parce que vu la puissance, ils auraient dû ressentir des secousses, y compris vers Montpellier. Ils peuvent pas nous blairer, même nos séismes quoi.

Les premiers dégâts, photos à l'appui, ont également été recensés. Ça fait froid dans le dos. Le centre-ville a été le plus touché, des immeubles se sont fissurés, les deux flèches de l'église saint Baudile sont tombées sur l'université, le musée de la romanité a perdu les trois quarts de sa façade.

La pire nouvelle concerne le monument emblématique de la ville.

La moitié des arènes se sont écroulées.

Apparemment, ce n'est pas normal. Compte tenu de la puissance du tremblement de terre, Nîmes aurait dû être rayé de la carte. Mais non. Les sismologues sont sur le pied de guerre pour comprendre cet étrange phénomène. Soit les anciens dieux romains nous ont toujours à la bonne, soit ben la planète se détraque encore. La deuxième hypothèse me paraît plus probable.

Par chance, et franchement je ne sais pas comment c'est possible (et les sismologues non plus), aucun mort n'est à déplorer. Du moins pas à l'heure actuelle. Il y a quelques disparus et on prie pour les retrouver rapidement. Sinon on pourra peut-être se taper une apocalypse zombie. Ça va être tordant.

Égoïstement, j'espère que mon appartement sera libre d'accès. Je me dis que le propriétaire aurait dû m'appeler s'il y avait eu des dégâts. Comme j'habite à dix minutes à pied de l'église Saint Baudile, autant, j'ai plus de maison.

Ouais, je sais, je devrais pas avoir de considération aussi terre à terre. Mais déjà, j'ai un chat qui m'attend et vu le phénomène, je crains fortement qu'elle ne se soit oubliée un peu partout, qu'elle ait fait ses griffes sur le canapé ou que je la découvre coincée au-dessus du chauffe-eau dans le placard à bordel de la salle à manger.

Si en plus l'immeuble s'est effondré, clairement je me fiche qu'elle soit quillée quelque part tant que je la retrouve en vie.

Donc bon… je ne vais pas dire que les scènes de destruction sur le chemin pour rentrer ne me font rien. Ni même que j'aimerais bien rester avec les gens pour discuter des différentes possibilités en regardant les pompiers autour des arènes pour essayer d'évaluer les dégâts, de dégager les axes routiers et surtout de libérer le palais de justice légèrement bloqué.

Non en fait, je n'ai aucune envie de tailler le bout de gras avec du monde. Je suis foncièrement égoïste. Ce qui m'importe ce sont mes proches, mon chat, ma maison. Voilà. Je vous défie de me dire le contraire. Dans la liste de vos priorités, vous pensez aux inconnus ? Si oui, ben vous êtes meilleurs que moi. Ou hypocrites.

Bref, la voix de Agnetha et le dernier album d'ABBA dans les oreilles (oui j'adore ABBA, c'est comme ça, faites-vous à l'idée), je m'avance vers mon immeuble. Je soupire de soulagement en constatant que ma rue n'arbore que peu de dégâts. Le bâtiment tient encore debout, exhibant juste quelques fissures. La porte est légèrement dégondée. Clairement, ça pourrait être pire.

Je force un peu pour rentrer dans le hall et monte les trois étages sans ascenseur. Trois niveaux à l'ancienne, bien sûr. Et malgré le fait que j'habite dans cet appart depuis six ans, j'ai toujours le souffle coupé quand je parviens au dernier palier. Hors d'haleine, je me rends compte que j'ai oublié de prendre le courrier.

Je considère vaguement la cage d'escalier et soupire. Ouais, ben ça attendra. Je vais pas redescendre, rien à foutre. En tournant les clefs dans ma serrure, j'entends des hurlements à l'étage du dessous. Curieux, d'habitude l'hôpital de jour est fermé depuis belle lurette.

Mais peut-être que le séisme a compliqué les choses. Enfin, qu'ils comptent pas sur moi pour aller voir. La dernière fois, je me suis ouvert le petit doigt du pied contre l'angle de ma douche (oui bon, ça va, j'ai deux mains gauches et aucune coordination). Je me suis traînée chez eux, boîtant, pissant le sang pour demander des compresses. Ils m'ont refoulée. Parce que, vous comprenez, on n'est pas là pour les plaies, mais uniquement pour administrer leurs traitements aux personnes mentalement instables.

J'ai dû téléphoner à une ambulance (parce que j'ai pas le permis, sinon c'est trop simple et que je ne me voyais pas très bien prendre le bus ou un taxi avec le pied sanguinolant) pour me rendre aux urgences où j'ai poireauté cinq heures. Durant lesquelles ma mère m'a assaisonné. Bref... Je ne vais pas les plaindre, bien fait pour eux.

J'entre chez moi, enlève mes chaussures, ma veste et mon bonnet et appelle Chaplin. Ma chatte. Oui, elle a un nom de mec. En même temps, visualisez sa tronche. Toute blanche sauf une moustache noire sous le nez. Vous l'auriez nommée comment à ma place ?

Ma compagne à quatre pattes n'arrive pas. Ce qui m'inquiète. Je vérifie le chauffe-eau dans le placard.

Je ne l'y trouve pas. Mentalement, je soupire de soulagement. Je continue de l'appeler pour la découvrir finalement roulée en boule tranquille pépère derrière les coussins du lit.

— Ah ben, d'accord, dis donc, tu pourrais répondre dès le premier coup, non ?

Elle ouvre un œil, visiblement peu concernée par ma présence puis se repelottonne. Non, mais... Et si je touche le paquet de croquettes, elle va radiner, forcément. Les félins, ces ingrats.

Je sors de la chambre et me rends dans la salle de bain pour prendre une douche tout en songeant à ce que je vais regarder. Je me déhanche sur *Dancing Queen* me disant que *Mamma Mia* ! pourrait être une option si je ne l'avais pas vu la semaine dernière.

Je soupire. J'ai terminé Les chroniques de Bridgerton aussi. Je dois donc me dégoter une nouvelle série. Je déteste ces après-séries. Je me sens toujours particulièrement vide dans ces moments-là.

Je m'habille avec mon pyjama licorne (oui ben je suis célibataire, autant me faire plaisir et il tient chaud en plus) puis me rends dans la cuisine pour fureter dans le frigo. Je décide de me préparer des œufs au plat avec du lard frit, style château ambulant. Tiens, bim, je vais regarder ça, ça fait longtemps.

Je m'apprête à casser les œufs lorsqu'on frappe à la porte. Je suspends mes gestes et attends un peu. Parfois, j'entends taper chez les voisins. Merci l'absence d'isolation phonique.

On récidive.

Je grimace. Bon, c'est pour ma pomme. Je n'ai aucune visite de prévue, mais avec la porte dégondée en bas, je suppose que n'importe qui peut rentrer.

De toute manière, j'ai l'habitude. Avec les malades de l'hôpital de jour, on a, de temps à autre, des sorties de route à gérer. J'espère juste que mon voisin légionnaire est chez lui pour pouvoir bénéficier de sa protection si jamais ça tourne au vinaigre. Bon au pire, de l'autre côté du palier, y a un douanier.

Je maudis le propriétaire de ne pas avoir mis de judas et déverrouille prudemment. Non parce que si vous croyez que je suis ceinture noire de karaté, vous vous plantez. C'est tout juste si je parviens à toucher mes pieds quand j'essaye de faire du yoga alors...

Sur le seuil, je découvre un homme. Bon OK, il est beau gosse. Cheveux mi-longs, ondulés, plutôt sec, bronzé, la barbe de trois jours, les yeux verts... il a un faux air de Viggo Mortensen, version Aragorn. Oui, le seigneur des anneaux fait partie de ma deuxième fixation.

Du coup, forcément, ma méfiance diminue énormément. Si Aragorn sonne à votre porte, franchement, vous risquez rien. En plus, il a une bonne odeur. Je suis nez hein, ce sont des choses que je remarque. Sans souffrir d'hyperesthésie olfactive, je suis quand même douée d'hyperosmie. Le parfum des gens revêt pour moi une place quasi égale au physique. Je me souviens d'ailleurs plus des effluves que des visages.

Celle de ce type, un mélange de soleil, de cuir, de cannelle et d'océan, incarne la virilité à son maximum.

— Madame Flatule ?

Il a tout mon respect. Il formule cela sans esquisser le moindre sourire, avec un sérieux à toute épreuve dans son manteau de cuir. Il est encore à la mode des années 90, mais c'est pas pour me déplaire, c'était les meilleures années.

— Hmmm, non, madame Flatule, c'est le deuxième étage, là où il y a marqué hôpital de jour. Il faut demander la docteur Flatule. En général, ils prétendent qu'elle ne travaille pas ici, mais insistez un peu.

Oui, non, c'est pas parce qu'il ressemble à Aragorn que je vais lui dire qui je suis et tout et tout. Je suis pas encore tout à fait tarée. Même si je conserve cet appartement pour le jour où je tourne définitivement la carte. J'aurais pas à aller loin pour chercher mes cachets et c'est appréciable.

L'inconnu fronce les sourcils et penche la tête. Il a l'expression de quelqu'un qui hésite, mais qui semble quand même sûr de ses informations.

— Ursule Flatule ? Mes renseignements sont formels.

Je grimace. Je ne réponds rien et il enchaîne.

— Je suis envoyé par la F.I.S.C.S.

J'ouvre des yeux grands comme des soucoupes. Crotte, le fisc quoi !

— Bon, OK, j'ai menti sur ma déclaration. Mais à ma décharge, c'était une erreur de bonne foi ! On m'a dit qu'après que j'avais pas le droit de déclarer ça et du coup, je voulais pas vous embêter pour ça. Je sais que vous avez pas mal de trucs à faire, à calculer, de taxes à créer et tout... Franchement, je pensais que je faisais un acte citoyen quoi. Par contre, si vous pouviez me dire qui m'a dénoncé... Cherchez pas, c'est Gontran. Je suis sûre que c'est lui qui m'a balancé... alors que c'est lui qui m'avait dit de le faire. Et clairement, lui, vous pourriez le contrôler. Je suis certaine qu'il déclare le double de la pension alimentaire qu'il verse à sa femme.

Il y a un instant de flottement alors que je reprends mon souffle. Il a l'air un peu paumé. Aussi bien j'ai gaffé. C'est bien ma veine, ça. D'avouer un crime comme ça.

Alors qu'il ouvre la bouche pour parler, ma chatte se barre. Crotte. J'ai laissé trop longtemps ouvert.

— Chaplin ! Reviens ici !

Il s'écarte pour me livrer le passage. Ma chatte fait quelques pas sur le palier puis me regarde. Je sens qu'elle va perpétrer une nouvelle connerie juste pour m'emmerder. Et comme prévu, elle saute sur la rambarde pour descendre les escaliers.

C'est pas vrai ! Je sais que les chats sont des funambules, mais y a plus de six mètres de hauteur. Si elle se foire, elle meurt. Elle est presque arrivée au milieu de la volée de marches lorsque je parviens dans la cage d'escalier.

— Chaplin !

Je m'énerve, dans le vain espoir qu'elle m'écoute.

Elle se contente de lever sa queue pour me donner un magnifique aperçu de son trou de balle. En d'autres termes, parle à ma main quoi. Enfin à mon cul en l'occurrence.

— C'est votre chat ? demande l'inconnu.

Je l'avais presque oublié celui-là.

— Oui. Quoi, faut le déclarer au fisc ?

Il ne dit rien et examine Chaplin. À quel montant va s'élever la prune qu'il ne manquera pas de me fixer ?

Avant que j'aie le temps de réagir, il a bondi sur la fenêtre tel un tigre et effectue un saut périlleux pour atterrir de l'autre côté des escaliers, coupant la route à Chaplin. Elle s'arrête, interdite alors qu'il s'approche d'elle. Il la prend dans ses bras, la caresse et me rejoint tranquillement.

Je le regarde, éberluée.

IL – A – FAIT – UN – SAUT – PÉRILLEUX – SUR - TROIS – MÈTRES – !

Il me glisse Chaplin dans les bras. Curieusement, elle se love contre moi, visiblement aussi sonnée que moi de la performance de l'inconnu. Normalement, elle déteste quand on la prend dans les bras.

Voyant que ma seule réaction consiste à ouvrir la bouche et à baver, il passe une main sur son crâne et marmonne un truc.

« Je reviendrai » je crois discerner. À moins que ce ne soit « Quelle tarée ». Je ne sais pas trop.

— Je vous laisse ma carte, si jamais...

Il me tend un papier noir, sobre avant de tourner les talons et de partir. Je reste encore un peu sonnée puis Chaplin commence à s'agiter. Réagissant à l'urgence, je m'engouffre dans mon appartement et relâche le fauve. Je referme la porte et m'y adosse pour examiner la carte.

Y a pas de nom.

Juste un numéro de téléphone et Fédération Internationale de la Sorcellerie et des Créatures Surnaturelles.

Ah... c'est ce F.I.S.C.S.-là... Genre, ça me surprend pas alors qu'en fait, je me demande bien ce que ça signifie...

Odeur 3

— Non, Gontran, tu n'as pas le droit de massacrer *Super Trouper* comme ça ! m'insurgé-je en me levant violemment.

Je lui prends le catalogue du karaoké pour empêcher le carnage. Hors de question que ce type chante ABBA. Il a déjà tué bien trop de chansons comme ça. Si je dois faire barrage de mon corps, monopoliser le micro jusqu'au bout de la nuit, avaler des cocktails douteux, enlever mon haut même pour soudoyer le barman afin qu'il coupe l'électricité... oui bon d'accord, peut-être commencer par ça pour éviter tout le reste.

Je ne sais pas encore.

— Attention, la fan hardcore sort ses griffes, se moque Ulysse.

— Hé, tu dirais quoi s'il voulait s'égosiller sur Coldplay ? rétorqué-je.

Ulysse change de couleur. Ahah !

— Je pourrais parfaitement chanter Coldplay ! proteste Gontran.

— Bien sûr... mais il faudrait d'abord inventer une poudre contre les fausses notes, glousse Marlou. Ou une potion d'oubli, histoire qu'on ne se rappelle plus de ta performance.

Ulysse répond quelque chose avant d'éclater de rire. Gontran grogne. Mon esprit s'éloigne. Poudre. Potion. Sorcellerie. Aragorn. F.I.S.C.S.

J'ai laissé la carte sur le rebord du bar dans ma cuisine. Elle y est depuis hier soir. Ce matin, j'ai bu mon café en la regardant. En descendant les escaliers, j'ai bloqué sur la fenêtre où il a pris appui pour exécuter son putain de saut périlleux. J'ai ensuite passé la journée à éviter soigneusement de penser à tout ça.

Je ne sais pas qui il est.

Je ne sais pas ce qu'il fichait chez moi.

Je ne sais pas ce qu'il voulait.

Et honnêtement, j'en ai rien à cirer. Si c'est pas un inspecteur des impôts, il me fait pas peur. Et s'il revient... bon, je ne sais pas ce que je ferais. Je devrais sans doute élaborer un plan de bataille. Déjà, convaincre Chaplin de ne pas se faire la malle.

— La Terre appelle Ursule ! lâche Marlou en me poussant légèrement sur le côté.

Elle me sort de mes réflexions. Je lui en suis reconnaissante.

— Tu pensais encore au séisme ? s'inquiète Ulysse.

Oui, évidemment. Je ne leur ai pas dit qu'un type était venu frapper à ma porte, avait accompli un exploit surhumain (celui de prendre mon chat dans les bras, pas d'exécuter un saut périlleux, je suis persuadée qu'avec un minimum d'entraînement, moi aussi je pourrais bondir par-dessus six mètres de vide, ou à défaut, m'étaler comme il le faut) et m'avait laissé une carte avec un acronyme douteux.

À bien y réfléchir, c'était peut-être une secte. C'est plutôt bien joué de leur part d'envoyer Aragorn quand même. Les femmes doivent pas lui résister longtemps avant de signer tout ce qu'il souhaite. Mais il ne m'a pas eue ! Eh non, j'ai Chaplin comme joker.

Enfin bref, mes collègues ignorent tout de ça. On a passé la journée à dresser l'inventaire au labo, à transmettre des bons de commande, à écrire des rapports sur nos avancées, à essayer de sauver ce qu'on pouvait de nos expériences qui n'ont pas été détruites par le tremblement de terre... Et bien sûr à spéculer sur ce qui avait bien pu se produire.

Pas de faille, pas de chevauchement des plaques... Y a absolument rien qui pourrait justifier un séisme avec Nîmes en épicentre. On est pépères, nous. Pas le lieu pour les ouragans, les tornades, les tremblements de terre, les tsunamis... on demande rien à personne. Mais la planète arrive quand même à trouver le moyen de nous balancer un truc pareil. Je vous le dis, le réchauffement climatique, ça craint.

Bon ou alors c'est magique.

Ce qui me ramène à la sorcellerie et à cette carte et à Aragorn.

— Non, je pensais au Seigneur des Anneaux, réponds-je donc en refermant le livre.

— Je ne comprends toujours pas ce que tu aimes dans la fantasy, grimace Ulysse.

— Ça tombe bien, je ne te demande pas de comprendre, répliqué-je.

Je récupère ma bière tandis qu'une femme me réclame le carnet de chansons. Je le lui passe bien volontiers, ignorant les protestations de Gontran.

— T'aimes peut-être pas la fantasy, mais tu lis que des polars et de l'horreur... c'est quoi ton problème ? lâche Marlou.

— Je n'ai pas de problème, Madame je ne lis que de la romance dégoulinante de bons sentiments.

— Au moins, j'ai pas besoin de dormir avec une veilleuse.

Ulysse pique un fard. J'écarquille les yeux.

QUOI ?

Ça sent le ragot de compétition, le commérage de haut niveau, l'étoile du potin ! Ulysse dort avec une veilleuse !

Non, attendez, c'est pas ça le vrai cancan.

Marlou sait que Ulysse dort avec une veilleuse.

— Tu avais promis que tu ne dirais rien à personne, grommelle-t-il.

— Comment tu sais ça toi ? demandé-je.

Marlou me contemple, interdite. Ah, je crois qu'elle n'avait pas prévu ça quand elle a dégainé l'argument du siècle. Elle baisse les yeux et triture ses doigts. Ce qui ne laisse que peu de place à l'imagination.

— Gontran ! appelé-je. Ulysse et Marlou se donnent du bon temps, tu étais au courant ?

— Hein ? Vraiment ? Depuis quand ? demande-t-il en nous rejoignant.

Il était en train de vouloir récupérer le carnet de chansons, ce coquin !

— Ce n'est pas juste du bon temps, se défend Ulysse.

Il fourre ses mains dans ses poches. Visiblement, il n'avait pas prévu de nous en parler.

— Non ? C'est sérieux entre vous ?

Marlou hausse les épaules avant d'échanger un regard avec Ulysse. Il lui prend la main et se tourne vers nous. Crotte, je les trouve mignons. Et en même temps, ça m'emmerde. Je l'ai pas vu venir ! Non pas que je me pense capable de deviner tout ce que font les gens, hein. Mais quand même... c'est drôlement vexant.

— On s'apprécie beaucoup, et... ouais enfin, c'est pas que du cul, assure-t-elle.

Je souris. À la fois, c'est logique. Ils partagent pas mal de points communs, mais ce qu'il faut de différences aussi pour se disputer et savoir se réconcilier.

— Allez, depuis quand ? insiste Gontran.

Normalement, je devrais lui dire de la fermer et de leur foutre la paix, mais j'ai trop envie de savoir.

— Ça fera trois semaines demain, dévoile Marlou en rabattant une mèche derrière son oreille.

Elle est choupette avec son air gêné.

— Mazette !

Oui je sais, plus personne ne dit « Mazette », mais je m'en tape.

— On n'avait aucune raison de le claironner sur tous les toits, d'autant que bon... on savait pas trop ce qu'on faisait au début, se défend Ulysse.

— Si tu m'annonces que tu étais puceau et que Marlou t'a montré comment te servir de ton engin, je te jure, je m'en vais, menacé-je.

Il reste interdit avant de pouffer. Ce qui déclenche l'hilarité de Marlou puis la mienne et celle de Gontran. On se fend la poire quelques secondes, suffisamment pour que mes abdos me rappellent que je me fiche constamment de leur présence.

— Ben dis donc... la révélation de la semaine, soupiré-je, en écrasant une larme au coin de mon œil.

— Faut pas en faire tout en plat, hein ! assure Marlou.

— Peut-être pas. Mais bon admets qu'après le séisme, c'est le genre de nouvelles qui fait du bien.

Elle hausse les épaules avant qu'Ulysse ne l'embrasse sur le front. C'est trop mignon. Ça m'énerve autant que ça me donne envie. Je me demande si Aragorn est du style à embrasser sur le front. OK, il le fait avec Boromir m'enfin... crotte, va falloir que je les regarde de nouveau les films, moi.

Je récupère mon sac et enfile ma veste.

— Tu t'en vas ? s'étonne Gontran.

— Ouais. Trop d'émotions pour la journée. Et puis, demain je me lève tôt pour aller chez mes parents. Le ménage de printemps.

— En plein mois de janvier ? se moque Ulysse.

— Ma mère ne croit pas au calendrier, rétorqué-je.

Ils sourient avant de s'arrêter, voyant que je reste sérieuse. Parce que ce n'est pas une blague. Ma mère ne croit pas au calendrier. Elle invente ses mois, qui bien sûr ne font pas trente jours, mais quinze, vingt-huit ou quarante-deux selon ses envies. Et comme si ça ne suffisait pas, elle en change tous les dix ans. Surtout ne pas lui faire remarquer qu'elle se base quand même sur le calendrier pour créer le sien sinon ça la met en rogne.

Bref, je suis né le 20 janvier alias le 3 bélugue alias le 17 soustelle alias le 2 miffre. J'aimais bien le 17 soustelle, mais quand le COVID s'est pointé, ma mère a de nouveau changé son calendrier. En même temps, elle avait rien d'autre à foutre.

Je me sépare de mes collègues et sors du bar. Il flotte, bien évidemment. J'ouvre mon parapluie et commence à marcher pour rejoindre mon appartement. Trente minutes à tenir... si tout se déroule bien, que je ne croise pas de voitures qui adorent rouler dans les flaques près des trottoirs, je ne devrais peut-être pas finir trop trempée.

Genre... c'est possible de ne pas être rincée quand tu te prends la drache (je traduis pour ceux qui ont le malheur de vivre ailleurs : la pluie, la grosse pluie). J'aime rêver.

En longeant le cimetière, je frissonne. Faut vraiment que je passe le permis. J'en peux plus de rentrer le vendredi soir à pattes après le karaoké.

Entre les murs lugubres et les tombes qui se profilent, j'ai les foies. Et on se demande pourquoi je regarde pas de films d'horreur. Franchement, pas besoin.

J'essaye d'accélérer le pas pour m'éloigner au maximum de cet endroit et rejoindre les lumières de la ville. Faudra vraiment que j'enjoigne Philippe à déménager son bar en plein centre. Ça serait plus pratique. Il pourrait s'installer près des Arènes, ça me rapprocherait.

En plus maintenant qu'elles se sont effondrées, les prix vont tomber. Ça va être le moment d'investir. Si on aime par contre subir des travaux pendant des années. Les rénovations vont prendre des plombes probablement. Parce qu'évidemment, il serait impensable qu'on laisse l'amphithéâtre dans le même état que le Colisée de Rome. On a notre fierté, nous autres.

Je resserre les pans de mon imper autour de moi. Je suis enfin à deux doigts de surgir en plein cœur de la ville lorsqu'on me percute. Je m'assomme contre les murs du cimetière. Je reprends mes esprits alors que des formes noires s'approchent de moi.

Des types (ou typesses, je suis pas sexiste) en robe sombre. Crotte, j'ai pas reçu le mémo. Je savais pas qu'il y avait une soirée costumée en pleine ville. Ça nous aurait évité le karaoké de Gontran.

— Désolée, les gars. Je crois que j'ai un peu trop bu.

Ouais, je dis ça pour m'excuser alors que c'est bien eux qui m'ont percuté. Mais la plupart des gens ne disent pas pardon. Et moi, je me retrouve toujours comme une abrutie à m'excuser alors que c'est pas ma faute.

Je m'attends vaguement à un « c'est pas grave » voir à une indifférence générale. Au lieu de cela, ils (ou elles hein, toujours) m'encerclent et s'approchent de moi. Bon. Ça pue. Je suis formelle.

Je commence à me dire qu'il y a un truc qui tourne pas rond.

— Vous êtes sûre que c'est elle, patronne ? demande soudain l'une des formes.

Une voix d'homme. C'est peut-être que des gars alors. Ou un mélange. Genre, c'est important hein ! Parce que d'être entouré de personnes louches à qui on ne voit pas le visage et qui me donnent l'impression d'être piégée, c'est pas du tout flippant. Même s'ils ont pas la dégaine des délinquants habituels. Enfin, comme si je savais à quoi ressemble un délinquant.

— Oui, c'est elle, assure une silhouette à la voix féminine.

La plus grosse. Enfin, je veux pas dire que la dame est grosse, juste que les autres sont plus petits. Misère, je vais pas m'en sortir.

— La F.I.S.C.S. est allé chez elle, ils sont formels. C'est bien elle.

Je comprends pas tout. Enfin, si je saisis des trucs, mais... sérieusement, c'est quoi ce plan ? Ils jouent à quoi ?

— Vous pourriez la laisser respirer, suggère soudain une voix.

Je me tourne pour découvrir Aragorn qui s'approche. Oui, enfin pas LE Aragorn, mais celui d'hier. Je ne connais pas son prénom, je vous signale. Faut bien que je le nomme.

— Alphéas, lâche la grosse.

Oui, bon, hein, j'aimerais vous y voir.

Aragorn, ou Alphéas du coup, se porte près de moi. Curieusement, je me sens un peu plus en sécurité.

— Alors, ils t'ont demandé de venir, continue-t-elle.

Il ne répond pas. Ils s'affrontent du regard quelques secondes avant qu'elle ne grogne. Enfin je suppose, celui d'Alphéas reste rivé sur la capuche de l'autre. Donc, bon... Ou alors il scrute je ne sais quoi...

Elle fait un geste du poignet, des étincelles violettes jaillissent de ses doigts et subitement, ils ont disparu de mon champ de vision. Genre pouf, dissolution. Je reste un instant éberluée avant de me tourner vers Alphéas.

Il relâche sa main posée sur son épée.

HEIN ?

Il se balade avec une épée ?

— Je vous dois des explications, Madame Flatule, assure-t-il, pratiquement sur un ton d'excuse. Peut-être que nous pourrions retourner chez vous pour discuter.

Ma maman m'a toujours dit de ne pas parler avec les inconnus, encore moins de les faire rentrer chez moi.

Avec le temps, j'ai compris qu'y avaient plein d'exceptions : le facteur, le plombier, le chauffagiste, l'électricien, le peintre, l'expert en assurances, la femme de ménage (bon elle, elle finit par n'être plus une inconnue à force, enfin je suppose, j'en ai jamais eu) et tout plein d'autres personnes.

Sans doute que dans cette liste, le type qui vient de vous secourir (oui parce qu'il m'a secouru, non ?) occupe la première place. À quelque chose près. Alors je devrais lui dire oui. Mais au lieu de ça...

— Pourquoi vous avez une épée ? demandé-je.

Il reste un instant interloqué puis incline légèrement la tête.

— Je vais tout vous raconter, promet-il. Allons-y.

Odeur 4

Je déverrouille ma porte et indique à Alphéas qu'il peut rentrer.

— Faites attention à la poutre, conseillé-je alors qu'il s'arrête juste avant le drame.

Ouais, cet appartement est génial, mais il se trouve sous les toits. Du coup, heureusement que je ne mesure qu'un mètre soixante-quatre, sans ça je me prendrais la poutre tous les jours. Et Aragorn... enfin, vous voyez de qui je parle, avec son quoi... mètre quatre-vingts dépasse allégrement la hauteur demandée.

Il ne répond rien et se baisse prudemment avant de tomber sur la porte ouverte de la salle de bain. Oui, y a ce défaut. Le hall d'entrée dessert avant tout la salle de bain. Bien sûr, j'ai étalé mes petites culottes pour qu'elles sèchent sur le porte-serviettes. Mais il ne dit rien et me suis dans la salle à manger.

Je m'aperçois qu'il dégouline d'eau, comme moi, du reste et je cours nous chercher deux grandes serviettes. Il se débarrasse de son manteau de cuir, rabat ses cheveux mouillés sur son crâne et accepte le linge avec reconnaissance. Je déglutis et me détourne alors qu'il entreprend de se sécher.

Oui, les gouttes qui dévalent son cou et s'engouffrent sous le col de sa chemise, ça m'excite. J'enlève ma veste, mon écharpe et mon bonnet et me sèche rapidement. Chaplin arrive sur ses entrefaites et miaule de mécontentement.

— Oui, je sais, je vais te donner à manger, soupiré-je.

Elle répond, comme si elle venait de triompher.

— C'est pas nouveau, le vendredi tu manges plus tard, excuse-moi d'avoir une vie, lâché-je en prenant le paquet de croquettes.

J'en verse un peu dans sa gamelle, remplit son bol d'eau puis me retourne pour faire face à Alphéas qui me regarde, grave et sérieux. J'ai l'impression que le dérider, c'est pas facile, celui-là.

— Je ne devrais pas papoter avec le chat, c'est ça ? C'est bizarre ?

Il soulève un sourcil, surpris que je lui parle ainsi. Je ne lui laisse pas le temps d'en placer une.

— Pas plus que de se balader avec une épée, en chemise du moyen-âge et manteau de cuir et de taper la discute avec des types étranges qui encerclent les femmes devant un cimetière. Ah oui et de parler de F.I.S.C.S aussi.

Je croise les bras sur ma poitrine. Je suis un peu énervée. Encore sous l'emprise de l'alcool et de l'adrénaline d'avoir traversé toute la ville sous la pluie, accompagnée d'un mec taciturne au possible.

Il ne répond pas tout de suite à ma tirade, à tel point que je me dis que j'ai dû le casser. Il finit par s'adosser au chambranle de la porte de la cuisine et soupire.

— Les gens qui parlent à leurs animaux sont souvent dotés d'une sensibilité accrue. Ce n'est pas étonnant venant de vous.

Venant de moi ? Non, mais genre on se connaît.

— Bon, d'accord, vous la crachez votre pastille ? Vous avez dit que vous vouliez discuter...

Il acquiesce sans rien ajouter. Je soupire. Bon sang, c'est toujours aux nanas de faire le premier pas. La fatigue s'abat soudainement sur moi.

— Le salon, c'est la porte à côté. Installez-vous sur le canapé, j'arrive. Je sens que ça va être une longue soirée. Vous aimez le thé ?

Il hoche la tête avant de suivre mes indications. Bon, j'aurais souhaité obtenir plus de précisions sur le thé. Mais clairement, je peux aller me rhabiller. D'ailleurs, je n'aurais rien contre une douche, là tout de suite. Encore un truc qui devra attendre. Alors que chanter *Mamma Mia* ! sous le pommeau, je ne connais rien de plus salutaire.

J'enclenche la bouilloire, prends la boîte de thé et en mets dans la théière. Lorsque l'eau arrive à bonne température, je verse sur les feuilles puis referme. Je choisis deux tasses dans le placard. Mon mug ABBA préféré et je sélectionne pour lui le seul mug seigneur des anneaux que j'ai, avec Aragorn en gros plan.

Je ne sais pas si on lui a déjà dit qu'il ressemblait à Viggo. Je me promets de le faire en fonction de la manière dont la conversation se déroulera. Je me rends dans le salon avec tout cet attirail, pose le plateau sur la table basse et sers le thé. Il me regarde faire, mais je fais comme si ça ne m'impressionnait pas. En vrai, dans le silence de mon appartement, tout ça m'apparaît soudainement trop gros.

Pourquoi j'ai autorisé ce type à venir chez moi ? On aurait pu discuter dans un bar, on en a croisé quelques-uns en marchant. Bon OK, il est bientôt 23 h et ils s'apprêtent à fermer. Ouais, j'adore ma ville, mais clairement, les oiseaux de nuit, c'est pas par ici. Les gens ne sont pas de gros fêtards (ce qui me va bien parce que moi non plus) sauf en période de féria.

Je viens subitement de comprendre pourquoi la féria a encore de beaux jours devant elle. En fait, les gens compensent toute l'année.

— Merci, dit-il, me sortant de mes réflexions.

Je l'observe prendre le mug et le porter à sa bouche. Ses mouvements sont élégants, virils ; son odeur plus puissante que la dernière fois. C'est l'océan qui domine les autres senteurs, sans doute parce qu'il a toujours les cheveux mouillés. J'essaye de rester concentrée.

— Alors, vous allez me dire ce qu'il se passe ?

Il humecte ses lèvres et repose la tasse. Il ne fait aucune réflexion sur Aragorn d'ailleurs ni sur ABBA. En général, j'ai le droit à des moqueries quand je le sors. En vrai, y a plus de fans d'ABBA qu'on ne croit. Mais certains ne l'assument pas.

— Que savez-vous réellement à propos de la Sorcellerie ?

— Autrement que ce qu'on trouve dans les livres vous voulez dire ?

Il hoche la tête.

— C'est une secte ? Enfin, je sais qu'il y a des femmes qui se disent sorcières, qui pratiquent des rituels... si vous parlez de ça, très peu pour moi. Je veux bien me reconnecter à la femme en moi, mais dessiner des pentacles, faire brûler des herbes et tout le reste... ça m'intéresse pas. Si ça leur fait du bien, j'ai rien contre. Mais je préfère mon plaid et un bon film.

— Non, je ne faisais pas référence à ce genre de sorcellerie. Même si on ne devrait pas minimiser les éléments naturels de cette manière.

Ce n'est pas ce que j'ai dit, mais je n'ai pas envie de polémiquer. Il prend une profonde inspiration et m'observe quelques secondes avant de se lancer.

— La Sorcellerie, c'est l'art magique.

J'ai l'impression d'être dans « La magie pour les nuls ». Merci, Sherlock, j'aurais pas deviné si tu ne me l'avais pas dit.

— Seuls les humains avec certaines prédispositions peuvent devenir sorciers ou sorcières. Au terme d'un cursus assez long.

— Sérieux, l'école des sorciers ?

Il fronce les sourcils avant de comprendre.

— Oh, Harry Potter. Il nous fait du tort celui-là, marmonne-t-il. Non, pas une école des sorciers. Ce serait trop coûteux. Chaque famille s'occupe de ses rejetons et pour les autres, la F.I.S.C.S. est là. Ils entraînent, enseignent et forment ceux qui ont des capacités magiques. Sauf s'ils possèdent déjà un tuteur faisant partie des sorciers ou des créatures surnaturelles.

— Dommage, j'ai toujours attendu ma lettre pour Poudlard. Je suppose que vous n'êtes pas venu me la remettre du coup. Vous êtes ici pour quoi alors ?

Je prends une gorgée de thé essayant de jauger sa réaction. Il n'en a pratiquement aucune. C'est curieux d'ailleurs. De nouveau, il s'humecte les lèvres avant de les pincer légèrement.

— J'ai été envoyé vous dire que nous avons besoin de vous.

Je reste un instant sans comprendre.

— Vous avez besoin d'un désodorisant pour les toilettes de la fédération ?

Non, parce que je ne vois pas trop pourquoi on aurait besoin de moi autrement.

— Non, répond-il.

Encore une fois, je l'admire. Il garde son sérieux de bout en bout.

— Vous êtes la fille de la prophétie.

Je bugue (oui je sais, encore, non, mais si vous croyez que c'est facile, je vous en prie, prenez ma place, moi personnellement, je ne sais plus quoi faire, comment réagir). Je me mets à rire. Ben, voilà, mes nerfs craquent. J'en peux plus.

— La fille de la prophétie ? ricané-je. Non, mais vous êtes en train d'écrire un bouquin pitoyable.

— Les ruines du cirque millénaire révéleront la fille parmi les fils. La lignée interrompue sera restaurée et le destin des êtres, préservé.

Il s'arrête et m'examine de nouveau intensément. Je déglutis. Je comprends bien qu'il a récité un truc, un poème ou je ne sais quoi. Ou alors il s'est subitement dit que de parler par énigme ajouterait à son côté cool. Spoiler alert : non !

— Vous saviez que du côté de votre père, vous êtes la première fille depuis six siècles ?

Hein ? Sérieusement ? Attendez... j'ai plein de remarques à faire là.

Comment il le sait ? D'abord.

Il me suit ? Oui bon, forcément puisqu'il se trouvait là quand les gens bizarres m'ont accosté. Mais enfin, il m'observe depuis quand ?

Est-ce que c'est vrai ? D'accord, mon père a un frère et grand-père n'avait aussi que des frères. Et tout ce petit monde n'a eu que des mecs... mais quand même sur six siècles ? Ça fait pas un peu beaucoup ?

Quand je pense que ma mère ne voulait pas de deuxième enfant après la naissance de mon frère. Il était tellement parfait. Je ne l'ai pas obligée à continuer à coucher avec mon père, hein. Ou à ne pas prendre de contraceptifs. J'aurais même pas protesté si elle avait avorté, alors flûte. Puis en plus, vu mon frère, excusez du peu, mais je pense qu'elle a gagné au change.

— Ben il était grand temps si vous voulez mon avis. Sérieusement, que des mecs. Faut pas s'étonner après, lâché-je.

Il ne semble pas saisir ce que j'insinue. D'un côté tant mieux, j'ai pas envie de partir sur une discussion avec lui pour lui prouver à quel point les femmes sont supérieures aux hommes. Même si je n'y crois pas, mais j'adore qu'on pense cela de moi.

— Donc, parce que mes aînés n'ont pas jugé bon de pondre une meuf, je suis la fille d'une prophétie ?

— C'est plus compliqué que cela, grimace-t-il.

Je veux bien le croire. Et j'ai comme l'impression que le thé ne suffirait pas à endiguer la légère gueule de bois qui commence à poindre. J'aurais pas dû boire autant de Guinness.

— Cette prophétie est un des signes de l'Apocalypse.

— C'est pas plutôt Quatre Cavaliers ?

— Croyez-moi, le jour où les Cavaliers arrivent, on ne pourra rien y faire. Mais précisément, si on ne veut pas qu'ils approchent, il vaut mieux essayer de résoudre cette énigme.

— OK, j'y comprends rien.

— Je sais que c'est... perturbant.

— Vous êtes en train de me dire que la magie, les créatures magiques... tout ça... ça existe ?

Il acquiesce.

— Vous vous y prenez drôlement mal, vous savez ?

— Ce n'est pas mon domaine de prédilection, avoue-t-il.

— C'est quoi votre domaine de prédilection ?
Il hésite brièvement.
— Je suis un chasseur.
— Un chasseur ?
Je le vois affublé d'un gilet de chasse, d'un treillis kaki et d'un litron de rouge. Son image s'écorne d'un coup.

— En général, on m'engage pour traquer les créatures néfastes, celles qui s'en prennent aux humains et que les sorciers peinent à arrêter. Je suis une sorte de dernier recours.

J'ai le générique de « Agence tous risques » qui surgit dans ma tête. « La dernière chance au dernier moment... »

J'essaye de me reconcentrer. Admettre qu'il est une espèce de superhéros, ça pourrait paraître présomptueux. Malheureusement, vu la carrure du type et son charisme, je n'ai aucune difficulté à le croire.

— Venir parler à une conceptrice de désodorisants pour toilettes... vous avez été puni ?

Je m'attendais à un sourire, mais il reste très clairement imperméable à mon humour. Ça commence doucement à me vexer.

— C'est plus compliqué que cela.

Il se lève et sort une espèce de médaillon de sa poche. Il le regarde quelques instants puis soupire.

— Je vais vous laisser digérer tout cela.

Je me lève à mon tour, essayant de comprendre ce qu'il se passe. Il part dans la salle à manger, récupère son cuir qu'il enfile en un tour de main.

— Ils savent que vous êtes sous ma protection, ils ne tenteront rien. Demain, appelez votre père, demandez-lui à propos des fils. Contactez-moi ensuite si vous voulez en apprendre plus.

— Parce que j'ai le choix ? Genre, si j'ai pas envie, je peux ne pas être la fille de la prophétie ?

— Non, répond-il simplement.

Et sur ces mots, il tourne les talons, se baisse pour éviter la poutre et sort de mon appartement.

Il me reste deux options : soit j'ai vraiment beaucoup trop bu, soit les choses se compliquent.

Odeur 5

— Papa ? appelé-je en descendant au sous-sol.

Je le retrouve en train de nettoyer une pièce quelconque de son tracteur. À un moment, je me suis intéressée à la mécanique. J'ai même fait une partie de mon cursus avec les ingénieurs et j'ai deux ans de génie mécanique derrière moi. Mais je reste toujours aussi incapable de déterminer du premier coup d'œil une bielle, une bougie ou toute autre pièce composant un moteur.

J'aurais aimé que mon paternel accepte de partager ces connaissances, mais je suis une fille. Alors il m'a juste appris de quoi me démerder : changer un pneu, faire les niveaux, utiliser les pinces en cas de batterie vide, planter un clou, manier une perceuse et c'est tout. Je crois qu'il aurait adoré transmettre ça à un de ses enfants, sauf qu'il a choisi mon frère, l'incapable de faire quoi que ce soit de ses dix doigts.

Par contre, il s'est régalé avec le solfège que mon père nous apprenait aussi. C'était une purge pour moi, mais mon père voulait que moi je joue du piano alors que mon frère s'il n'y arrivait pas, ce n'était pas bien grave. Bref, il a misé sur le mauvais cheval à chaque fois.

Pourquoi je vous raconte ça ? Aucune idée.

— Salut, ma puce, tu as fait bonne route ? demande-t-il alors que je lui fais la bise.

— Je n'ai que quinze minutes de bus, tu sais, me moqué-je.

— La dernière fois, un poivrot t'a vomi dessus, se souvient-il.

Touchée. Mon père est impitoyable pour vous rappeler toutes les bonnes petites choses de la vie.

— Tu fais quoi ?

Ouais, je veux changer de sujet. Ça vous étonne ? Je n'ai aucune envie de me remémorer ce glorieux jour où je suis arrivée à la maison entièrement couverte de vomi. Parce que bien sûr, j'ai gerbé aussi… forcément. Et personne dans ce stupide bus n'avait de mouchoirs. Je les déteste.

— J'essaye de réparer le bras de la lame, j'ai pris une pierre hier et ça l'a foiré. Je crois que je vais devoir en commander un nouveau.

Je grimace. Mince, il va devoir se reposer. C'est ballot.

— Peut-être qu'un lutin te fait signe qu'il faut ralentir le rythme, hein. T'es pas obligé de posséder le jardin avec l'herbe la plus courte de tout le village.

— Être assis sur le tracteur, ça ne fatigue pas, rétorque-t-il.

Je lève les yeux au ciel. Je ne sais pas si vos parents sont pareils, mais les miens sont incroyables. Les médecins leur disent de se reposer, alors ils en profitent pour refaire les peintures. Ils ne comprennent pas le concept.

— Ta mère sait que tu es arrivée ?

La Prophétie

— Oui, je l'ai vue dans la cuisine. Elle a voulu récidiver et préparer une daube pour midi ?

Mon père soupire et acquiesce, visiblement résigné. Ma mère ne sait pas cuisiner la daube. Elle essaye régulièrement, mais à chaque fois c'est pareil. La viande est dure, immangeable et nous, on tente de limiter la casse. J'ai beau lui dire qu'il faut qu'elle change sa recette, elle ne bouge pas d'un iota. Elle a écumé toutes les boucheries et tous les éleveurs, parce que ça vient forcément de la viande, hein.

Bref, on va encore se casser les dents après avoir charrié des tas de trucs qu'ils devraient jeter d'ailleurs. C'est une super journée en perspective.

— J'ai beau lui dire que la viande ne doit pas être agressée, elle s'échine... Je n'y peux rien, s'excuse-t-il.

Je compatis. Je me doute qu'elle n'attend pas forcément que je sois là pour tenter des recettes en cuisine. J'imagine sans peine son calvaire quotidien. Un vrai chemin de croix culinaire.

— On va commencer si ça te va. Ta mère veut qu'on transvase les caisses de décoration du grenier dans la cave et qu'on attaque le tri des affaires.

Je tique.

— Attends, les affaires dans le grenier, c'est celle de David. Qu'est-ce qu'il y a comme tri à faire ?

Sous-entendu : peut pas se bouger le cul, le frangin ? Faut que je me tape ses rougnes en plus ?

— Non, les affaires du grenier, ce sont les tiennes. Et justement, faut faire de la place pour celles de David.

Pardon ?

— Je suis obligée de récupérer les miennes, c'est ça ? Alors qu'il peut stocker ce qu'il veut, ici.

La gamine en moi crie à l'injustice. L'adulte a envie de passer un coup de fil bien senti à son aîné. Mon père grimace. Il a bien conscience que mon frère est mieux traité que moi. Sauf qu'il ne peut pas vraiment s'opposer à tout ça parce que ça le mettrait en porte à faux vis-à-vis de maman. Et qu'il n'aime pas le conflit. Il m'a toujours appris la bienveillance. Mais pour lui, c'est surtout s'écraser. Ce qui m'énerve.

— Tu sais que c'est plus compliqué pour ton frère. Tu es célibataire, tu n'as pas de concessions à faire.

Je lui lance un regard appuyé. Il se met à sourire. Ouais, je m'en doutais. Ça, c'est le discours que lui a sorti ma mère.

— Oh, t'inquiète, on va trouver de la place pour les tiennes. Et je te ramènerais ce soir, si jamais tu décides de prendre des cartons.

Je grimace. Mais à la perspective d'éviter les bus de nuit, je me sens mieux.

— OK.

Il pose son objet (je ne sais toujours pas ce que c'est du coup, la lame ou la barre, un des deux probablement ou une pièce entre les deux) puis va pour remonter à l'étage. Je me dis que c'est l'occasion rêvée de lui poser LA question.

— Tu fais toujours de la généalogie ?

— Oui, j'ai moins de temps maintenant, mais... pourquoi ?

J'hésite. Est-ce que je peux dire à mon père que j'ai invité un inconnu chez moi, qu'il ressemble vaguement à un personnage de cinéma, que la magie existe apparemment et que des types (typesses) avec des robes m'ont agressée (surprise, acculée... je ne sais pas trop) devant le cimetière ?

Laissez tomber, question rhétorique. Non, je ne peux pas.

— C'est juste que je me disais que c'était marrant. T'as eu un garçon et une fille, tonton Gilles a eu deux garçons, Papy que des mecs et il avait que des frères... c'est plutôt masculin de ton côté, non ?

On débarque dans la salle à manger où une odeur de brûlé et un juron de ma mère nous accueillent. D'un commun accord, on poursuit jusqu'au second sans demander si elle a besoin d'un coup de main. Elle assume ses décisions, hein.

— Oui, effectivement, sourit-il. Le plus drôle, c'est que notre famille remonte à loin et qu'il n'y a toujours eu que des mecs.

Crotte. Il disait vrai, cet abruti d'Aragorn.

— Mais y a une raison à ça ? Genre, ils tuaient les nanas à la naissance ou elles mourraient de dysenterie ?

J'espère pas. Si mes ancêtres avaient ce genre de préjugés, j'ai aucune envie de faire partie de leur stupide lignée. Il réfléchit quelques secondes en ouvrant la trappe menant au grenier.

— Non, pas que je sache. Il y a eu des décès d'enfants en bas âge, mais des garçons aussi. Peut-être qu'ils ne savaient pas faire les filles. J'ai toujours su que j'étais plus intelligent, se moque-t-il.

— Ouais, ou alors c'est maman qui a retrouvé le mode d'emploi, taquiné-je.

— Tu peux laisser ton vieux père rêver un peu ?

On échange un sourire complice avant de grimper dans le saint des saints, le parc des antiquités, la place de la chaussette fossilisée : le grenier de la famille Flatule.

C'est aussi nul que ça en a l'air.

Plein d'araignées, de poussière et d'objets bizarroïdes dont tout le monde se contrefiche, mais que personne ne désire jeter, au cas où.

Je soupire par anticipation.

Mon père pose le carton sur la table de la salle à manger.

— Tu veux un thé ?

Il acquiesce avec reconnaissance. Ouais, grimper trois étages avec des boîtes remplis de bouquins... j'avoue, j'ai un peu abusé. En même temps, ma collection de classiques de la fantasy... J'ai un seigneur des anneaux à relire, moi. Oui, fatalement, j'ai envie de me les refaire. Ne me tapez pas, c'est vrai que c'est assez indigeste, mais de temps en temps, j'ai envie (vraiment envie) de les relire. Il en faut, hein. Sinon vous n'auriez jamais eu les films.

La Prophétie

Chaplin miaule et se frotte aux jambes de mon père. Il se penche pour la caresser et elle s'enfuit. Mon paternel grimace.

— Toujours aussi aimable, cet animal, grommelle-t-il.

J'ai un sourire contrit. Il adore les chats, les câliner, jouer avec... Leur chatte est morte l'an dernier et ma mère hésite entre en reprendre un ou un chien. C'est une phase, on sait tous qu'elle va craquer sur le premier chaton qu'elle verra. En attendant, mon père aimerait compenser avec la mienne, mais vilaine comme elle est, elle ne fait que le narguer.

Je prépare le thé et tends la tasse à mon père. Anticipant sa demande, je pose le sucre et le lait à côté de lui. Il sourit et se sert avant de savourer son breuvage.

— Alors, pourquoi ces questions sur nos ancêtres ? s'enquiert-il.

Ouais, je ne pouvais pas passer entre les mailles du filet éternellement. On a rangé toute la journée, suivant scrupuleusement les directives de ma mère, essayé de faire bonne figure en voyant que la daube était sans doute la pire qu'elle ait jamais cuisinée. De temps en temps, je posais de nouveau une question. Je croyais avoir réussi à noyer le poisson. De toute évidence, je ne suis pas très douée. Ce qui ne m'étonne guère.

— Comme ça.

Il penche la tête. Oui, il ne va pas se contenter de cette réponse. Je soupire.

— Je suis tombée sur un poème, je sais plus où. Ça parlait d'une fille entre les fils et du coup... ben je sais pas, j'ai pensé à moi.

— Je comprends, fait-il.

Crotte. Dis donc, j'aurais pas cru.

— Tu sais, ton grand-père était féru de généalogie aussi.

J'acquiesce. Comment l'ignorer ? Qui donc a pu passer le virus à mon père ?

— Il s'est toujours enorgueilli du fait que la famille royale des Capétiens avait tenu trois siècles sans faire de fille en aînée, mais que nous, nous demeurions depuis six cents ans sans filles dans nos lignées directes.

— Crotte, heureusement qu'il est mort avant ma naissance.

Mon père glousse.

— Il t'aurait aimée, peu importe ton sexe. Mais c'est vrai que tu brises le fil quand même.

— Désolée, marmonné-je.

Il me sourit et me tapote le genou. Oui, non, les gros câlins, c'est pas notre truc. Le tapotage de genou se rapproche le plus d'une étreinte rassurante et réconfortante. Ce qui est curieux parce que quand j'étais gamine, qu'est-ce que j'ai pu passer comme temps dans les bras de mon père. Il avait même inventé le concept du câlin chaud en hiver, lorsque je me pelotonnais contre lui et du câlin froid en été lorsqu'on s'allongeait l'un à côté de l'autre, mais pas trop près à cause des températures insupportables.

Bref, on se tapote le genou pour se réconforter. Et par ce simple geste, je sais que mon père se fiche de tout ça et qu'il m'aime. Ce qui m'aide à accepter bien des choses dans la vie.

Il termine son thé et part en me faisant la bise. Comme à chaque fois, j'aurais apprécié qu'il reste un peu plus, mais cette fois-ci, non. Après tout, j'ai Aragorn à appeler.

Odeur 6

Les sonneries retentissent. Je n'ai aucune idée s'il va décrocher ou non. Après tout, aussi bien, il est en train de faire des trucs. Avec son épée ou autres. Pas des trucs sexuels, hein, je vous vois venir. Oui, enfin qu'est-ce que j'en sais ? Aussi bien, il a une petite amie. Ou un petit ami. Non, parce qu'avouez, avec Boromir, hein...

— *Allo ?*

Crotte, il a répondu cet abruti. Oui, d'accord, je lui ai téléphoné, donc j'attendais bien qu'il décroche, mais quand même.

— Euh... Alphéas ?

— *Madame Flatule ?*

Non sérieux, j'en peux plus qu'il m'appelle comme ça. Même au boulot, ils osent pas. Ça a toujours été comme ça d'ailleurs. Dès l'école, mes profs ont préféré m'appeler Ursule que Mademoiselle Flatule. J'ai tellement l'habitude qu'on m'appelle par mon prénom que quand on me donne mon nom de famille, j'ai constamment l'impression qu'on appelle quelqu'un d'autre.

Ceux qui ont des noms communs ne peuvent pas comprendre. Mais les Lacrotte, Pénis, Baise, Couillerot et autres joyeusetés partageront mon avis. Même si on peut apprécier nos patronymes, on n'a peu l'habitude de les usiter. Et quand on doit fournir nos noms complets, on s'attend inévitablement aux sourires en coin. Je dois reconnaître que de ce point de vue là, je reste un peu sur ma faim avec Alphéas.

Il garde son sérieux et fait comme si Flatule était un nom comme un autre.

— Arrêtez de m'appeler comme ça, fais-je néanmoins. Madame Flatule, c'est ma mère.

Ce qui est vrai, même si ce n'est pas pour ça que je lui demande d'arrêter.

— *Ursule, dans ce cas ?*

— C'est mon prénom.

— *Entendu. Avez-vous discuté avec votre père ?*

Il ne perd pas de temps le bougre.

— Ouais.

Je laisse passer un silence. Je m'attendais à un petit mot de triomphe, mais j'oubliais que le gars est aussi loquace qu'une huître. Ou alors il s'exprime sur une onde que je ne capte pas.

Voyant qu'il escompte visiblement que je continue, je soupire et me dévoue.

— Du coup, vous aviez raison.

Qu'est-ce que ça m'écorche de dire ça.

— Je suis la première fille depuis six cents ans du côté de mon père.

Je distingue à peine un grognement. Mais je peux me tromper. Aussi bien c'est un pet foireux. Oui, non, on ne fait pas toujours la différence.

La Prophétie

— J'ai besoin d'en savoir plus sur cette stupide prophétie.

On frappe à la porte. Je me tends, ridiculement aux aguets.

— *Ouvrez*, conseille-t-il.

Est-ce qu'il a entendu ? Mais on n'a pas tapé assez fort. À moins que... non, il n'oserait pas.

Je déverrouille et soupire en le voyant dans l'encadrement. Je raccroche.

— Sérieusement, vous avez rien de mieux à faire que me filer le train ?

— Vous prenez cette histoire bien trop à la légère, lâche-t-il, sur un ton de reproche.

Qui me fait frissonner. Voilà une nouveauté. Un type me gronde et je me sens toute chose. Vraiment, c'est quoi mon problème ? Je me souviens pas avoir sniffé plus d'odeurs bizarres que d'habitude pourtant. Même si Gontran nous a utilisés comme cobaye pour sa prochaine fragrance.

Citrons d'été... ou plutôt transpiration d'été. Une horreur.

Je laisse passer Aragorn et emplis mes narines de son parfum viril. Je crois que je deviens accroc.

— Honnêtement, vous voudriez que je fasse quoi ? rétorqué-je en le rejoignant dans la salle à manger. Un inconnu vient une première fois puis s'en va en me donnant une carte étrange. Ensuite le même inconnu me débarrasse d'une bande de personnes inquiétantes. Il m'annonce enfin que la magie existe et que je suis la fille d'une prophétie parce que mes ancêtres ont pas été foutus de fabriquer une nana. À quel moment, j'aurais dû me dire que c'était super sérieux ? Je ne suis même pas sûre que ce soit sérieux en ce moment.

Je croise les bras sur ma poitrine, à la fois furieuse et impatiente qu'il réponde à mes questions. Mais comme d'habitude, il se contente de m'observer. Il ménage son suspense, y a pas à dire. M'enfin à ce rythme, même l'attente du nouvel album d'ABBA (près de trente ans, hein, pour ceux qui savent pas) devient ridicule face à sa rétention d'informations.

— Vous avez faim ? demandé-je finalement.

Il trahit un léger mouvement de surprise. Ahah, j'ai réussi à l'étonner ! Faut que je le note. Cela dit, je m'épate moi-même. Je devrais être en train de le cuisiner pour obtenir des renseignements et qu'il m'explique enfin ce qu'il espère de moi, mais je lui propose de lui faire à bouffer. Normal.

Bon, OK, mon estomac gargouille depuis tout à l'heure et ce n'est pas la daube de ma mère qui m'a rassasié (petit rappel, c'était dégueulasse).

Voyant qu'il ne répond pas, mais que je commence à ressentir les signes caractéristiques de l'hypoglycémie, je me rends dans la cuisine.

— Je peux vous proposer des steaks, des œufs ou je dois avoir un reste de poulet, que je peux faire sauter avec de la sauce soja.

— Je suis végan, annonce-t-il.

Ma mâchoire se décroche. Genre, vraiment. Je ne l'avais pas anticipé. Non pas que ce soit pas bien, hein. Je m'en fous, en fait du régime alimentaire des gens. Mais clairement, venant de la part d'un type comme Alphéas, bâti comme un demi de mêlée, viril et à l'air légèrement macho, on peut pas s'attendre à ce qu'il soit concerné par la cause animale.

Voyant mon étonnement, il sourit.

Je vous jure, il sourit. En montrant les dents et tout et tout. Un vrai sourire. Qui me perturbe tellement que mon cœur ne se rappelle plus comment on fait pour battre normalement. Je vais me payer une tachycardie parce que ce gars m'a pas averti qu'il savait aussi sourire.

— Quoi ? Aragorn ne peut pas être végan ?

Je mets quelques secondes avant de me rendre compte de ce qu'il vient de dire. Je suis en pleine hallucination. Comment il sait que je l'appelle Aragorn ?

— Vous êtes télépathe en plus de vous montrer particulièrement intrusif ?

— Non, mais on m'a déjà fait remarquer que je lui ressemblais. Et le mug Aragorn, c'était... subtil.

D'accord... putain, je suis transparente en fait. J'aurais préféré qu'il me dise qu'il était télépathe. Quoique...

— Et donc vous cultivez votre similitude avec Viggo ?

— Non, répond-il.

— Ouais, remarquez sinon vous seriez pas végan.

— On ne voit jamais manger Aragorn, il est peut-être végan.

Je ne trouve rien à redire puis je pose les mains sur les hanches. Je vais le piéger. Parce que je suis la fan incontestée du Seigneur des anneaux. Oui, enfin des films. Je vous ai dit que je devais les relire.

— Si ! Dans le ragoût d'Eowyn, y a du poisson et il en mange.

Il fait la moue. Ah, coincé le rôdeur à deux ronds.

— De un, il se force pour faire plaisir parce qu'elle lui a tapé dans l'œil et qu'il comporte un fond gentil, de deux, ça pourrait être du tofu, contre-t-il.

— Non, mais du tofu au Rohan ? Vous êtes pas sérieux.

Je sais même pas si Tolkien connaissait le tofu.

— Possédez-vous la preuve du contraire ?

J'aimerais lui dire d'aller se faire foutre, lui, son tofu et son air d'héritier d'Isildur. Mais je n'ai rien à lui opposer. Pétard, va vraiment falloir que je me refasse les livres pour établir qu'Aragorn est un dévoreur de viande. Tolkien, t'as intérêt à l'avoir signalé quelque part !

— De toute manière, je suis sûre qu'il bouffe ce qu'il trouve. Quant à vous, si vous avez faim, je peux cuire des pâtes. Mais si vous me sortez que vous êtes allergique au gluten, vous avez qu'à commander.

Il sourit de nouveau puis s'appuie sur l'encadrement de la porte en me regardant m'affairer. Juste pour l'emmerder, je prends ostensiblement le poulet et commence à découper des morceaux assez grands, mais assez petits pour les manger avec les baguettes. Et j'essaye de ne pas me laisser perturber par le fait qu'on vient d'avoir une conversation légère. Alors que ce n'était pas censé être le cas.

— Quitte à rester planté sans rien faire, vous pouvez m'en dire plus sur cette prophétie ?

Il se redresse et inspire profondément.

— Cela fait des siècles que les sorciers planchent dessus. On a réussi à isoler quelques éléments, mais il nous manquait plusieurs pièces pour achever de comprendre tout le puzzle.

Je ne réponds pas. J'attends qu'il continue.

— On sait que c'est l'annonce de la fin du monde des humains. Toutefois...

Il s'interrompt et se tend. Je vais pour lui demander ce qui lui prend, l'histoire commençait bien, on s'arrête pas comme ça, en plein suspense, mais son expression me bloque. Il ressemble à un chasseur qui a flairé sa proie. Il porte sa main à son épée. Je déglutis, l'angoisse s'emparant de moi. De nouveau, ça pue.

— Vous avez des protections ?

Je lève un sourcil. Des protections ? Il parle de capotes ? Ben il va un peu vite en besogne... je dis pas que ça me déplaît, mais je suis pas contre non plus toute la phase séduction, repas romantique et tout le bordel.

— Euh... des protections ?

— Des cristaux, des talismans, des formules qui protègent votre maison...

Je manque m'esclaffer. Pourquoi j'aurais tout ça ? Mais je me sens bien ridicule, moi, à avoir pensé aux préservatifs...

Il secoue la tête, visiblement mécontent, puis dégaine son épée. Je recule instinctivement alors qu'il s'approche. Crotte, aussi bien il va m'embrocher parce que j'ai osé couper du poulet devant lui.

Alors que je m'apprête à lui demander ce qui lui prend, j'entends une explosion. Aussitôt, l'enfer s'abat sur ma cuisine. Des créatures (oui, non parce que ça a des poils, des gueules béantes bardées de crocs et que je ne sais pas ce que c'est, donc créatures CQFD) bondissent sur nous. Alphéas me pousse contre le frigo et percute un des monstres (oui, ben il faut des synonymes). Ce dernier grogne, mais Aragorn (synonyme toujours) fait un moulinet et son épée s'abat sur le ventre de la créature (bon, crotte) qui glapit.

Franchement, quand vous êtes devant la télé, vous grimacez juste (sauf si vous aimez ça, auquel cas vous apprécieriez qu'on fasse un gros plan). En vrai, j'ai envie de vomir devant le parfum d'entrailles qui se dégage de la créature. Le bruit est épouvantable, mais lorsqu'elle s'effondre dans ses intestins encore chauds, c'est le summum.

Alphéas ne paraît pas incommodé par l'odeur, ce qui force mon admiration. Il prend à parti le deuxième monstre, mais ce dernier pare son attaque avec son avant-bras. L'arme d'Alphéas ne semble pas pouvoir percer son cuir et le monstre grogne de plus belle. Ils échangent quelques coups. Je les regarde avec un mélange de crainte et de fascination.

Ouais, dans les livres ou dans les séries, je recouvrerais mon sang-froid, accomplirais un truc magnifique, du style récupérer un couteau et le planter dans le dos de la bête. Je sauverais Alphéas et on pourrait se galocher tranquillement. Là, j'ai envie de me pisser dessus, mes entrailles sont nouées, mon cœur menace de sortir de ma poitrine alors que mon cerveau tente de passer en revue la classification des vertébrés (et invertébrés parce qu'il ne faut négliger aucune piste) pour trouver le nom des monstres devant moi.

Au lieu de ça, je comprends avec horreur que Alphéas n'a pas l'avantage. Et lorsque la créature parvient à lui décocher une droite qui l'envoie au tapis, je sens ma dernière heure arriver. Bordel, ce n'est pourtant pas un troll de caverne, crotte !

Là, mon instinct de survie s'enclenche. Le monstre se tourne vers moi et me montre les crocs. Sérieusement, j'ai peur des chiens. Même des caniches (ne rigolez pas, ce sont les plus méchants). Alors une chose plus grande qu'un poney... faut pas trop m'en demander.

Le problème, c'est que le couteau que j'aurais dû brandir avec tant d'élégance se trouve de l'autre côté de la cuisine, que mon chevalier servant est assommé (merveilleux, en passant) et que mon seul atout réside dans le réfrigérateur derrière moi.

Ce qui ne m'amène à rien. Sauf à me dire que si les bêtes étaient sensibles à l'odeur, je disposerais de l'arme parfaite.

Et puis, une idée de génie.

Après tout, les animaux ont souvent les sens développés. De toute manière, j'ai pas le choix. J'ouvre rapidement la porte du frigo, récupère ma boîte d'œufs, celle que j'ai oublié depuis des semaines, et me mets à balancer les ovules (eh ouais, ce sont des ovules) sur le monstre.

Je le loupe forcément, mais curieusement, ça me calme. J'essaye d'occulter le fait que je ressemble vaguement à Merry et Pippin contre les Uruk-Haï. La créature continue d'avancer dans un premier temps puis se bloque, surprise. Ahah, l'odeur me chatouille aussi les narines. C'est horrible. Je sens que je vais dégobiller. Mais je me contiens et persiste. Je me félicite d'acheter toujours une douzaine d'œufs. Ça m'en fait des projectiles.

Même si le végan assommé va sans doute faire une crise de nerfs.

Lorsque la créature fait mine de reculer, les naseaux retroussés, je me sens pousser des ailes. Je vais triompher à coup d'œufs pourris. Pas mal pour la fille.

Mais c'est à ce moment-là qu'Alphéas casse tout.

Il reprend ses esprits, se redresse et, dans le même mouvement, plante son épée dans le crâne de la bête. Il rejette ses cheveux en arrière (OK, il est classe) et me considère avec sérieux.

Je dois pas faire bonne figure avec ma boîte à œufs pourris ouverte, le dernier projectile dans la main et ma cuisine qui ressemble à une mauvaise blague d'Halloween.

— Ursule ? Vous allez bien ?

Il s'approche, inquiet. Je m'apprête à le rassurer, mais ça en est trop. Les intestins, les œufs pourris, maintenant la cervelle, je rends le contenu de mon estomac (alias la daube moisie de ma mère) sur les bottes d'Aragorn.

S'il dit ou fait quelque chose, je l'ignore.

Parce que la seule chose que je me demande, c'est comment calfeutrer la fenêtre pour éviter que Chaplin aille visiter les appartements voisins.

Odeur 7

Je regarde Alphéas calfeutrer la fenêtre avec le carton de la télévision que je conservais pour le futur déménagement. Oui je garde les emballages de mon électroménager dans la mesure du possible, parce que mon but n'est pas de rester vivre au-dessus d'un hôpital psychiatrique, oubliez ce que j'ai dit avant.

J'ai accepté qu'il le sacrifie parce qu'il caille déjà, et puis que Chaplin, parfaitement indifférente aux œufs pourris et aux cadavres (elle a bien reniflé, mais elle a dû juger que ce n'était pas intéressant, une nouvelle manière des humains de se nourrir peut-être) a remarqué que la fenêtre était ouverte. Ni une, ni deux, elle a commencé à vouloir s'en approcher.

Non loin de moi l'idée de la séquestrer, mais j'habite quand même au dernier étage. J'ai toujours peur qu'elle tombe et pendant un temps, surtout l'été quand tout le monde garde ses fenêtres ouvertes, je la laissais aller et venir sur la bordure assez large.

Sauf qu'elle se rendait chez les voisins. Le légionnaire s'est révélé allergique et le douanier possède un pigeon en animal de compagnie. Oui bon ben voilà..., cela dit ça l'empêchait pas de la nourrir... une fois elle est revenue avec du gras de jambon sur le dos. Il était mort de rire quand je lui ai demandé si c'était le sien.

Résultat, j'ai pas trop envie qu'elle aille fureter. Je sais que les chats, les toits, tout ça tout ça... mais on n'est pas dans les Aristochats. Surtout que, Chaplin a peur des bananes. Je peux pas vraiment me dire qu'elle est en sécurité dehors. Y a pire que des bananes là-bas.

Bref, je la garde contre moi pendant que j'admire (les fesses d') Alphéas en train de réparer les dégâts causés par les monstres. Des bêtes du Gévaudan (parce qu'en fait, c'est une race et non une seule bête unique) apparemment.

Lorsqu'il a terminé, il consulte son médaillon. Il m'a assuré avoir contacté la F.I.S.C.S. qui ne devrait pas tarder à s'amener pour s'occuper des cadavres. J'avoue que pour une fois, j'ai hâte de les voir débarquer. Franchement, entre l'odeur et le spectacle...

— Elle arrive, annonce-t-il, en me rejoignant.

— Elle ? m'étonné-je. Toute la Fédération va débouler ?

— Non, juste la personne qui m'a engagé.

Je fronce les sourcils.

— Je ne fais pas vraiment partie de la Fédération. Je leur rends service de temps en temps.

— Ça serait bien que je comprenne un peu tout ça... Je croyais que toutes les créatures magiques en faisaient partie.

— Non. C'est davantage une sorte de police du monde qu'un rassemblement. Nous sommes trop nombreux de toute manière.

Génial. Y a plein de bêtes bizarres qui hantent la planète. Qu'est-ce qu'on peut être abruti, nous autres humains, de ne rien voir.

Des coups à la porte me font sursauter. Alphéas pose sa main sur mon épaule et m'envoie un regard tranquillisant. Je me détends, en plus de me sentir ridicule. Lorsque ses doigts quittent mon omoplate et qu'il s'éloigne pour aller ouvrir, le vide m'envahit. J'ai l'impression d'être une petite fille que son père vient d'abandonner.

Crotte alors.

Il revient, accompagné d'une femme magnifique, longue et fine, aux cheveux roux exubérants, vêtue d'une robe médiévale blanche et d'une cape immaculée qu'elle rabat sur ses épaules. Je me sens moche, mais subjuguée par cette présence. Franchement, même Galadriel peut aller se rhabiller. Et pourtant Cate Blanchett quoi.

Cependant, entre Aragorn et Galadriel, je me demande si je vais voir débarquer toute la communauté. Si on peut m'épargner Legolas, ça me plairait assez.

— Ursule, je vous présente Mélusine.

Ça me dit un truc ce nom... Mélusine... c'est une BD ? Ou une fée ? Ou les deux... Je me lève et tends la main, peu sûre de l'attitude que je dois adopter dans ces cas-là. Elle me la serre avec un léger sourire puis m'examine. Je ne sais pas à quoi je ressemble. Sans doute pas à grand-chose.

— Pardon pour l'odeur, finis-je par prononcer, histoire de briser le silence qui s'installe.

Et puis ma maman m'a toujours appris à bien recevoir et donc à s'excuser des choses qui ne vont pas. En général, je vous l'accorde, c'est plus « désolée pour le bazar... » ce qui s'applique ici. Soyons honnêtes, deux cadavres, c'est un peu du bazar. Mais l'odeur me paraît plus importante.

Elle sourit.

— Alphéas m'a dit que vous aviez réussi à perturber des bêtes du Gévaudan avec des œufs pourris, c'est... impressionnant.

Je sens qu'elle ne savait pas trop quoi dire pour ne pas me vexer. Je m'interroge sur le moment où Alphéas a pu lui dire une telle chose. Je ne l'ai pas quitté et il n'a jamais décoché un mot. Il est resté à peine deux secondes à fixer le médaillon... J'étais même pas sûre qu'il ait vraiment contacté qui que ce soit.

Je commence à me dire que OK, la magie existe.

Oui, y a deux cadavres sanguinolents de bêtes étranges dans ma cuisine et je délibère encore sur la réalité de la magie. Je reste scientifique à la base, hein.

Elle se tourne vers les monstres et les examine brièvement.

— Elles ne sont pas tatouées comme les autres, observe Alphéas.

Mélusine s'approche. J'aimerais la prévenir de ne pas trop le faire pour ne pas tacher sa belle robe, mais elle s'accroupit pour étudier plus en détail les créatures. Ce faisant, du sang gicle sur ses chaussures, sa robe, sa cape... Et elle n'en a strictement rien à cirer.

— En effet, confirme-t-elle.

Alphéas se penche à son tour et fouille dans la fourrure de l'animal.

— Ni médaillon ni trace d'un quelconque signe de domestication.

— Sauvages ?

— Cette attaque est étrange. Nous nous trouvons au troisième. Les bêtes grimpent, ce n'est pas étonnant. Mais pourquoi ne pas s'arrêter à l'étage du dessous ? Ou visiter un autre appartement ? Pourquoi cet immeuble si ce n'est pour elle ?

Ils échangent un drôle de regard. Je frissonne alors que le « elle » me désigne sans l'ombre d'un doute.

— Je suis d'accord, fait Mélusine.

Elle me dévisage et se relève pour s'approcher.

— Nous devons renforcer notre protection sur vous, assène-t-elle.

— Déjà, j'aimerais que vous m'expliquiez un peu plus les choses. Parce que je patauge dans la semoule et je déteste ça.

Pas la semoule, le fait de patauger.

— Alphéas n'est pas très loquace, se moque-t-elle.

Elle regarde le chasseur. Elle se fout de sa gueule. Il sourit en baissant la tête. Expression étrange qui me fait ciller.

— Je vais vous éclairer, mais je vais d'abord effectuer un peu de ménage, assure-t-elle.

Je ne dis rien alors qu'elle se retourne et étend les bras. Je l'entends marmonner, une langue que je ne connais pas. Parfois on dirait du patois, parfois du breton, parfois de l'anglais... je renonce quand je me dis que ça pourrait être du russe ou de l'arabe. Bref, c'est une langue que je ne maîtrise pas et elle murmure en plus.

Par contre, ce que je vois me coupe en deux. Pas littéralement, hein. Une moitié d'Ursule, honnêtement, ça ne sert pas à grand-chose. Déjà qu'une Ursule en entier, je suis pas bien sûre de son utilité.

Devant mes yeux, les cadavres rapetissent et semblent emmenés dans un tourbillon, une tornade ou je ne sais quoi. Le sang est absorbé par le plancher sans laisser de traces. Les taches sur la robe de Mélusine s'évanouissent également, ce qui me donne envie de lui réclamer la formule pour récupérer les auréoles de transpiration sur mes t-shirts. Je pensais que ça allait s'arrêter là, mais le carton de la fenêtre disparaît et les vitres se recollent miraculeusement.

Je reste bouche bée (tout en me demandant si l'emballage de la télévision est intact à la cave du coup) devant cette manifestation manifeste (oui j'ai besoin de répéter) de magie. Mélusine se tourne ensuite vers moi avec un grand sourire.

— C'est mieux ainsi, assure-t-elle.

Je ne peux pas dire le contraire. Même l'odeur d'œufs pourris (et lesdits œufs) a disparu. Je note par ailleurs qu'elle non plus n'avait pas l'air incommodée.

— Maintenant, nous allons pouvoir discuter. Je vous promets de répondre à toutes vos questions dans la mesure où je dispose des explications.

Je hoche la tête. Ça me paraît bien. J'hésite sur l'endroit où avoir cette conversation. Le canapé du salon peut-être ? Je l'invite à s'asseoir dans le salon et j'avoue ne pas trop savoir où me mettre. C'est le moment étrange, celui qui est coupé dans les films. Pouf, les personnages sont subitement confortablement calés dans le sofa et sirote une boisson.

Dans la vraie vie, y a cette seconde de flottement entre deux instants surréalistes, la minute de pure banalité. Manquerait plus qu'Aragorn aille pisser pour parfaire ce tableau. Ou que je demande une pause pipi, parce que réflexion faite, je commence à avoir envie. Donc Mélusine s'installe sur le canapé et je prends le fauteuil de bureau face à elle. Pas question que je m'assoie à côté, c'est trop intime.

Alphéas nous suit avec un peu de retard et amène un grand plat rempli d'eau (celui de ma grand-mère, que j'utilise jamais parce qu'il est trop grand pour moi toute seule). Mais il a fouillé dans mes placards ?

De quel droit ? Mélusine lui adresse un regard reconnaissant en disposant le plat sur la table basse.

Il répond en inclinant légèrement la tête puis s'assied sur le rebord de la fenêtre, dans une posture hyper classe, son épée entre ses jambes, prête à être dégainée au cas où d'autres bêtes cassent les vitres. Aragorn qui veille à l'auberge de Bree... J'essaye de me sortir cette image du crâne. C'est trop perturbant.

— Bien, commençons par vous éclairer sur notre monde, voulez-vous ? propose Mélusine en étendant les bras au-dessus du plat.

Je me dis que ça y est, je suis vraiment tombé dans la Terre du Milieu et qu'elle va me la jouer Galadriel et son miroir. Ce qui fait que je suis Frodon et que je vais avoir des visions d'horreur en regardant dans le plat de ma grand-mère.

Mais non, l'eau s'agite sous ses doigts et se met à former des objets. Oui c'est un liquide, oui, c'est difficile d'imaginer, oui, c'est étrange, mais qu'est-ce qui j'y peux ? C'est à elle qu'il faut s'adresser !

Je ne suis pas très sûre de ce que je distingue, mais elle explique tout en créant.

Bordel, c'est mieux qu'un PowerPoint quand même.

Odeur 8

— Notre monde est composé de trois royaumes, commence Mélusine.

L'eau se sépare en trois strates différentes. On dirait des îles... bon OK, sans terre, mais des îles quand même.

— Il y a le monde des créatures néfastes, celui des créatures fastes et enfin celui des hommes.

OK, ça a l'air simple.

— Les créatures néfastes regroupent toutes celles que les humains associent aux démons, diables et maléfices : les trolls, les elfes noirs, les lutins, les loups-garous, les vampires et autres monstres moins connus. Les fastes, à l'inverse, désignent les êtres que les humains trouvent bénéfiques : les fées, les nains, les anges, les esprits et tous ceux dont ils ne peuvent soupçonner l'existence.

Au fur et à mesure de ses explications, l'eau façonne des silhouettes. Certaines correspondent assez facilement à ce que j'ai pu lire ou voir dans des films divers et variés, d'autres sont franchement étranges, à la limite du ridicule. Si des réalisateurs les avaient mis dans leurs productions, on aurait jugé ça pas crédible.

— Ces deux royaumes sont parfaitement symétriques, avec à leur tête un seul chef. Le Roi

Noir pour les néfastes, la Reine Blanche pour les fastes.

Plus simple, tu meurs. L'eau façonne une ombre masculine coiffée d'un casque divisé en trois parties, et une autre féminine en armure équipée d'une épée et couronnée d'un diadème. Aucun des deux n'a l'air commode. Je me demande s'il leur arrive de faire du karaoké. Peut-être que ça les dériderait un peu de pousser la chansonnette. Surtout avec Gontran... quoique non, ils ont une tête à vouloir le décapiter pour ses fausses notes.

— Le monde terrestre est un entre-deux. Les créatures fastes et néfastes vont et viennent, influençant les hommes, s'en servant parfois comme nourriture ou autres... Même parmi les fastes, certains ont besoin des humains pour vivre. En bref, c'est un terrain neutre.

Dois-je m'insurger sur le fait qu'on est apparemment des jouets entre les mains des êtres magiques ? Voir des petites bouchées apéritives. Tout ça m'a l'air fabuleux, j'ai hâte d'en savoir plus.

— Mais cette neutralité est menacée par le Roi Noir. Il souhaite conquérir la Terre pour vaincre les créatures fastes et régner sur les trois royaumes.

— Ouais, enfin, c'est le Roi Noir, quoi, lâché-je. C'est son but, non ? Quel est le rapport avec moi ?

Parce que c'est bien joli de me donner un cours sur la mythologie, c'est intéressant, mais... curieusement, j'ai surtout envie qu'on m'explique pourquoi j'y suis mêlée.

— L'équilibre a toujours régi les trois royaumes. Le Roi Noir et la Reine Blanche ont conclu un pacte, il y a six cents ans. Laisser les humains en paix et se partager la Terre. Ce qui a conduit à la formation de la Fédération pour s'assurer que ni les fastes ni les néfastes n'envahissent le monde des hommes. Le but étant de les protéger d'une extermination massive ou incontrôlée.

Super. Ils sont raisonnables, finalement.

— Cela a pris du temps, mais peu à peu les créatures surnaturelles ont fini par déserter la Terre, surveillée par la Fédération. Certaines d'entre elles sont restées, mais se font discrètes. De plus en plus.

Je me dis que ça paraît logique. Depuis six cents ans, on a quand même moins d'histoires mythiques, de monstres, etc. Moi qui mettais ça sur le compte de la science. Non, ils se sont juste barrés. Ils ont trouvé de la bouffe ailleurs.

— Toutefois, le pacte était assorti d'une prophétie. Lorsque la fille des fils serait révélée, l'une des deux factions pourrait l'emporter sur l'autre. Les hostilités sont ainsi relancées. La F.I.S.C.S. s'est rangée du côté des créatures fastes et nous souhaitons empêcher le Roi Noir de triompher.

— Et donc, je fais quoi dans l'histoire ? Je suis le trophée ? La balle à attraper ?

— La proie à saigner, assène-t-elle.

Un frisson me parcourt en croisant son regard dur. Je déglutis péniblement. J'ai terriblement envie d'uriner. Comme face aux bêtes du Gévaudan.

— Vous détenez un certain pouvoir, Ursule. Votre sang peut faire triompher les ténèbres. À l'inverse, il peut également les neutraliser. Tout dépend de la manière dont il est utilisé, dans quel philtre et dans quelle potion.

Crotte... littéralement, je suis la fille à saigner. Je ressens subitement beaucoup d'empathie pour les moutons qu'on égorge. Et je comprends soudainement Alphéas et son véganisme. Flûte. Mon père me renie le jour où je lui dis que je suis devenue végane. Quoique, ça m'épargnerait les futures tentatives daubesques de ma mère.

— Donc... le Roi Noir veut me tuer, c'est ça ?

— Pas dans l'immédiat, assure Alphéas.

Je me tourne vers lui. Il me semble plus réconfortant que Mélusine, mais c'est sans doute parce que j'ai toujours été plus à l'aise avec les hommes qu'avec les femmes, allez savoir pourquoi.

— Son but est d'employer votre sang. Il envoie ses serviteurs pour vous capturer, vous mener à lui et ensuite utiliser votre sang lors d'un rituel sombre.

Ça ne paraît pas non plus super génial.

— Et comme pour chaque cérémonial, reprend Mélusine, il faut attendre le moment propice.

Je hausse un sourcil. C'est quoi le moment propice ? La pleine lune ? La conjonction des planètes ? Le jour où mon frère arrêtera de poser des questions débiles ?

— Votre anniversaire, en l'occurrence, continue la fée.

Est-ce qu'elle lit dans mes pensées ? Aucune idée. Je crois que je m'en fiche, à ce stade.

— Mon anniversaire ? Ouais, c'est toujours sympa de se faire saigner pendant son anniversaire, ça met un peu d'ambiance.

J'essaye de faire de l'humour parce qu'en fait je ne sais pas du tout ce que je ressens. Ils ont l'air hyper sérieux, on a combattu (oui, parfaitement, lancer des œufs pourris, c'est combattre) des monstres, y a une prophétie un peu lugubre... apparemment, ça a l'air réel. Donc je commence doucement à flipper. Parce que je suis clairement pas une guerrière.

— Je suis navré que ce poids vous soit échu, assure Alphéas.

Parfois, il parle vraiment comme Aragorn, ce gars. Monsieur « je cultive pas ma ressemblance avec lui », ben voyons. S'il m'annonce qu'il a quatre-vingts sept ans, je vais me le faire. Dans tous les sens du terme, promis. Pourtant, il m'a l'air sincère et ça me fait du bien.

— Y a peut-être d'autres filles que moi... peut-être que c'est pas moi... comment vous pouvez savoir que...

Ouais, le déni. Y a toujours une phase comme ça...

— La terre a tremblé, le cirque millénaire s'est effondré, indiquant sans nul doute possible votre position, raisonne Mélusine.

Le séisme. Ce pétard d'événement que les sismologues ne parviennent pas à comprendre et qui a fait des dégâts étranges. Ceci explique cela. Sans rien éclaircir. OK, le cirque, ce sont les arènes, c'était le nom romain. Je suppose que oui, cirque millénaire, y en a pas beaucoup... encore moins en mesure de s'écrouler après plus de dix siècles. Et pour la fille parmi les fils... Bon sang, c'est déjà pas normal qu'une lignée entière n'engendre pas de nanas, j'ose espérer qu'on est les seuls. Flatule Power !

— Je comprends que tout ceci soit compliqué à intégrer et à accepter, déclare Mélusine. Nous allons sécuriser votre appartement et vous laisser du temps. Ensuite, nous devrons parler de ce que nous devons accomplir ensemble.

Ah, parce qu'on doit accomplir un truc ensemble. Peut-être qu'elle l'a mentionné, j'ai le cerveau en compote. Elle se lève avant que j'aie la possibilité de dire quoi que ce soit. Elle effectue de drôles de gestes avec ses bras et des cristaux apparaissent sur la table basse. Roses, blancs et bleus. Elle se tourne vers Alphéas qui s'est déjà redressé et s'en empare.

Je l'observe psalmodier puis disposer les cristaux devant chaque fenêtre avant de sortir de la pièce. Je suppose qu'il va répéter l'opération partout. Chaplin se hisse sur ses deux pattes pour renifler le nouvel objet. Je me demande si c'est dangereux, mais Mélusine intervient.

— Veuillez ne pas toucher à ces cristaux, ma chère. Votre maîtresse en a besoin.

Genre, juste en demandant gentiment, ça fonctionne. Les chats n'en font qu'à leur tête. Le nombre de fois où j'ai supplié Chaplin de ne pas faire un truc et où elle a pris un malin plaisir de me désobéir... Ne pas faire ses griffes sur le canapé en cuir, ne pas utiliser la terre de mon ficus comme litière... et j'en passe et des meilleures. Alors vraiment, non, demander poliment à un chat, ça ne fonctionne pas.

Sauf qu'évidemment, Chaplin considère Mélusine puis descend sans toucher à la pierre avant de venir se lover entre mes jambes et de ronronner. Je reste bête.

— Merci, lâche Mélusine.

Je jurerais que Chaplin acquiesce puis entreprend de se laver. Alphéas revient et échange un regard silencieux avec Mélusine. La fée hoche la tête puis ferme les yeux et étend les bras. Aussitôt je vois un éclair de lumière parcourir les murs, les cristaux brillent faiblement avant de s'éteindre.

— Les protections sont actives. Les créatures néfastes ne pourront pas vous atteindre. Vous pouvez dormir sur vos deux oreilles, assure-t-elle.

Elle sort du salon et je la suis. OK, donc ils m'annoncent que je suis une bête à saigner et ils s'en vont ? Ils sont gonflés, non ?

— À bientôt, Ursule, ajoute Mélusine avant de s'évanouir dans les airs.

Je considère Alphéas. J'ai tellement de questions qui tournoient dans la tête. Il s'approche de moi.

— Prenez un peu de repos, conseille-t-il. N'hésitez pas à m'appeler si jamais vous avez besoin de quoi que ce soit. La magie de Mélusine est puissante. Vous ne risquez rien.

Son regard me rassure et je le crois. Puis il tourne les talons et se dirige vers la porte d'entrée.

J'aimerais lui dire de rester. J'ai peur de passer pour la petite chose fragile. Mais lorsqu'il disparaît dans le couloir, la fatigue, la crainte et toutes les émotions que je ne suis pas arrivée à gérer durant cette soirée s'abattent sur moi.

J'ai envie de hurler, de pleurer, d'une douche bien chaude, de pisser et de quitter la ville. J'ai faim aussi et en même temps j'ai envie de vomir. Mon corps est contracté, assailli par des sensations contradictoires.

J'entrevois la cuisine, me souviens des monstres et me dis qu'il va falloir que je fasse un truc.

Mais quoi ? Aucune idée.

Chaplin me donne un coup de tête sur le mollet et m'observe. Elle a l'air inquiète.

— Ma vieille, je crois qu'on est dans la merde, soupiré-je.

Épée 1

Je ferme la porte de l'appartement derrière moi. J'ai pu sentir la détresse d'Ursule. Elle ne contrôle pas le moindre de ses sentiments. Pour un empathe comme moi, c'est systématiquement difficile à gérer. C'est pour cela que j'évite au maximum le contact avec les humains en règle générale.

Ce sont des bombes émotionnelles et je dois toujours fournir énormément d'efforts pour obtenir le calme que je ressens habituellement. Avec Ursule, je suis servi.

Cette femme est absolument décontenancée par tout ce qui lui arrive. L'exposé de Mélusine l'a réconfortée un peu, tout en provoquant un raz-de-marée d'émois avec lequel je la sens tenter de lutter.

J'appuie ma tête contre le chambranle de la porte. J'aimerais l'aider. Toutefois, j'ignore comment m'y prendre. Je n'ai jamais eu à faire ça auparavant. Tout ce que je pourrais proposer serait intrusif et déplacé. J'essaye de la rassurer comme je peux. Des petits contacts que j'espère innocents et qui l'aident à gérer tout ça.

Nous n'avons pas besoin que la clef de la prophétie soit complètement foirée avant d'avoir pu lui expliquer notre intention finale. Elle n'est pas au bout de ses surprises et je prie pour qu'elle arrive à digérer tout ça.

L'idée de la laisser seule quelques temps, avec la possibilité de me joindre au cas où, partait de cette intention. Lui permettre de souffler, de rassembler ses esprits, dans un endroit familier, avec ses propres moyens pour qu'elle puisse appréhender la suite.

Je me redresse finalement, comprenant qu'elle ne sortira pas pour me rattraper et me demander de rester avec elle. C'était une perspective qu'elle n'avait aucune envie de saisir visiblement. Ce qui m'arrange.

Je m'avance près d'une porte sur le palier. Ce n'est pas une entrée d'appartement, elle débouche sur un petit réduit comportant d'anciennes toilettes (que je soupçonne avoir été celles des domestiques avant que l'hôtel particulier ne soit transformé en immeuble de logements) et un balcon permettant de rejoindre les toits.

Souplement, je bondis sur la rambarde puis me hisse sur les tuiles. Je marche un instant et hésite entre élire domicile au pied de la cheminée ou bien sur l'arbre donnant sur la place et surplombant les fenêtres d'Ursule.

Je préfère finalement le contact végétal et saute sur une des branches avant de me hisser dans un creux où je m'installe, une jambe dans le vide, l'autre repliée contre moi, l'épée pendante, prête à être dégainée.

Mes yeux se fixent sur les lumières de chez Ursule. Elle les éteint toutes, mais dans son salon, la lueur caractéristique de la télévision prend le relais. Elle n'arrivera pas à dormir. Peut-être à somnoler, mais ce sera tout.

Je vérifie mon portable. Je n'aime pas la technologie humaine, mais lui expliquer le fonctionnement du médaillon aurait pris trop de temps. Et lui aurait fourni encore des détails à gérer inutilement.

Elle ne m'a pas envoyé de message. Bien.

Je pose ma tête contre le tronc. Je vois quelques ombres s'avancer vers l'immeuble et je me redresse, aux aguets. Elles sont arrêtées par le bouclier tissé par Mélusine. Elles tentent de le pénétrer, mais leurs efforts restent vains. Même quand un des voisins d'Ursule perce la protection pour rentrer chez lui. Les monstres, sans doute d'autres bêtes du Gévaudan, essayent de profiter de la brèche, mais elle colle parfaitement à l'humain, les empêchant d'avoir prise.

L'homme ne se rend compte de rien. Les créatures surnaturelles demeurent toujours invisibles à l'œil humain, sauf si elles veulent se montrer. Même si je bondissais pour les tuer, tout de suite, alors qu'il y a plusieurs personnes dans la rue, personne ne le saurait. Personne ne me verrait. Personne ne m'entendrait.

Sauf Ursule, évidemment.

Pour ne pas l'affoler inutilement, je me contente de surveiller les créatures qui rôdent, prêt à intervenir dans le cas très improbable où elles parviendront à percer le bouclier de Mélusine. Le soleil les éloignera durablement.

En attendant, une longue nuit de veille se profile.

Odeur 9

Au cas où vous auriez besoin d'une confirmation, j'ai mal dormi. Genre, très mal. Même en me calant devant la télévision, le seigneur des anneaux en fond, je ne suis pas arrivée à trouver le sommeil. Au fait, Alpheas avait raison, on ne voit jamais manger Aragorn et ça me met en boule.

J'ai pas arrêté de repenser à ce qu'ils m'ont dit. J'ai même fait des recherches. Bon, j'ai été un peu déçue. Mélusine est bien rousse, mais elle ressemble pas vraiment à ce qu'on raconte sur elle. Elle possède parfois un fond méchant, parfois elle s'avère bienveillante. Je ne sais pas si c'est vraiment une sirène, mais elle a un truc avec l'eau, clairement.

Y avait pas grand-chose sur le Roi Noir, à part une légende sur le fils noir de Louis XIV qui aurait dû monter sur le trône. Mais comme je suis nulle en histoire, je ne sais pas si c'est vrai ou pas. Y a aussi un escape game à Lyon... Bref, rien de consistant.

Sur la Reine Blanche, c'est un peu pareil. C'est soit Blanche de Castille, soit un film avec Catherine Deneuve. Bon, j'ai rien contre Catherine Deneuve, mais c'est pas tout à fait ce que je cherchais. Y a également des théâtres qui s'appellent comme ça et puis c'est la reine du pays des Merveilles dans le film de Disney, mais je ne suis pas certaine non plus que ça m'apporte grand-chose.

Par contre, sur la bête du Gévaudan, j'ai découvert des tas de trucs. Certains confirment ce que j'avais vu, d'autres pas du tout.

Donc, en fait les recherches m'ont fait comprendre qu'il n'y avait pas grand-chose à trouver. Si tout ça est vrai, je fais à présent partie des tarés qui pensent que tout ça est réel. Enfin, qui savent que tout ça est réel.

Mais j'ignore si ceux qui écrivent les sites du genre mythologiespourtous.org et contesetlégendes.com sont des témoins de magie ou de simples croyants.

J'ai renoncé après avoir tapé Roi Noir fantasy et être tombé sur un même de Kaamelott. Clairement, Internet n'est pas une source fiable. Et je me prends à me demander si la F.I.S.C.S dispose d'archives accessibles au public.

Bref, j'ai fini par me dire qu'au pire, je devais quand même essayer de faire quelque chose au cas où les protections ne tiendraient pas. J'ai bon espoir que Aragorn ne soit pas allé bien loin. J'ai vérifié, mais il n'est pas roulé en boule sur le palier ni posté dehors devant l'immeuble. Ça m'aurait plu et peut-être que j'aurais mieux dormi. J'ai hésité plusieurs fois à l'appeler pour lui proposer de revenir ici. Le canapé se transforme en lit... Mais j'ai renoncé. Franchement, je n'aurais pas su comment formuler et même si le ridicule ne tue pas (j'en suis la preuve vivante), je n'avais pas envie de tester.

Donc j'ai préféré rester sur le sofa toute la nuit à somnoler et à m'inquiéter. Les premières lueurs du jour m'ont légèrement rassérénée, tentant de me convaincre que tout n'était qu'un rêve. Sauf que ces fichus cristaux sont là, ainsi que le plat de ma grand-mère rempli d'eau. Certes, l'eau ne bouge plus, mais quand même. (oui, j'ai eu la flemme de ranger hier.)

Il est pratiquement huit heures et demie et je me suis assise à la table de la salle de manger pour essayer de rationaliser tout ce que je sais. S'il n'y avait eu que cette altercation au cimetière, j'aurais pu me dire qu'on me faisait une blague. J'aurais appelé Ulysse ou Gontran et je leur aurais tiré les vers du nez.

Parce que pour engager un type ressemblant à Aragorn, faut connaître un minimum mes goûts et Marlou était la coupable toute trouvée. Donc, faire pression sur les mecs pour obtenir des aveux. Les femmes ne cèdent pas aussi facilement. Sauf que le séisme, je ne sais pas comment elle l'aurait provoqué et puisque je ne dispose d'aucune explication (comme les centaines de scientifiques qui doivent plancher dessus), je dois me contenter de celles de Mélusine pour le moment.

En plus du séisme, y a également les créatures et là, ça dépasse le cadre de la simple blague.

Donc, je ne suis pas en train de devenir folle (ou alors c'est violent et finalement rester vivre au-dessus d'un hôpital psychiatrique, c'est peut-être pas si mal). Et j'avais besoin de remettre tout ça par écrit.

Ce qui donne en gros : le Roi Noir veut me tuer.
C'est simple, efficace et concis.

Je suis la cible du grand méchant loup, du diable, de Sauron (histoire de continuer dans la lignée du seigneur des anneaux)... Et normalement, quand on est la cible, on essaye de se défendre. Mélusine et Alphéas ont dit que la Fédération m'aiderait. Je ne peux pas décemment rester dans mon appartement, cloîtrée, gardée par des cristaux.

Sauf que je ne suis pas une guerrière, que j'ai fait deux ans d'escrime pour récolter une cicatrice sur le bras droit parce qu'une lame a transpercé les protections (sans rien leur faire) et que ma coordination est comparable à celle d'un mérou asthmatique.

Va trouver une idée pour combattre des monstres sans avoir à se battre. Je suppose qu'Alphéas pourrait m'entraîner, mais c'est pas comme si on avait des années devant nous. Mon anniversaire est dans quinze jours. Et je présume que les attaques vont s'intensifier.

Et puis, je ne sais toujours pas ce que Mélusine entendait par « ce que nous devons accomplir ensemble ». Je me doute que ce n'est pas l'organisation de la fête de la F.I.S.C.S. ou le choix du désodorisant pour les toilettes. Ça doit plus ou moins avoir un rapport avec le Roi Noir.

Bref, la seule idée qui me soit venue, puisque Mélusine avait l'air impressionnée par mes talents odoriférants, et parce que de toute manière, sortir de sa zone de confort, c'est surfait, c'est de confectionner des boules puantes à balancer sur les montres pour qu'Alphéas puisse les estourbir (ouais, j'adapte mon langage) comme il faut.

Du coup, j'écris des formules chimiques pour avoir la pire émanation du monde. Certaines seront rapides à créer, même si je vais devoir passer à la droguerie du coin ou dévaliser le labo, d'autres vont demander quelques jours de maturation.

Curieusement, le fait de rédiger ça et d'élaborer un plan me permet de me calmer. Pourtant, ce ne sont que des boules puantes. Je peux bien sûr corser les produits pour avoir aussi des fonctions paralysantes ou anesthésiantes ou même endormissantes. Je ne sais pas si j'ai tous les ingrédients sous la main ou si la F.I.S.C.S. pourrait m'en fournir. Leur truc, c'est la magie, je ne sais pas s'ils sont calés en science.

Enfin, je suppose que pour la base, l'odeur suffira. Après tout, les bêtes du Gévaudan ont eu l'air d'y avoir été sensibles. Ou alors, peut-être qu'elles se demandaient si je me foutais pas de leur gueule avec les œufs pourris... Non, mais pour qui elle se prend celle-là, de nous balancer des œufs ? Je ne sais pas...

Repenser à l'attaque me fait frissonner. Je regarde le soleil, bien haut maintenant dans le ciel. Sa chaleur me rassure, bien plus que ABBA que j'ai lancé pour me concentrer sur les formules. Malgré tout, je prends conscience que dans quelques heures, il se couchera et que je retournerai au point de départ.

À chialer sous mes couvertures.

Je zieute sur mon portable. Appeler Alphéas est toujours une option.

Ça voudra dire faire une croix sur mon orgueil, mais... j'en suis capable. Je crois.

Bon et puis, je ne lui ai pas demandé si je pouvais aller au boulot demain ou si... enfin c'est quoi la suite des opérations.

Là, mon coup de fil me semble plus légitime.

Je prends une profonde inspiration, passe aux toilettes (parce que j'ai envie) et compose son numéro. Je ne l'ai pas encore enregistré, mais il va falloir. Ça va que je n'ai aucune vie sociale en dehors du travail et qu'aucun ami ne m'a appelé entre-temps, sinon son numéro aurait été noyé dans la liste interminable de contacts. Ce serait ballot de perdre celui du seul type capable de vous sauver la vie.

Oui, j'occulte qu'il a été assommé par la bête du Gévaudan et que si j'avais pas eu une boîte d'œufs pourris sous la main, je me trouverais à présent dans une caverne sombre et obscure (je sais, c'est pareil) en attendant de me faire égorger le jour de mon anniversaire. Ça me tue ça, d'ailleurs. Aussi bien, ils ont besoin que de quelques gouttes. Pas la peine de me saigner en entier.

Remarque peut-être bien que le Roi Noir ne veut pas me saigner, mais juste prélever un peu de sang, genre don du sang. Et mettre fin à l'humanité... oui bon, on va pas dire que personne n'y a songé. Entre l'état de la planète et les connards innombrables qui ne pensent pas à leur prochain...

— *Allô ?*

Crotte, il décroche toujours au meilleur moment celui-là. Je devrais arrêter de m'immerger dans des réflexions quand je l'appelle.

— Salut, Alphéas.

Oui, OK, je sais pas quoi dire d'autre.

— *Bonjour Ursule. Avez-vous bien dormi ?*

— Pas vraiment, grimacé-je.

— *Vous êtes en sécurité.*

— Vous l'avez déjà dit. C'est plus dur quand on est seule quand même.

Flûte, j'ai dit ça à voix haute. Autant lui avouer que j'ai maté Aragorn pour avoir l'impression de l'avoir près de moi. Tiens d'ailleurs, ça me fait penser.

— Au fait, Aragorn ramène un cerf aux Hobbits dans le premier film. Il tue des animaux. Il peut pas être végan.

J'entends un « hmmm » de réflexion puis un bruit de tissu. J'ignore ce que c'est et la curiosité me dévore. Où est-ce qu'il se trouve actuellement ? Chez lui ? Dans les bureaux de la F.I.S.C.S ? (ouais peut-être qu'ils travaillent le dimanche, je ne sais pas.) Dans un hôtel ? Dans le lit de Mélusine ?

Je ferme les yeux, non, mais je pense à des trucs.

— *Il chasse parce qu'il sait que les Hobbits mangent de la viande. Encore une fois, il possède un fond gentil. Est-ce qu'il en mange ?*

Crotte. Non, il en mange pas. Enfin, on ne le voit pas en tout cas.

— *Vous voyez ?*

Il arbore sûrement son petit sourire suffisant. Ça me fout en boule.

— *Vous m'avez appelé pour discuter cinéma ?*

Non, parce que j'ai les foies et aucune envie de l'admettre.

— Non, je suis en train de fabriquer des armes pour lutter contre les créatures néfastes.

Bon, d'accord, dans ma tête ça sonnait mieux.

— *Des armes ?*

Je lève les yeux au ciel. Vas-y Ursule, dis-lui que tu as prévu d'attaquer les monstres à coup de boules puantes.

— Disons, des armes dissuasives.

Il ne répond rien. Va falloir que je crache le morceau à un moment, mais je préfère garder la surprise.

— Par contre, j'aurais aimé connaître la suite du plan.

— *La suite du plan ?*

— Qu'est-ce que vous avez prévu ?

— *Je crois que c'est à Mélusine de vous en parler.*

— Quand ?

— *Hmmm, demain sans doute. Nous allons vous laisser le temps de mettre en ordre certaines affaires, de poser des congés à votre travail et je viendrais vous chercher pour vous amener à la F.I.S.C.S, si vous êtes d'accord.*

Est-ce que j'ai le choix ?

Odeur 10

Je passe ma journée du lundi à mettre mes affaires en ordre. Pendant un instant, j'ai craint de devoir appeler un notaire. Puis en y réfléchissant, même si c'était le cas, je ne possède aucun bien. Mon appartement est une location, mes meubles... pfff franchement, c'est de la merde. Mes parents en feront certainement du petit bois... Ce qui m'embête plus, c'est mes collectors.

Entre ceux d'ABBA et du seigneur des anneaux, j'ai de jolies pièces chez moi. Mes parents n'y connaissent rien et je ne sais pas à qui je peux les transmettre.

Et puis, évidemment, il y a la question de Chaplin.

— Sérieusement Ursule, t'as amené ton chat travailler avec toi ? se moque Gontran.

Il se penche légèrement pour observer Chaplin par la partie transparente de son sac de transport. Hyper pratique ce truc, je peux le mettre sur le dos et tout. Je n'avais pas envie de la laisser à l'appartement sachant que des monstres pouvaient revenir. OK, j'ai abandonné les cristaux de Mélusine en place et j'ai l'impression que le soleil n'est pas le meilleur ami de ces créatures.

Mais bon, je n'avais aucune envie de courir le risque. Oui, j'aurais pu contacter Alphéas pour en apprendre plus. Sauf que non. Il m'a à peine envoyé un message hyper laconique pour me donner rendez-vous à 14 h sur le parking de mon travail. Comme je prends le bus, en plus, je ne sais même pas par où passer pour aller sur ce foutu parking. À chaque fois que je dois rejoindre Gontran, Ulysse ou Marlou, je me paume.

Oui, j'ai pas le sens de l'orientation. Il m'a fallu trois ans pour me repérer dans le centre-ville de Nîmes et me rendre du bar de Philippe à chez moi sans me perdre dans les ruelles. En même temps, dans cette saloperie de ville, on a l'impression d'aller tout droit sauf qu'en fait on prend une tangente et on arrive à l'opposé de la direction où on voulait.

Y a pas une seule voie parallèle !

Bref... Chaplin. N'hésitez pas à sauter quand ça vous saoule, hein, je digresse pas mal. D'ailleurs, je vous donne mon astuce. Quand il y a trop de longueurs dans un roman, ne lisez que les dialogues. Si l'auteur a bien fait son job, vous ne louperez rien d'essentiel (sauf peut-être la description sexy du héros, mais bon... vous materez des mannequins canadiens plus tard pour compenser). Si l'auteur s'est méchamment foiré... ben vous saurez que c'est plus la peine de le lire.

Encore une fois, bref... Chaplin. (Vous auriez lu que les dialogues, ça vous aurait évité tout ça, hein.)

— J'ai amené mon chat parce que je m'en vais, annoncé-je en rejoignant mon collègue.

— Oh ? Sérieux ? Mais pourquoi ? Tu t'es fait virer ?

— T'aimerais bien, lâche Marlou. Mais non. Elle s'en va, mais elle veut pas nous dire où.

Disons que je ne sais pas franchement où je vais moi-même alors...

— Arrête de tirer la tronche Marlou, c'est son jardin secret, gronde doucement Ulysse avant d'enlacer Marlou et de lui déposer un bisou sur le cou.

— C'est pas parce qu'on est au courant que vous faites des saloperies ensemble qu'on est obligés d'y assister, hein, grimace Gontran.

Marlou le gratifie d'un joli doigt d'honneur qui le fait ricaner. Ils vont sacrément me manquer.

— Tu sais combien de temps tu pars ? reprend Ulysse.

— Non, aucune idée. Adam m'a donné une semaine, j'espère que je serais rentrée avant.

D'ailleurs, je le remercie de ne pas avoir posé trop de questions lorsque je lui ai dit que j'avais besoin de quelques jours pour une affaire personnelle. J'apprécie grandement son professionnalisme. Et en même temps, ça m'aurait fait mal, parce que j'ai pas pris beaucoup de congés depuis que je travaille ici, je suis toujours disposée à prendre le relais des collègues quand il faut ou à accepter un peu plus de boulot.

Je donne suffisamment à la boîte pour qu'elle me rende en retour quand c'est nécessaire. Adam semblait le savoir et a approuvé ce congé de dernière minute sans sourciller. De toute manière, je lui ai assuré que j'avais terminé mon projet en cours, que Gontran était parfaitement capable de me remplacer pour la présentation et les ajustements derrière si besoin.

Je travaillais sur le désodorisant des toilettes d'un hôtel pour chiens. À part les salariés, je ne sais pas trop qui va pouvoir les utiliser, mais enfin. J'ai produit un parfum qui ne perturbe pas le flair de la gent canine et qui enlève efficacement les effluves de déjections humaines.

Vous vous souvenez du pétunia du début ? Ben finalement, je l'ai employé. Ça rend une odeur assez délicate et subtile. Et puis, j'en ai profité pour l'insérer dans une des boules puantes que j'ai mises en macération ce matin.

Oui parce que le fait de pouvoir passer au bureau offrait aussi cet avantage. Les recettes que j'ai élaborées hier ont toutes pris vie. Certaines sont déjà prêtes à l'emploi, certaines ont besoin de plusieurs jours d'attente. Je les ai quand même conditionnées pour un usage rapide.

Pour en revenir au pétunia, j'ai appris que chez les peuples amérindiens, son odeur jouissait de la réputation d'éloigner les mauvais esprits et les monstres. Et puis, je me rappelle que mamoune, pas mal concernée par le mouvement hippie (comprenez qu'elle garde un souvenir ému de ces années et qu'elle est un peu restée dans le jus des années 70), met des pétunias partout parce qu'ils ne poussent apparemment que là où il y a de l'énergie positive.

La Prophétie

Forcément, j'ai pris acte et j'ai confectionné une boule... bon, pas puante du coup, mais odorante. Je ne sais pas trop ce que ça va donner contre les créatures néfastes, mais je ne pouvais pas passer à côté. D'ailleurs, j'ai « emprunté » quelques bouquins sur les senteurs et leurs influences au laboratoire. Je m'étais jamais trop intéressé à ce côté-là de mon travail, trop mystique pour moi.

Et puis, mon but n'est pas de concevoir des répulsifs pour les rampants, chiens, chats, lapins et autres... Je dois juste camoufler les pets. Beaucoup moins hasardeux.

Bref, j'ai calé tout ça dans le sac de Chaplin, qui me fait la gueule au passage pour l'obliger à rester dedans. Je garde pour moi le nombre de griffures qui ornent mon bras. Je me sens donc plus ou moins préparée à rencontrer les pontes de la F.I.S.C.S. ou à revoir Mélusine. Après tout, je ne sais pas ce que je vais y foutre, moi, là-bas.

Je mets le sac sur mes épaules et soupire.

— Y en a pas un qui veut m'accompagner au parking ?

Ils se regardent, légèrement décontenancés. Je grimace. Va falloir que je leur dise.

— Un ami vient me récupérer, marmonné-je.

Et là, je déclenche une tempête. Ils parlent tous en même temps, me posant trois mille questions auxquelles je n'ai pas de réponse.

— Bon attendez, crie subitement Marlou.

Elle étend les bras pour apaiser les rumeurs. Les deux mecs se taisent et me regardent, avides. Je lève les yeux au ciel. Non, mais c'est ma faute, j'ai pas souvent de petits copains et quand j'en ai, c'est généralement des coups d'un soir rencontrés au bar de Philippe, donc ils les connaissent. Là, comme je précise pas le nom, ils essayent de comprendre.

— Tu as un petit copain ?

Je ricane. Alphéas en petit copain. En vrai ? J'adorerais trop. Ce mec, c'est la virilité incarnée. En plus d'être le portrait d'Aragorn. Sauf qu'on est bien loin d'une quelconque romance entre nous. J'ai plutôt l'impression d'être un boulet. Même si nos conversations s'avèrent intéressantes quand elles tournent autour du Seigneur des Anneaux.

— Non, ce n'est pas mon petit copain. C'est... juste un type.

Mes collègues échangent un autre regard et Marlou met ses poings sur les hanches, un sourcil levé. Crotte, je me suis mal exprimée.

— Juste un type ? répète-t-elle.

Ouais, ça fait de suite la fille avide. « Juste un type » c'est l'équivalent de « un beau gosse de dingue qui me fait baver (ou autres) et qui hante mes rêves ».

— Juste un type, insisté-je.

Oui, je n'apprends pas de mes erreurs.

Marlou flaire l'entourloupe illico (pas évident de traîner avec des nez quand même...) et me prend le bras pour m'entraîner dans le couloir.

— Allez va je t'emmène voir ton type, lâche-t-elle. Il t'attend sur le parking ? Mais il pourra pas rentrer...

Euh... sans doute. Il faut peut-être un badge. M'enfin, est-ce que ça arrêterait un chasseur ? Aucune idée. Aragorn dégommerait la barrière... ouais non, il ferait les yeux doux à la sécurité et ils le laisseraient passer.

Parce qu'on sait tous que Gilou, le responsable, est aussi gay qu'Elton John et que ses équipes sont composées uniquement d'hommes au moins aussi homos que lui. Le plus de tout ça, c'est qu'on obtient les gars de la sécurité avec l'uniforme le plus moulant qui puissent exister. Ils auraient aussi bien pu porter des justaucorps, franchement.

Tout ça pour dire que oui, Alpheas n'a qu'un clin d'œil à faire pour se mettre ce petit monde dans la poche. Et entrer où il le souhaite. Littéralement.

Merci pour l'image. Je me déteste parfois. Mais si Alphéas préfère les hommes, ça me ferait suer.

— Bon alors, tu me racontes un peu ?

— Euh... en fait, je dois l'aider pour un truc et...

— Et t'as besoin de prendre des congés pour raison personnelle pour ça ? Me la fais pas ! C'est quoi l'embrouille ? Il te fait du chantage ?

En quelque sorte. Mais non...

— C'est compliqué, Marlou... Franchement, je ne suis pas sûre de tout comprendre...

Elle me considère un instant alors qu'on franchit les portes qui donnent sur l'extérieur. Alphéas est là, appuyé sur le capot d'une berline sombre, les bras croisés sur sa poitrine. Il porte des lunettes noires et il a ramené ses cheveux en un chignon lâche. Sa chemise est retroussée sur ses avant-bras musclés. Il a enlevé sa veste en cuir alors qu'il caille. Saloperie de rôdeur à la noix !

— C'est lui là ? demande Marlou avant de siffler d'admiration.

J'ai presque envie de lui dire de se rhabiller pour éviter que ma collègue n'en voie trop. Ce qui ne me plaît pas parce que cela signifierait que j'éprouve de la possessivité pour lui. Sentiment déplacé.

— C'est lui.

Il se redresse pour m'accueillir. J'aperçois distinctement l'épée à son côté gauche et le poignard à son droit. Mais Marlou ne semble pas les voir.

— Avoue, tu voulais juste une semaine pour t'envoyer en l'air ?

Elle me donne un coup de coude et je soupire. Non, franchement, ça va pas être l'ambiance. Sauf s'ils sont branchés orgie à la F.I.S.C.S, mais du coup, c'est moi qui déclinerais.

— Non, je te jure que c'est pas du tout ce que tu crois. Merci en tout cas, je vais me débrouiller, maintenant, assuré-je en m'arrêtant.

J'évite qu'elle n'aille au contact. Je n'ai pas franchement envie qu'ils discutent tous les deux. Si Alphéas lui parle, j'ignore ce qu'il va dire comme bêtises.

— Bon... je n'insiste pas. Tu as mon numéro. Je veux un message toutes les deux heures !

Je penche la tête sur le côté. Non, mais, elle plaisante ?

— OK, je me contenterais d'un SMS tous les jours. Si tu me donnes des détails croustillants. Mais tu viendras pas te plaindre si c'est trop tard pour lancer les recherches, marmonne-t-elle.

Je souris. De toute manière, si elle doit vraiment appeler les flics, je me doute bien qu'ils seront pas compétents. Je ne sais même pas si la F.I.S.C.S. travaille avec les humains...

— Sois prudente, ajoute-t-elle alors que je lui fais la bise.

— T'inquiète pas.

On échange un regard puis je rejoins Alphéas. Je ne sais pas ce qu'il contemple derrière ses lunettes noires. On dirait un *badboy* sorti d'une mauvaise série télé. Je le préfère dans son look d'Aragorn, même si clairement, un cheval sur le parking, ça ferait désordre.

— Une collègue ? demande-t-il.

— Oui. Au fait, pas hyper subtil le coup de l'épée.

Il considère son armement avec un sourire discret.

— Ne vous inquiétez pas, en tant que créature surnaturelle, je peux faire en sorte que les humains ne voient que ce que je souhaite.

Je reste bête alors qu'il me tourne le dos et ouvre la portière côté conducteur pour s'installer derrière le volant. Il me fait signe et, par automatisme, je m'assieds à la place du mort (ambiance ambiance), Chaplin sur les genoux.

— Ah, vous avez pris votre chat, constate-t-il.

— Pourquoi ? J'ai pas le droit ?

Il hausse les épaules et met le contact. Le moteur démarre et il exécute un demi-tour impeccable. Moi, je rumine.

« En tant que créature surnaturelle... » Il est pas humain donc, c'est ça que ça veut dire ? Je vais pas commencer à paniquer parce qu'il a prouvé qu'il est de mon côté, mais...

— Vous auriez pu me le dire, maugréé-je en croisant les bras sur ma poitrine.

— De quoi ?

— Que vous étiez pas humain !

Il ne dit rien et se contente de hocher la tête.

— Je pensais que c'était évident, avoue-t-il.

Ouais... ça l'est. Mais du coup, peut-être qu'il est hideux et que le côté Aragorn en fait, c'est pas vrai. Il ressemble à un ogre aussi bien.

Ursule, t'es qu'une abrutie.

Odeur 11

Les bureaux de la F.I.S.C.S. se révèlent assez loin de ce que j'avais pensé. Enfin, soyons honnêtes, j'imaginais pas non plus trop de trucs.

J'hésitais entre un monde merveilleux plein de paillettes avec des licornes et des arbres fleuris et un immeuble de bureaux standard un peu à la Wolfram & Hart (eh, j'ai le droit de faire des références à autre chose qu'au Seigneur des anneaux. Et si vous connaissez pas, je parle d'Angel, le beau gosse vampire le plus détesté de toute l'histoire de la télévision, ouais parce que la plupart des gens sont #teamspike. Ben pas moi !).

Je me retrouve donc devant un immense mas perdu dans la campagne gardoise. Un mas avec une tour, des écuries, une piscine, une grande serre apparemment occupée par une végétation luxuriante, et un vaste jardin de je ne sais combien d'hectares.

Alpheas gare sa voiture sans hésitation en plein milieu du parterre de gravier devant la terrasse. Je déglutis lorsque le moteur de la berline s'arrête.

OK, je suis hyper intimidée. Ça pue le luxe et je n'y suis pas habituée. Je n'ai rien contre le luxe, hein, les belles propriétés, tout ça... simplement, j'ignore comment me comporter.

Alpheas sort sans dire un mot. Ça ne m'étonne pas, la conversation a été plutôt morte sur le trajet. Il a duré un peu plus de trente minutes et s'il a décroché deux mots, c'est le bout du monde.

J'avoue, depuis que je sais qu'il n'est pas humain, ça a jeté un froid. Comme s'il m'avait menti et que je me sentais trahie. Alors qu'en fait, il n'a juste rien dit et que je ne vois pas pourquoi il m'aurait précisé sa nature. J'ai présumé de sa nature humaine parce qu'il semble humain, mais... je devrais avoir compris depuis le temps que les apparences sont souvent trompeuses.

Sur le trajet, j'ai eu envie de lui demander un million de fois ce qu'il était exactement. Et en même temps, je ne pense pas pouvoir gérer une révélation du type « je suis un incube, je ressemble à Aragorn uniquement pour que tu me fasses confiance et que tu acceptes de coucher avec moi afin que je me nourrisse de ton âme ». Ou autre.

Chaplin s'agite dans son sac et me sort de mes rêveries. J'ouvre la portière et rejoins mon rôdeur préféré sur la marche de la terrasse. J'admire les pierres apparentes, les différentes ailes qui confèrent un aspect biscornu, mais charmant à la demeure et les larges fenêtres.

Non décidément, ça ne colle pas avec le quartier général des créatures magiques censées jouer avec les humains. Où est Poudlard quand on en a besoin ? Quoique ça se rapproche effectivement de Poudlard... le soleil en plus, l'architecture gothique en moins. Mais c'est vrai que Alphéas ne se trouvait pas là pour me donner ma lettre d'admission.

Aragorn (oui bon pour éviter les répétitions et parce qu'il a encore la dégaine du rôdeur) ouvre une porte et me fait signe d'entrer. Toujours dans le silence, hein. Ce gars m'épate. Sur le linteau, je remarque cinq lettres gravées.

F.I.S.C.S.

Un frisson me parcourt. On pénètre dans une pièce style cave, avec des pierres apparentes et un plafond voûté. Au fond, un grand feu crépite dans une énorme cheminée avec deux sièges en cuir imposant de part et d'autre et deux fauteuils Voltaire devant. Des silhouettes sont assises dedans, conversant à voix basse.

Elles se tournent vers moi et me dévisagent. Je ne distingue pas grand-chose (elles se trouvent devant un feu hein, j'ai pas les yeux d'elfe de Legolas, moi), sauf leurs regards brillants, légèrement rouges et flippant. Je crois apercevoir des écailles et une langue de serpent. Tout pour plaire. Je pensais que la F.I.S.C.S. c'était le pays des fées, elfes et autres créatures merveilleuses. Ils ont peut-être pas reçu le mémo...

Alphéas place sa paume dans le bas de mon dos pour me rapprocher de lui. Je le considère tandis qu'il m'emmène devant un râtelier où il dépose son épée et son poignard avant de pendre son manteau à un crochet sur la droite.

— Vous pouvez libérer votre chat si vous le souhaitez, annonce-t-il.

Je fais la moue. Relâcher un animal dans un endroit que je ne connais pas, qu'il ne connaît pas non plus... c'est un coup à le retrouver quillé quelque part. Un endroit difficile d'accès, sombre et sordide de préférence bien évidemment. Histoire que ça soit un peu marrant de voir son humaine se démener comme une abrutie pour l'en déloger.

Ou alors, elle va se faire bouffer par le type à la langue de serpent. Ouais, je viens de commettre un délit de faciès, rien à secouer.

Cela dit, je considère Chaplin. J'ai beau me plaindre d'elle, elle est quand même hyper attachée à moi et je sais qu'elle ne fuira pas loin. Mais quid des tarés ? Je soupire, allez, je dois faire confiance à Alphéas.

Je dépose mon sac sur le sol et m'accroupis pour lui ouvrir.

— Bon... tu ne t'enfuis pas trop loin ? Tu restes avec moi ?

Elle ne me dit rien. Clairement, je possède pas le mojo de Mélusine. Je me réjouis déjà de ne pas avoir récolté de coups de griffe. Elle se met à sentir le sac puis s'extirpe en continuant de renifler.

— Elle est en sécurité, assure Alphéas.

Je le contemple un instant.

— Parce qu'il n'y a aucune créature bouffeur de chats par ici ?

J'ai pas pu résister à demander. Il grimace. Ah, j'ai vu juste. En fait, il a cru que j'avais ramené le repas pour ses copains. Ils sont pas tous adeptes du véganisme. M'enfin, c'est pas pour ça qu'ils doivent se venger sur mon animal de compagnie.

— Les bureaux de la F.I.S.C.S. sont un refuge, continue-t-il. De manière générale, tout le monde s'y trouve en sécurité, y compris un chat.

De toute façon, j'ai pas le choix. Chaplin est déjà partie en exploration à quelques mètres et je n'ai aucune envie de perdre de nouveau vingt minutes à vouloir la remettre dans son sac. Les griffures que j'ai récoltées ce matin sont encore rouges.

— Alors, c'est quoi la suite ? Maintenant que je suis là ?

Non, parce que j'ai pas l'intention de m'attarder en fait.

— Je vais vous montrer vos quartiers pour la nuit. Ensuite, nous verrons.

Hein ? Je vais passer la nuit ici ? Attends une minute. Je suis pas prête, moi ! J'ai pris mon chat, mes boules puantes, mais j'ai carrément pas pensé à récupérer des fringues de rechange ou une petite culotte ou même ma brosse à dents. Sans parler du fait que c'est le moment où je devrais me raser les jambes et les aisselles.

Autant Marlou essaye de me convaincre de rester naturelle et arbore ses dessous de bras et ses mollets poilus sans aucune gêne, autant personnellement, je ne me sens pas prête à accepter ce côté-là de ma personne. Je n'aime pas les poils. Même si je résiste à l'épilation intégrale de l'entrejambe.

Bref, ça devient critique et je me dis que si je dois me faire saigner, j'aimerais bien présenter. Y a un minimum à observer quoi. D'accord, peut-être que laisser le pyjama à licorne à la maison est une bonne chose.

Alphéas a l'air complètement imperméable à mes sentiments et s'avance vers une porte qu'il ouvre avant de me faire signe de le suivre. Je récupère mon sac et lui emboîte le pas. On gravit un escalier de bois recouvert d'un tapis moelleux qui étouffe les craquements.

À l'étage, il y a un grand couloir avec une dizaine de portes, toutes fermées à l'exception d'une seule. Lorsqu'on passe devant, je m'aperçois qu'il s'agit d'un corridor supplémentaire qui dessert à l'évidence les autres ailes du bâtiment.

Alphéas ouvre une des portes blanches et me fait entrer dans une pièce sombre. Je le suis, un peu inquiète. Il ouvre la fenêtre et les volets. La lumière du soleil illumine la chambre, révélant un lit à baldaquin recouvert de velours rouge, une grosse armoire de bois et un secrétaire. Une porte ronde (oui, presque à la hobbit) donne sur une petite salle de bain équipée d'une douche et de toilettes.

C'est cosy, rien à dire. Alphéas me considère un instant.

— Est-ce que ça va ? demande-t-il.

Je déglutis en soupirant.

— Non, réponds-je.

Je ne peux pas être plus sincère. Il s'approche et pose sa main sur mon épaule. Comme la dernière fois, son contact m'apaise.

— Je vais faire tout ce qui est en mon pouvoir pour vous aider, Ursule. Je vous le jure.

Est-ce que j'ai le droit de le prendre dans mes bras ? Non, probablement pas. Mais son affirmation me rassure puissance mille. Est-ce que c'est sa capacité ou alors le fait qu'il ressemble à Aragorn ? Ou les deux ? Qui n'a pas rêvé d'Aragorn en train de nous promettre ça ? Personnellement, je frissonne à chaque fois qu'il dit à Eowyn « Damoiselle protectrice du Rohan ».

— Allons voir Mélusine dans son bureau, elle nous attend, reprend-il.

Je hoche la tête, regrettant ce petit moment d'intimité. On ressort de la chambre et on passe la porte qui mène aux autres ailes. C'est un long couloir de bois, tortueux, avec des portes et des alcôves. Alphéas s'y déplace avec aisance, comme s'il avait l'habitude. Je me demande s'il les fréquente souvent. Il a dit qu'il bossait pour la F.I.S.C.S., mais que ce n'était pas courant. C'est un chasseur, je soupçonne qu'il rôde plus fréquemment dehors qu'à l'intérieur, mais ça me travaille. Est-ce qu'il dort ici entre deux missions ?

Aussi bien, sa chambre se situe juste à côté de la mienne. Peut-être que j'aurais le droit à une visite nocturne, un peu comme Gollum qui suit la communauté, mais en plus classe. En même temps aussi bien, il ressemble vraiment à Gollum.

Mais si c'est un surnat' (oui c'est le nouveau surnom, admettez-le créature surnaturelle c'était long), je suppose qu'il peut quand même se pointer avec le regard de braise d'Aragorn dans l'auberge du poney fringant... Bon oubliez, de toute manière, j'aurais pas mon pyjama licorne pour l'éblouir.

Alphéas descend trois marches et m'attend avant d'ouvrir une porte de bois sculptée. Galant, il me laisse passer la première et je pénètre dans la plus incroyable pièce que j'ai jamais vue.

Je ne saurais pas la décrire en fait. Les murs sont composés avec des arbres... ou constitués je dirais. Le plafond est formé par l'entrelacs de leurs branches et de leurs feuillages, le sol par leurs racines qui s'assouplissent sous mes pas. À l'intérieur des troncs, il y a des étagères portant des livres ou des objets que je ne connais pas.

OK, là, ça fait bizarre, magique et je suis un peu espantée (sidérée, pour ceux qui ne viennent pas d'ici). Et puis, je tombe sur Mélusine, toujours aussi rousse et aussi belle dans sa robe immaculée. Elle est accompagnée de plusieurs personnes et ma gorge se serre sous l'effet du trac.

Je jette un œil à Aragorn, il ne m'avait pas dit qu'on allait discuter avec du monde. Moi qui pensais que la fée serait seule. C'est un traquenard en fait. Alphéas me regarde, mais ne prononce pas un mot. Ouais, ça m'aurait étonné.

— Bienvenue, Ursule, lance Mélusine en écartant les bras.

Elle m'invite à approcher. Je suis légèrement intimidée et je déglutis péniblement. Alphéas m'emboîte le pas. Sa présence me rassure et ça m'énerve.

— Asseyez-vous, je vous prie, continue la fée, en me montrant un fauteuil en bois orné de fleurs.

Ce ne sont pas des décorations en plastique évidemment, mais de vraies plantes, odorantes, au parfum doux et apaisant. Je ne connais pas ces plantes. Il faudrait peut-être penser à les commercialiser, cela dit. L'idée de faire pousser sa chaise ou son bureau me paraît vachement rentable ! Et durable.

Alphéas s'installe en face sur un siège similaire, même si ses fleurs arborent un rouge sang alors que les miennes tendent vers le violet. J'ignore si ça signifie quoi que ce soit. D'autres fauteuils, en accord avec le nombre de personnes, sont disposés en demi-cercle aux plantes tantôt jaunes, roses ou bleues.

Mélusine prend place en face de son auditoire, sur un fauteuil plus somptueux, en bois orangé et aux fleurs blanches. Elle me sourit, cherchant visiblement à m'apaiser. C'est peine perdue. Je me retrouve au conseil d'Elrond, sauf que j'ai le pressentiment que c'est moi l'anneau. Le premier qui décide de me balancer dans un volcan en flammes, je lui renvoie une boule puante.

Et crotte, Alphéas m'a obligé à déposer mes armes en bas. Ah, c'est bien manœuvré ! Les cochons ! J'ai même pas Chaplin pour les distraire. Ils ont pensé à tout.

— Ursule, je vais faire les présentations, annonce Mélusine.

Les odorantes aventures d'Ursule Flatule

Mouais, vas-y, dis-moi qui sont ces gens et à quelle sauce je vais être mangée. Ou saigner. J'ai hâte.

Odeur 12

— Voici Veyrarc, le représentant de ce que vous nommez le petit peuple, fait Mélusine.

Un homme (enfin de mon point de vue) s'incline légèrement. Grand, il arbore de longues oreilles pointues, des yeux en amande avec la pupille semblable à celle des chats et des mains terminées par de courtes griffes. Si c'est un elfe, on est loin de la version sublime du Seigneur des Anneaux. Ou alors ils ont pris le plus moche.

— Poulvarola, la délégataire des E.S.P., les Êtres Sanguinaires Pacifiques, pour la région, continue la fée.

Ils aiment les acronymes, donc. C'est pas hyper rassurant quand même. OK, y a pacifique, mais vous voyez pas la tronche de la nana. Sa tête ressemble à un crocodile aplati avec les crocs qui vont avec, des épines sur le dos, des bras terminés par des griffes acérées. Alors que je la regarde, elle étire les babines. Peut-être qu'elle sourit, mais ça me donne juste l'impression qu'elle va finalement tirer un trait sur cette histoire de pacifique.

— Luzieras, le représentant des C.M.B., les Créatures Monstrueuses Bienveillantes, poursuit Mélusine.

J'essaye de ne pas lever les yeux au ciel devant ce nouvel acronyme. On dirait une entreprise ou une administration locale avec leur jargon à la noix. En termes de monstres, cela dit, je m'en sors bien. Ce Luzieras, certes minuscule, ressemble à un homme. Bon, d'accord, faut omettre ses canines proéminentes et ses grandes cornes. On dirait un farfadet...

— Drulhes, le représentant de la présidente de la F.I.S.C.S., présente Mélusine

Un animal se dégage des ombres et vient bondir sur le dernier fauteuil fleuri qui subsistait. Je mets un moment avant de me rendre compte qu'il s'agit d'un sphinx. Un corps de lion, une tête d'homme aux cheveux bouclés et des ailes noires. Plus que tout, cette apparition me fait vraiment comprendre que je suis tombée dans un autre monde.

Ouais d'accord, il était temps.

— Et enfin, Arial, la diplomate de la Reine Blanche, termine la fée.

Une femme aux pommettes saillantes me toise avec ses yeux bleus. Enfin, je dis une femme, mais en fait, ça pourrait être un mec. Je tente de déterminer si je perçois ou non une pomme d'Adam, même si finalement, c'est peut-être qu'un truc bêtement humain et vu les deux ailes blanches derrière son dos, elle n'est pas humaine. Un ange. Tout va bien, c'est qu'un ange.

— Je vous remercie d'avoir fait le déplacement pour discuter de cette affaire. L'heure est grave.

Merci, Mélusine, je me sentais parfaitement à mon aise et tu viens de tout casser. Je croise le regard d'Alphéas, y lis sa compassion et sa bienveillance et essaye de respirer.

— Êtes-vous certaine que cette jeune femme soit celle de la prophétie ? demande Veyrarc, ses oreilles pointues se balançant sur sa tête.

— L'eau était formelle, déclare Mélusine. La terre a parlé en détruisant les arènes de Nîmes. Elle l'a désignée. Tout concorde. Aucune fille dans sa lignée ne l'a précédée, uniquement des fils. Il n'y a aucune hésitation possible. L'ennemi l'a compris également.

— Vraiment ? s'étonne Luzieras.

Sa voix est si fluette que je suis obligée de tendre l'oreille.

— Des bêtes du Gévaudan ont été lancées à ses trousses, ainsi que des sorciers noirs, intervient Alphéas. Elle est une cible, ce qui ne fait aucun doute sur sa nature.

Ouais, toujours le mot pour rassurer.

— Puis-je savoir qui vous êtes et pourquoi vous vous trouvez ici ? s'enquiert Poulvarola. Mélusine ne vous a pas présenté et je me demande bien si votre présence est nécessaire. En quoi un chasseur nous aidera ?

— Ce n'est pas un simple chasseur, intervient Arial d'une voix lointaine. C'est l'héritier du royaume oublié, le descendant de la lignée maudite, celui qui pourrait restaurer le trône gris.

J'observe Alphéas sous un nouveau jour. Il paraît mal à l'aise, se tortille sur sa chaise et déglutit. C'est quoi cette histoire ? C'est un prince ?

Du coup, clairement, Aragorn quoi. Je le vois bien soupirer un « Avodade Legolas ». Y a pas Legolas, mais qui s'en soucie ?

Je ricane. C'est nerveux. Et évidemment tout le monde se tourne vers moi. Oubliez tout ce que j'ai dit, finalement, avant j'étais à l'aise. Leurs regards inquisiteurs font mourir ma bonne humeur.

— Alphéas a été le premier à comprendre qui était Ursule, intervient Mélusine.

J'ai envie de la serrer dans mes bras pour avoir récupéré l'attention de l'auditoire. Je respire plus librement, même si je ne suis pas sortie d'affaire.

— Il l'a protégée depuis ce jour. Son implication n'est pas discutable.

La voix de la fée tombe comme un couperet. J'ignore sa position exacte au sein de toute cette hiérarchie, mais ils semblent tous l'écouter. Arial finit par prendre la parole.

— Que proposez-vous de faire ? Si nous avons la fille de la prophétie, nous n'avons pas tellement le choix. Nous devons éliminer ce danger.

Mon sang ne fait qu'un tour.

Éliminer ? Carrément ? Attendez... vous comprenez la même chose que moi, non ? Je vais me faire tuer alors qu'ils ont juré de me protéger ?

— La prophétie ne pourra s'accomplir que le jour de son anniversaire, dans quatorze jours, rappelle Mélusine. Nous avons le temps.

— Le temps de quoi ? insiste Drulhes.

Mélusine et Alphéas se concertent. Je n'aime pas ça. Pas ça du tout. On dirait mon père et ma mère qui essayent de se mettre d'accord sur la manière d'accommoder le cuissot de sanglier offert généreusement par un chasseur. Alphéas est le chasseur, Mélusine, la cuisinière et moi, le cuissot.

Je vais me faire mariner dans du vin rouge avec des poireaux et des carottes et ensuite cuire à la broche. Ils vont être déçus. Certes, j'ai un peu d'embonpoint, mais pas de quoi nourrir une troupe. Quoique les sphinx ont l'air petits... peut-être que pour eux, je ferais un bon repas.

— Le Roi Noir souhaite offrir son sang pour provoquer l'apocalypse et libérer les Cavaliers, rappelle Luzieras. Si nous la détruisons, nous lui coupons l'herbe sous le pied.

Euh, hello, je suis là. La nana que vous voulez détruire, manger ou je ne sais quoi. C'est pas hyper poli de dire ça.

— Hors de question que nous tuions de sang-froid, s'énerve Alphéas.

À parce que de sang chaud, ça passe ?

— Une femme, ce n'est rien face au royaume entier, souligne Poulvarola. Son sacrifice sera loué.

Elle me regarde comme si je devais me réjouir de rester dans les mémoires. Non, mais non, en fait. J'ai aucune intention de crever, prophétie ou pas prophétie. Faudrait que je discute avec le Roi Noir. Suivant la quantité de sang dont il a besoin, je peux peut-être trouver un terrain d'entente. Puis en quatorze jours, je peux aussi remplir des tas de poches de sang pour lui fabriquer une réserve.

— Ce ne sont pas nos méthodes, cingle Mélusine.

— Parfois, nous n'avons pas le choix, remarque Drulhes.

— Nous avons toujours le choix, fait Arial. Tuer un être, même pour en sauver plusieurs, n'est pas une décision à prendre à la légère.

Je me mets à rigoler. C'est nerveux, encore une fois.

— Vous auriez pas pu accorder vos violons sur ça avant ? Faut que vous en discutiez devant moi ? me moqué-je. Sérieusement, on vous a pas appris que c'était malpoli de parler de quelqu'un devant lui comme s'il n'était pas là ?

— Ursule, murmure Alphéas.

Il a un air désolé, mais moi, j'en peux plus.

— Et puis, franchement, vous croyez que je vais accepter que vous me tuiez comme ça ?

— Il s'agit de protéger l'humanité, votre race d'origine, rappelle Drulhes.

Je m'esclaffe.

— Protéger l'humanité ? Non, mais vous êtes sérieux ? Pourquoi ?

Je jette un pavé dans la mare. Ils me regardent tous comme si j'avais pris de l'ecsta.

— Vous ne vous montrez pas raisonnable, remarque Luzerias.

— Vraiment ? Et pourquoi pas ? On détruit les océans, les forêts, on se tue nous-mêmes pour des conneries de religion ou de territoires, on se viole, s'assassine... franchement, si vous cherchez une race à rayer de la carte de vos trois royaumes, c'est bien la mienne. Alors si vous pouvez me passer le numéro du Roi Noir, on va abréger.

Bon, ben maintenant ils sont convaincus que j'ai tourné la carte. Ils vont appeler l'asile le plus proche et je vais terminer mes jours dans une camisole de force. Est-ce que je peux garder Chaplin dans ma cellule ?

Ils ne mouftent pas et me considèrent d'un air grave. Ah, je parie en fait qu'ils n'avaient jamais envisagé la chose. Le temps où on était de gentils petits humains est révolu. Je sais même pas s'il a existé.

— Vous ne pensez pas ce que vous dites, souffle Alphéas.

Je vois la douleur dans son regard et me détourne.

— Il n'y a pas que votre race en jeu, souligne Arial, d'une voix douce. Le royaume blanc se trouverait également à la merci de l'apocalypse déclenchée par le Roi Noir.

— Je croyais que l'apocalypse, c'était Dieu qui revenait. Il est pas dans votre camp ?

Ouais, le catéchisme ça date. Mais ça, ça m'avait marqué. En même temps, c'est logique. C'est bien Dieu qui a provoqué le déluge et détruit Babylone et tous ceux en désaccord avec son peuple élu. Clairement, que la fin du monde vienne de lui, ça paraît cohérent.

— C'est plus compliqué que cela, énonce Drulhes. Les Quatre Cavaliers obéiront à celui qui les réveille. Votre sang détient le pouvoir de les éveiller. Si le Roi Noir le fait couler, alors il possédera les quatre êtres les plus puissants sous son emprise. Rien ne lui résistera. Il réduira l'humanité en esclavage et détruira le royaume blanc. Nul espoir et nulle joie ne subsisteront.

J'essaye de conserver mon indifférence. Bon l'esclavage, c'est pas cool, mais ça rabattrait leur caquet à tous ceux qui le pratiquent déjà. Pour une fois, ils goûteraient à leur propre médecine. Pour le royaume blanc, je ne le connais pas. Alors franchement, rien à fiche.

— Je crois que nous avons suffisamment palabré en vain, intervient Mélusine.

Je perçois que tout le monde n'est pas d'accord. Je viens de leur donner une raison supplémentaire de me flinguer sans état d'âme.

— Je vous ai convoqué non pas pour savoir si nous devions tuer Ursule, mais plutôt pour vous exposer mon plan, qui ne nécessite pas de causer sa mort.

Ah, ben fallait commencer par ça.

— Nous vous écoutons, assure Arial.

— Il existe un philtre qui permettrait de neutraliser une tentative quelconque du Roi Noir de déclencher l'apocalypse. Sa formule a été perdue dans les limbes du temps et nous possédons peu de sources capables de la retrouver. Toutefois, je connais une sorcière compétente, parfaitement à même de préparer cette potion, apprend Mélusine.

— Quel genre de philtre ? demande Luzerias.
— Qui est cette sorcière ? s'enquit Poulvarola.
— Le philtre est en fait le pendant de celui que le Roi Noir devra concocter, reprend la fée. Quant à la sorcière, il s'agit d'Angèle de la Barthe.
— Angèle ? Cette folle ? souffle Veyrarc.
— Elle est puissante.
— Elle se terre dans son antre et n'en sors plus, continue l'elfe. Elle n'a que faire des affaires de ce monde. Pourquoi vous aiderait-elle ?
— Parce qu'elle a besoin des humains, rétorque Mélusine.
— Pour les mettre dans ses potions, grimace Drulhes.
— Sa réputation est usurpée, assure la fée.
— Elle reste dangereuse, souligne Arial. Il est fort possible qu'Ursule ne survive pas à ses préparations.

Bim, retour à la case égorgement. Ne passez pas par la case Aragorn, ne prenez pas votre chat.

Je me lève, suffocante, et sors de la pièce. J'aimerais rejoindre ma chambre sauf que je ne sais plus où c'est. Je me retrouve comme une abrutie à essayer de calmer mes nerfs dans ce couloir sombre et biscornu. Il accentue mon impression d'emprisonnement et la panique commence à me gagner.

Mon coeur se met à tambouriner dans ma poitrine et je peine à maîtriser ma respiration. Lorsqu'une main se pose sur mon épaule, je sursaute et hurle comme une folle.

Alphéas me considère, étonné, et je soupire pour tenter de me calmer.
— Désolée, soufflé-je.
— Cela n'est rien. Je vous raccompagne à votre chambre. Vous avez besoin de repos.
J'acquiesce et le suis. Je ne suis pas sortie du sable.

Odeur 13

Je soupire en me laissant tomber sur le lit. Aragorn (ouais laissez-moi rêver) me considère et s'agenouille devant moi.

— Vous devez vous reprendre, assène-t-il.
— Facile à dire, taclé-je.
— J'ai conscience que c'est éprouvant.
— Vraiment ?

Je veux pas paraître méchante, hein. Mais quand même, d'où il sait que c'est compliqué quand des gens discutent pépouzes de la possibilité de te tuer ?

— Votre place dans cette prophétie est délicate.
— Apparemment, c'est très simple. Il suffit de me tuer. La difficulté réside dans le choix de l'arme et du bourreau. Pourquoi moi, ça j'arrive pas à comprendre.
— On ne peut lutter contre son destin. Souvent, on ne fait que le repousser.

On dirait qu'il parle d'après expérience. Nos regards se croisent, mais il se détourne avant que quoi que ce soit ait pu se passer.

— J'aimerais simplement vous poser une question.

Je hoche la tête lorsque je constate qu'il attend mon autorisation.

— Ne souhaitez-vous vraiment pas que l'humanité soit épargnée ?

Je déglutis. Il adore m'envoyer des trucs en pleine figure.

— En soi, je me demande parfois si ça vaut le coup, oui, murmuré-je.

Il me lance un regard triste. Je ferme les yeux en soupirant.

— Y a pas un jour sans qu'on apprenne des horreurs. À l'occasion, je perds foi en la nature humaine. Mes parents m'ont élevé avec l'idée que l'homme était fondamentalement bon. Lorsque j'allume les informations, je me dis qu'ils se trompent.

— Il y a de bonnes choses dans l'homme, assure Alphéas.

— Peut-être. Mais pas suffisamment.

Si vous en doutez, allez faire un tour sur n'importe quel site d'actualités, prenez connaissance des rapports de la COP, de l'UNICEF, de l'OMS et de tous les acronymes pourris qui nous alertent et nous disent bien qu'on est en train de se foirer gentiment.

— Est-ce à vous d'en décider ?

Cette question, accusatrice, méchante et gratuite, m'assomme. Alors, par mimétisme, je réponds.

— Apparemment, oui. Puisqu'une prophétie stupide stipule que mon sang permet de commander aux Quatre Cavaliers. Peut-être que je devrais moi-même les invoquer. Déchaîner leurs puissances…

— Vous ne les contrôlerez pas. Personne ne le peut. Même le Roi Noir... Il ignore ce qu'il fabrique.

Il murmure presque, comme si c'était un secret. Ce qui s'est passé pendant le conseil me revient.

— C'est quoi le trône gris ?

Mon interrogation le choque visiblement. Il grimace, comme s'il souffrait. Ah ben tiens, maintenant peut-être que tu comprends.

— Une utopie. Un rêve, rien de plus.

— J'aimerais...

— Ursule, coupe-t-il, le regard menaçant.

OK, j'ai pas le droit de lui tirer les vers du nez. Je suis vexée maintenant. Je déteste être vexée.

— Vous ne pouvez pas faire ça. Me cacher des informations et ensuite vouloir que je prenne une décision. Je suis une scientifique. Je rationalise, c'est ma façon de procéder, mais si je ne dispose pas de toutes les pièces du puzzle, je ne peux pas le faire.

Il se lève et fait quelques pas avant de se planter devant la fenêtre. Il contemple le dehors quelques secondes. Je mentirais si je disais que je n'en profite pas pour regarder ses fesses. Moulées dans son jean, elles sont magnifiques. Ce qu'il faut de chair et de fermeté. Nues, elles doivent être remarquables.

Je remonte un peu pour admirer sa carrure. Ses muscles se devinent sous sa chemise alors qu'il croise les bras sur sa poitrine. J'aimerais qu'il me prenne contre lui. Je secoue la tête. Non, là je suis furieuse contre lui. Contre eux.

— Vous n'avez pas besoin de ce genre d'informations pour prendre la décision que vous devez prendre.

— Sauver l'humanité ou ne pas sauver l'humanité, c'est ça ?

Il acquiesce.

— Parce que c'est vraiment à moi de décider ? Vous n'allez pas m'obliger à faire ce que vous voulez ? À aller voir cette Angèle pour qu'elle fabrique une potion avec mon sang et peu importe comment elle s'y prend du moment que le royaume blanc et l'humanité sont sauvés ?

Il ne répond rien. Ah, voilà. Je me disais bien qu'il se révélait vachement loquace d'un coup. Ça me semblait pas naturel. Je m'apprête à enfoncer le clou quand il se décide à en placer une.

— Vos parents, vos collègues, les enfants... ils seront tués, torturés ou réduits en esclavage. Est-ce vraiment ce que vous souhaitez ?

Je le déteste. C'est officiel. Penser à ça me donne envie de vomir. Mes parents... ma mère pourrait se défendre encore. Elle leur préparerait sa daube infecte ou bien leur parlerait de son calendrier. Mon père essayerait de survivre. Mais ils se feraient tous les deux tuer au final. Ma mère parce qu'elle peut-être exaspérante et mon père pour la protéger.

Gontran, Ulysse et Marlou... Gontran se ferait écarteler pour avoir siffloté. Ulysse et Marlou... peut-être qu'ils pourraient s'en sortir. Ils ont toujours de bonnes idées quand on imagine une partie d'escape game en cas d'apocalypse zombie.

Les enfants... je n'en ai pas. Malgré tout, ça a toujours été un sujet sensible chez moi. Je ne supporte pas qu'on s'en prenne aux gamins. Dès que je vois un môme pleurer, mourant de faim ou battu, des gros titres de journaux annonçant des violences quelconques envers des mineurs, ça me débecte.

Je me détourne encore et pince les lèvres. Ce qui me conduit à perdre foi en l'humanité et à vouloir éradiquer la race humaine. Et donc à vouloir faire du mal aux enfants. Je hais Alphéas de me mettre devant le paradoxe de ma demande.

— Vous ne pouvez pas laisser le Roi Noir gagner. Tant que l'humanité demeure, nous conservons un équilibre. Si l'apocalypse se déclenche et que les Cavaliers se trouvent dans le camp des Ténèbres, il n'y aura plus de liberté. Vous ne pouvez pas laisser faire.

— Alors je dois me sacrifier pour le plus grand nombre ? comprends-je, amère. J'ai pas l'âme d'une guerrière ou d'une sainte ou de je ne sais quoi d'héroïque. Je fabrique des désodorisants pour toilettes ! C'est pas vraiment un boulot où on risque notre peau.

Je vous ai dit que j'étais foncièrement égoïste. J'ai pas envie de crever. Vraiment pas.

De nouveau, il s'accroupit devant moi et prend ma main dans les siennes.

— Je vous protégerai, Ursule. Sauver l'humanité ne signifie pas que votre mort soit obligatoire.

Je fonds littéralement devant cette promesse touchante. Son regard, concerné, empli de bienveillance, abat toutes mes défenses. Je me sens parfaitement en sécurité. Toutefois...

— Mais si elle l'était ?

Il hésite. Suffisamment pour que la peur s'impose en moi. Il fronce les sourcils en baissant la tête avant de me contempler.

— Je trouverai un autre moyen. Mais jurez-moi que vous n'irez jamais voir les serviteurs du Roi Noir. Il vous tuera. Il n'y a pas de négociation possible avec lui.

Sa voix faiblit, comme s'il suppliait. Ce qui est le cas.

Je repense à mes parents, aux enfants, à Gontran et aux autres.

— D'accord, soupiré-je finalement.

Il acquiesce lentement. Je devine un sourire sur son visage, mais je croise son regard et une connexion s'établit entre nous. Il ne se détourne pas comme auparavant et mon cœur se met à battre la chamade. La chaleur de ses mains remonte dans mes bras et éveille quelque chose en moi. Mon ventre se tord tandis que sa tête se penche légèrement et s'approche.

Mes lèvres s'entrouvrent, en réponse aux siennes. Ma gorge s'assèche. Mille questions se bousculent dans mon crâne. Pourtant, le temps est arrêté, suspendu à nos battements de cœur.

Le miaulement de Chaplin brise l'instant.

Elle saute dans mes bras et je sursaute. Nos mains se séparent et Alphéas s'éclaircit la gorge en se relevant. Il ne me regarde pas et cherche visiblement quelque chose à faire.

Chaplin, je te hais !

— Ursule ?

La voix de Mélusine résonne avant que la fée n'apparaisse dans l'encadrement de la porte. Ben dis donc, elle tombe à pic. Quel timing !

— Ah, je vois qu'elle vous a retrouvé. Elle s'inquiétait, se réjouit la fée.

Traîtresse de chatte. Inquiète, mon œil !

— Serait-il possible que nous discutions ? Je prends conscience que le conseil semblait peut-être... prématuré, j'aurais dû vous parler de mon plan avant.

Non, sans déconner ? Cela ne me paraît pas difficile pourtant. Je jette un regard vers Alphéas. Il a repris son côté taciturne et nous contemple, les bras croisés.

— Alors, allez-y, intimé-je en pliant un de mes pieds sous mes fesses pour que Chaplin puisse se lover entre mes jambes.

Elle ne se fait pas prier et commence à ronronner. Mélusine observe autour d'elle. Alphéas finit par lui amener une chaise pour qu'elle s'installe face à moi. La fée prend position dans un mouvement élégant, remercie le chasseur du regard. Ce dernier s'incline légèrement avant de battre en retraite, puis se concentre sur moi.

— Je ne souhaite pas votre mort, assure Mélusine.

Une bonne entrée en matière. Meilleure que la précédente.

— J'ai espoir qu'Angèle sera en mesure de créer cette formule et d'utiliser votre sang afin de le neutraliser et d'éviter le déclenchement de l'Apocalypse et l'invocation des Cavaliers. Ce ne sera pas simple, je le conçois. Le voyage sera long parce qu'elle n'accepte ni magie ni transports humains. Puis, il faudra la convaincre. Mais ce sera un argument de poids, je le sais. Nous empêcherons le Roi Noir de triompher.

— Et si elle refuse ? Je devrais passer ma vie à me cacher dans l'espoir que le Roi Noir ou ses sbires ne me trouvent pas ?

Elle hésite. Puis elle se tourne vers Alphéas.

— Si Angèle ne veut pas, j'ai d'autres atouts en réserve, d'autres alliés qu'il nous faudra considérer.

Elle parle en l'observant longuement. Alphéas se détourne, visiblement mécontent. Je sens qu'il y a anguille sous roche. J'aimerais en savoir plus, mais Mélusine me coupe l'herbe sous le pied.

— Alors, êtes-vous d'accord ?

Je fixe Alphéas. Il ne daigne pas me regarder, mais ses paroles résonnent encore en moi. Je soupire et acquiesce.

— OK, allons voir cette Angèle et essayons de la convaincre de prendre mon sang pour en faire un philtre ou tout autre truc magique, marmonné-je.

Mélusine a un grand sourire.

— M'en voilà heureuse. Reposez-vous après ces émotions. Vous partirez demain. Vous êtes en parfaite sécurité, il n'y a que des alliés ici.

Je hoche la tête alors qu'elle se lève et sort. Alphéas me regarde brièvement avant d'opiner légèrement pour prendre congé. Je me retrouve toute seule et jure.

J'ai oublié de demander si quelqu'un avait une petite culotte à me prêter.

Odeur 14

Un courant d'air froid me réveille. Je me suis assoupie sur le lit, entièrement nue. Je n'ai pas osé demander une petite culotte à Mélusine. Et je doute que les quelques êtres que j'ai croisés en soient pourvus. Ceux avec une queue ou des écailles possèdent peut-être des dessous, mais je crains que la taille ne pose souci. Et si c'est pour porter une culotte avec un trou au niveau des fesses, je n'en vois pas l'intérêt.

J'espère que demain, avant le départ pour l'antre d'Angèle, Alphéas acceptera de faire un détour. Soit par mon appartement, soit par un magasin de fringues. Mon pyjama licorne me manque. Même si je peux dormir nue, je n'apprécie guère.

J'ai froid, je sais pas comment me positionner et j'ai peur que mes règles débarquent sans que je m'en aperçoive. Ce qui est stupide parce que je ressens en général une sacrée douleur aux ovaires quand j'ovule et que mes reins se tordent lorsque ça commence. Ouais, vous vous seriez passé des détails.

Alors, parlons plutôt des rêves érotiques toujours gênants qui entraînent une sécrétion... OK, je m'arrête. De toute manière, comme je vous disais, un courant d'air m'a réveillée. J'espère, sans trop y croire, que c'est Alphéas qui vient profiter du fait que je sois entièrement nue.

J'ouvre un œil sans bouger. Je veux observer ce qu'il va faire. Mon cœur bat la chamade. Une silhouette sombre s'approche. Ça pourrait correspondre à Alphéas. Je déglutis en me demandant comment réagir. Je suis sur le ventre, parce que je dors toujours sur le ventre et il entre doucement dans mon champ de vision.

Je me dis que je vais me tourner légèrement pour qu'il apprécie ma poitrine lorsque je vois passer un éclat. Je ne sais pas trop ce que c'est, mais ma tête rugit DANGER ! Je me redresse et tombe du lit au moment où un poignard s'abat là où je me trouvais quelques secondes plus tôt.

L'adrénaline afflue dans mes veines. Je me relève rapidement et observe mon agresseur s'approcher de moi. J'aimerais hurler. Ma voix est bloquée dans ma gorge. Des yeux rouges étincellent. Je perçois des cornes et des griffes. Je recule jusqu'à buter sur mon sac.

Je l'ouvre pour en extirper deux boules puantes. Je laisse celles qui ne sont pas encore prêtes et en prends une au pétunia et une à la sciure de fer. Je balance la première sur le lit. Mon agresseur, intrigué, s'arrête et observe. La senteur s'élève rapidement et je le vois sourire.

Des crocs acérés apparaissent. Bon, le pétunia, ça fonctionne pas. C'est de la daube. Ils avaient fumé les Amérindiens quand ils ont conclu que ça éloignait les mauvais esprits. Tu parles.

Pour le coup, la daube de ma mère pourrait être plus efficace. J'aurais dû en faire une boule puante, tiens.

Mon agresseur reprend sa marche et je lui jette celle à la sciure de fer. Il la reçoit en pleine poire, ce qui me satisfait déjà. Impitoyablement, l'odeur s'élève. Je retiens un haut-le-cœur alors que mon ennemi secoue la tête. Ah, je lui souhaite bon courage pour s'en débarrasser.

Je me mets à progresser comme un crabe pour rejoindre la porte et le couloir. Je ne sais pas ce que fout Alphéas, mais je devrais bien arriver à le trouver. Il m'a dit qu'il me protégerait, non ? S'il s'est barré à trois kilomètres, ça rime à rien. Doit pas rôder bien loin.

Mon agresseur est encore en train d'essayer de dissiper l'odeur et de retenir des envies de vomir.

Les boules puantes, ça marche !

Alors que je suis pratiquement sur le point d'atteindre la porte, il se rue sur moi et me saisit le bras.

Cette fois, je hurle, tout en tentant de me dépêtrer de son emprise. Le poignard se lève au-dessus de ma tête, mais ne s'abat pas. Une forme blanche se jette sur le visage de l'être qui recule pour essayer de s'en débarrasser.

Chaplin !

Je regarde mon chat se défouler sur mon agresseur jusqu'à ce que ce dernier arrive à la choper par la peau de son cou et à l'envoyer valser.

Alors là, pas question qu'on fasse du mal à mon chat !

Je me saisis de la première chose qui me passe sous la main (une chaise, rien de bien flambant) et la balance sur mon adversaire. Il la reçoit dans la tronche (ah ah je m'améliore en lancer de trucs divers et variés) et trébuche en arrière. J'avise une statuette de bronze qui m'a l'air particulièrement lourde et, n'écoutant que mon adrénaline et ma colère, commence à taper pour l'assommer.

Je sens une morsure sur mon avant-bras, mais ne m'arrête pas. La rage s'écoule de moi sans que je ne puisse l'attraper. Je frappe, encore et encore. Des trucs giclent sur mon visage, mais je m'en contrefiche.

Il a balancé mon chat !

Il m'a attaquée !

Ils veulent ma mort !

J'ai rien demandé !

J'ai rien demandé !

J'ai rien demandé !

— Ursule ! entends-je quelqu'un m'appeler.

Peu après on me ceinture et on m'éloigne. Je sens des bras puissants m'entourer par la taille et me plaquer contre un corps ferme. Je me débats pour qu'on me lâche, mais la prise se resserre encore plus.

— Calmez-vous, il n'y a plus de danger.

Ma colère bat toujours dans mes tympans. Ils bourdonnent. J'ai l'impression que mon cœur va sortir de ma poitrine. Ma respiration est hachée. Je commence à trembler. Un souffle chaud s'insinue dans mon cou.

— Chut, murmure-t-on à mon oreille. Tout va bien.

Je reconnais cette voix.

Alphéas.

Je m'appuie contre lui alors que les forces me quittent. La statuette que je tenais encore à la main tombe par terre dans un bruit mat. Je perçois des silhouettes glisser devant moi et s'affairer au-dessus de l'être que j'ai frappé.

— Je suis là, vous ne craignez plus rien.

Je me raccroche à la voix posée et grave d'Alphéas. Je m'apaise, même si mon sang bouillonne toujours dans mes veines. Les tremblements s'accentuent et Aragorn me serre contre lui (j'ai le droit de rêver, encore une fois).

Mélusine apparaît soudainement, la lumière la précédant. Ou la suivant, je ne sais pas trop. Ils n'ont pas allumé le plafonnier, mais il y a une drôle d'aura autour d'elle qui rend la pièce plus lumineuse. Je remarque que le type que j'ai frappé n'était autre que Veyrarc. La fée le toise gravement.

Pendant quelques secondes, je pense l'avoir tué et la culpabilité m'oppresse. Ce qui est stupide parce qu'il voulait ma peau. Puis son torse se soulève. Je ne l'ai pas tué. Mais ça peut se résoudre.

Surtout quand je vois un éclat de fourrure blanche se redresser et claudiquer.

Alphéas a légèrement relâché son étreinte, ce qui me permet d'écarter ses bras et de me précipiter vers

Chaplin. Elle se tient sur trois pattes et me scrute avec un air apeuré. Je la prends contre moi, prenant garde à sa patte blessée.

— Faites quérir un guérisseur, ordonne Mélusine. Emmenez-le et soignez-le pour que nous puissions l'interroger.

Je la regarde et nos yeux se croisent.

— Appeler également un zoothérapeute pour Chaplin, ajoute-t-elle.

Je suppose que c'est un vétérinaire et j'opine pour la remercier. Elle m'imite avant que je ne sente qu'on drape un tissu sur moi, un plaid ou une cape ou autre chose et c'est Alphéas qui l'arrange comme il se doit.

Ah oui, j'étais à poil. C'est vrai. Super. À rajouter dans ma longue liste de hontes. Je commence à en avoir plein le dos.

— Pouvez-vous me dire ce qu'il s'est passé ? continue la fée.

Alphéas se positionne près de moi, à quelques centimètres uniquement. Sa chaleur irradie encore, me réchauffant. J'ai envie de retourner me blottir contre lui. Je résiste à la tentation et me concentre sur Mélusine. Elle se penche doucement sur moi et prend mon bras. Il arbore une légère estafilade.

— C'est évident, non ? Visiblement, je ne suis pas en sécurité, ici.

Ses yeux reviennent sur moi.

— C'est la première fois que cela arrive, assure-t-elle. Les bureaux de la F.I.S.C.S. sont inviolables.

— Ben, vous lui direz, tancé-je en donnant un coup de menton en direction de Veyrarc.

Évanoui, l'elfe est porté par plusieurs autres créatures que je n'identifie pas. Probablement pour l'emmener vers les soins. Mélusine fait sortir de l'eau de la gourde qu'elle garde à la ceinture et la dirige pour qu'elle recouvre mon estafilade. Je ne suis pas certaine de vouloir bénéficier de traitements magiques. Mais elle reprend, sans me laisser la possibilité d'argumenter.

— Ce n'est pas un serviteur du Roi Noir, contre-t-elle. Nos protections sont tournées vers les sbires des Ténèbres. Elles ne pouvaient pas l'empêcher d'agir.

— Parce que vous n'avez jamais eu à faire avec la trahison auparavant ? raillé-je.

Mélusine pince les lèvres et Alphéas baisse le regard. Oh, ils sont sérieux ? Crotte alors. C'est ubuesque. La fée fait refluer l'eau. Mon bras est comme neuf. Je n'ai pas le temps de m'en réjouir.

— Jusqu'à présent, nous avons toujours su démasquer les mauvaises graines avant qu'elles ne germent, reprend Mélusine. Il faut que vous compreniez qu'il y en a peu, toutefois. Les sorciers sont changeants, mais les autres créatures ne le sont pas autant. Le serment que nous formulons à l'encontre de nos rois nous lie bien plus que vous ne l'imaginez.

Mouais, je veux bien croire, mais un serment, c'est surtout qu'une bête promesse. Avant, peut-être que ça signifiait quelque chose. Mon père ne signe jamais rien quand il y a marqué « sur mon honneur » sauf s'il peut vraiment engager sa parole. Lorsqu'il a fallu attester que mon frère habitait à la maison pour qu'il puisse se marier à la mairie, il a refusé. Il n'acceptait pas de commettre ce qu'il appelait un « faux témoignage ». Mon frère s'est marié à Bordeaux du coup, là où il vivait. Tant pis si on a dû payer des logements et tout. Il s'agissait de son honneur.

Mais combien de personnes font ça ?

Pour ma part, je ne connais que mon père.

Alors, elle est bien gentille, Mélusine, mais il faut peut-être qu'elle évolue. Apparemment, le serment peut être violé.

— Nous allons enquêter et nous comprendrons les raisons qui ont poussé Veyrarc à commettre un tel acte, assure-t-elle.

J'acquiesce. Que faire d'autre ?

— Dame Mélusine ?

Un être étrange, semblable à Mélusine, mais plus petit et plus masculin, s'approche.

— Vabores, je t'ai fait appeler pour cette chatte. Elle a été blessée suite à une agression, indique la fée.

Elle cède la place et Vabores s'avance. Il ne me prête aucune attention et se focalise sur Chaplin. J'allais le prévenir qu'elle se montre farouche avec les médecins, mais elle se laisse faire comme si elle avait l'habitude. J'ai l'intuition qu'elle communique avec lui, parce qu'il émet de drôles de plaintes et qu'elle semble y répondre.

J'observe ce spectacle quelques instants avant que Vabores ne daigne enfin m'accorder un regard.

— Ce n'est qu'une foulure et une grosse frayeur, m'apprend-il.

Je respire plus librement. J'ai eu tellement peur. Je le laisse administrer ses soins tandis que Chaplin reste contre moi.

Je croise le regard d'Alphéas. Je constate qu'il me scrute depuis un moment. J'essaye de lire dans ses yeux, mais je n'y parviens pas. Ses narines se dilatent, sans doute sous le coup de la colère, mais j'ignore contre qui elle est dirigée.

Épée 2

Vabores donne plusieurs instructions concernant Chaplin. Ursule boit ses paroles. J'hésite à la laisser afin de rejoindre Mélusine et Veyrarc. J'aurais dû prévoir ce qui vient de se produire. Pendant la réunion, Veyrarc dégageait beaucoup d'émotions négatives. J'ai mis ça sur le compte de la tension suite à la révélation de la nature d'Ursule.

J'avais tort.

Cela aurait pu lui coûter la vie. La culpabilité ne me lâche pas. J'ai envie de hurler ma frustration.

Même si elle a trouvé la force de se protéger. Vu l'odeur qui règne dans la chambre, elle a dû dégainer ses armes dissuasives. J'aurais dû me douter qu'elle aurait confectionné des boules puantes. C'est dans ces cordes. Et visiblement, c'est efficace. Heureusement qu'elle a insisté pour récupérer son sac.

Elle se serait retrouvée sans défense. Je n'ose imaginer ce qui aurait pu se passer alors.

Je l'observe dire au revoir à Vabores. Je n'accorde pas un seul regard à la fée. Il ne m'intéresse pas. Tout ce que je veux savoir c'est si elle va bien. Lorsque je l'ai tenue contre moi, j'ai pu la percevoir en entier. Son angoisse. Sa force. Sa colère.

Elle vibrait si vigoureusement, si profondément. J'ai eu un aperçu de sa puissance et elle s'avère colossale. Même si elle l'ignore.

Pourtant, quand on l'observe, rien de tout cela ne saute aux yeux. Elle semble fragile, douce et sans défense.

Elle pose Chaplin sur son lit et la chatte s'endort. Je crois que Vabores lui a administré un tranquillisant ou a récité une formule pour qu'elle se calme. J'aimerais faire pareil pour sa maîtresse. Au lieu de cela, elle se tourne vers moi, refermant les pans de ma veste que j'ai jetée sur son épaule.

Elle était nue, mais je ne l'ai remarquée que lorsqu'elle a porté secours à son familier. Je ne l'ai vêtue que pour lui éviter de l'embarras. Et aussi parce que je ne voulais pas que qui que ce soit d'autre la découvre ainsi.

Les sentiments que j'éprouve pour elle commencent à dérailler. Je devrais les étouffer. Toutefois je n'en ai aucune envie. Je n'ai jamais ressenti cela et je compte bien en profiter, voir où cela me mènera.

— C'est quoi la suite des opérations ?

Sa question me sort de mes réflexions. Elle cherche à se rassurer. Je m'avance vers une table de chevet et en extirpe un cristal sur lequel je souffle. Aussitôt, une petite lumière irradie. Pas suffisante pour éclairer la pièce maintenant que les fées se sont retirées, mais assez pour constituer une veilleuse réconfortante.

Je la dépose près du lit et me concentre sur Ursule.

— Mélusine fera interroger Veyrarc et nous en saurons plus.

— C'était un espion du Roi Noir...

Je secoue la tête. Veyrarc ne pourrait jamais pactiser avec l'ennemi. Il a trop souffert des serviteurs ténébreux pour trahir ainsi les proches qu'il a perdus. C'est autre chose.

— Nous verrons bien. Rendormez-vous, vous êtes épuisée.

Elle soupire.

— Je n'y arriverai pas, souffle-t-elle.

Oui, je m'en rends compte. Ses nerfs sont tendus, ses émotions bouleversées. Lentement, à l'aide de mouvements calmes, je la fais s'allonger et arrange les couvertures sur elles. Elle serre mes mains contre sa poitrine et je m'agenouille devant le lit pour lui faciliter la tâche.

— Je veille. Dormez. Vous ne risquez plus rien.

Ses yeux bleus se fixent sur moi, suppliants.

— Restez avec moi, murmure-t-elle.

Je ne réponds pas, opinant légèrement, instillant doucement de la tranquillité dans son organisme. Sa respiration finit par ralentir et ses paupières se ferment. Je reste quelques secondes de plus, jusqu'à ce que ses doigts se relâchent. Je me libère et me relève.

Je prends le cristal que j'ai allumé plus tôt et chuchote deux mots de pouvoir. Il se dédouble instantanément. Je repose l'un sur la table et je garde l'autre dans ma main. À présent, je vois ce qui se passe ici. Je demanderai à un agent de monter la garde, en plus. J'ai croisé Laurent, je lui fais confiance pour ça.

Je vais pouvoir aller rejoindre Mélusine pour cuisiner Veyrarc. J'espère être de retour avec des réponses lorsqu'elle ouvrira les yeux.

Odeur 15

Une odeur de soleil, de cuir, de cannelle et d'océan s'insinue dans mon rêve. Alphéas. C'est son effluve. Il prend forme derrière mes paupières. Ses traits se mélangent à ceux d'Aragorn (bon OK, c'est pas difficile) et il me sourit. Un sourire chaleureux alors que le soleil l'enveloppe.

J'adorerais y croire, mais c'est trop beau. J'ouvre les yeux. L'odeur demeure, parce que je suis emmitouflée dans son manteau de cuir. Entièrement nue. Ça pourrait se révéler sacrément érotique. Sauf que je me souviens en détail du pourquoi du comment. Je frissonne et une main se pose sur moi.

Alphéas s'accroupit. J'aimerais vraiment dire que je ne ressens ni soulagement, ni rien. Sauf peut-être un peu de colère à me toucher alors que je n'ai rien demandé. Mais non. Sa présence me rassure et c'est de pire en pire.

Il est resté pour veiller sur moi. Comme je le lui avais réclamé. Même si ça faisait très gamin. Personne n'avait jamais fait ça pour moi. Si, mon père, une fois, à l'hôpital parce que j'avais subi une opération qui avait failli me coûter la vie. Il est resté alors qu'il s'est cassé le dos sur le fauteuil prévu à cet effet.

Mais cet inconnu est resté.

Nos yeux s'accrochent encore, me faisant de nouveau basculer dans cet univers restreint où rien n'existe plus. Juste lui, moi, son odeur qui m'enveloppe et me réconforte, nos cœurs qui battent à l'unisson. Bon sang que ça fait guimauve, mais c'est pourtant ce que j'éprouve.

Un mouvement près de moi attire mon regard, brisant cet instant. Comme la dernière fois, c'est Chaplin qui interrompt ce moment. Mais je n'ai pas la force de lui en tenir rigueur. Je pivote vers elle pour l'observer. Elle semble pouvoir appuyer sa patte blessée et se lèche avant de me donner un coup de tête.

Je souris, soulagée et la caresse derrière l'oreille. Elle se met à ronronner et se blottit contre moi. J'essaye de me redresser quand même alors qu'Alphéas se relève. Il s'éloigne à peine, mais j'ai l'impression d'être abandonnée. Je me morigène. C'est pas possible de se montrer aussi empotée et accro à la présence d'un mec. J'aurais qu'à créer un parfum qui sent comme lui et en asperger partout. Voilà. Ça suffira.

— J'ai pris la liberté de demander à Mélusine de vous fournir des habits de rechange, annonce Alphéas.

Je pivote vers lui et constate qu'il m'indique une pile de linge. Plusieurs questions m'assaillent.

Est-ce que ce sont des vêtements qui appartiennent à Mélusine ? Dans ce cas, je vais pouvoir me la jouer Eowyn avec de belles robes blanches. Et faut qu'elle me passe sa formule antitache parce que je me connais. Surtout s'il y a de la Bolognaise à manger. Non, mais la tomate, c'est automatique, ça en fout partout. Même en la regardant.

Est-ce qu'ils seront à ma taille ? Parce qu'elle a le ventre plat Mélusine. Moi, le mien, comment dire... c'est la petite bouée, les abdos Nutella® plutôt que tablette de chocolat, les poignées d'amour où on fait pouet pouet. Sans parler des hanches. Ma mère m'a toujours répété que j'avais des hanches faites pour engendrer des gosses. Super, merci, piètre consolation quand on se trimballe une culotte de cheval. Ravie de savoir que la jument pourra convenir à l'étalon.

Et puis, évidemment, la question ultime. Y a-t-il des culottes ? Je peux me passer de soutien-gorge, avec mes petits seins. Ça aurait été sympa d'être un minimum proportionnée, mais non, la graisse, c'est les fesses et le ventre chez moi. Elle a oublié qu'elle pouvait aussi se stocker dans les mamelons, la bougresse.

Pour me passer de culotte, c'est quand même plus tendu. Je ne suis pas à l'aise, surtout si je dois porter une robe.

Bon, quoique celles de Mélusine sont longues donc, en soi, pas de crainte qu'un coup de vent fasse s'envoler le tissu et dévoile mon entrejambe. Néanmoins. Encore une fois, si les anglaises débarquent, sur du blanc... on risque de me suivre à la trace. (Si vous n'aimez pas que je parle de règles et de tous les trucs de filles, ben tant pis.)

— Merci, dis-je toutefois.

Il incline légèrement la tête et on se retrouve là comme deux couillons. Il ignore quoi faire, j'ignore quoi lui dire, sauf peut-être « dégage le temps que je m'habille » et du coup, on se dévisage en chiens de faïence, dans un silence gênant, uniquement troublé par les ronronnements de Chaplin.

Et puis, mon ventre gargouille. Du genre violent. Comme s'il n'avait pas bouffé depuis trois semaines. Alors que la veille, il a dévoré un très bon sandwich thon mayonnaise à midi. Franchement, de quoi se plaint-il ? Veut-il que je lui reserve la daube de maman ?

Évidemment, Aragorn ne dit rien devant cette manifestation embarrassante.

— Je vais aller vous chercher de quoi manger.

J'acquiesce, mais alors qu'il passe la porte, je l'interpelle.

— J'ai pas envie de manger ici.

Il semble considérer le problème quelques secondes. Et je me sens obligée de me justifier.

— J'aimerais simplement prendre l'air, si c'est possible d'aller déjeuner dehors, peut-être...

Ouais, je sais, on est en plein mois de janvier, mais la magie existe. Je peux demander, non ?

Alphéas réfléchit quelques instants, puis opine.

— Il y a une petite terrasse qui surplombe la serre, juste en dessous de votre fenêtre. Nous pouvons nous y retrouver.

Je hoche la tête et enregistre les indications qu'il me donne. Ça ne m'a pas trop l'air compliqué, mais je suis une tanche question orientation. Il disparaît finalement et je m'approche de la pile de vêtements.

Avec surprise, je découvre des jupes, des jeans, des t-shirts... tout ce qu'il y a de plus moderne. Plus ou moins à ma taille, mais globalement, c'est parfait. Y a même des petites culottes et des boxers. J'enfile un de ces derniers et sors de ma chambre (rassurez-vous j'ai aussi passé un t-shirt, un jean et un pull blanc), Chaplin sur mes talons.

Elle marche comme si elle n'avait jamais rien eu et je m'en réjouis. Le soulagement me prend par surprise. Alors même que je suis censée partir pour retrouver une sorcière qui va faire je ne sais quoi avec mon sang, je me sens curieusement apaisée et réconfortée.

Ce ne peut pas être la simple présence d'Alphéas. Peut-être que le fait d'avoir réussi à me débarrasser d'un de mes agresseurs pratiquement seule joue sur ma confiance en soi. Si toutefois je pouvais occulter la phase de petite fille geignarde qui supplie Aragorn de rester avec elle.

J'arrive dans la salle commune. Plusieurs êtres s'y trouvent et mon beau courage fond comme neige au soleil. Ils me dévisagent tous avant de se détourner pour murmurer entre eux. Sympa, ça fait plaisir. Je me demande combien se désolent que Veyrarc ait raté son coup.

J'étouffe ses pensées et suis les explications d'Alphéas. J'atterris finalement, et assez curieusement, sur la terrasse indiquée. Elle est couverte par les arbres ; il y règne une chaleur étonnamment douce et elle surplombe effectivement la serre. Bon, je ne me suis pas trompée. Ça aurait été ballot que je moisisse ici alors qu'il poireaute ailleurs.

Plusieurs tables en fer forgé entourées de chaises y sont disposées. Je m'installe à l'une d'entre elles, attendant qu'Alphéas arrive. Je me demande si j'aurais dû lui dire de patienter pour qu'on aille ensemble chercher à manger. Je me fais l'effet d'une princesse qu'on sert et je déteste ça. C'est pas comme ça qu'on m'a élevée.

Un hennissement me surprend et je considère la serre d'où il vient. J'écarquille les yeux en voyant les chevaux qui y paissent tranquillement. Enfin les chevaux... avec cette pétard de corne au milieu du front. Donc... des licornes, bordel !

J'hallucine. Des licornes divaguent devant moi, en train de brouter paisiblement et de se chamailler. Pas hyper glamour ou classe. On imagine en général les licornes faire des trucs... classe. Bon, là c'est pas le cas. On dirait de bêtes chevaux. Elles ont même pas de crinière arc-en-ciel et si je voyais pas la corne, je pourrais penser que ce sont uniquement des équidés quelconques.

Finalement, j'aurais dû mettre mon pyjama licorne, j'aurais été dans le ton.

— Tenez, fait soudain Alphéas en posant un plateau devant moi.

Je le remercie du regard avant de prendre connaissance du contenu. Des croissants, du pain frais, un verre de jus d'orange et une tasse de chocolat chaud.

— Comment vous le saviez ?

Il m'interroge des yeux en s'installant sur une chaise à côté de moi. Chaplin grimpe et sent le pot au lait avant de commencer à laper. Je devrais la gronder, mais elle doit aussi avoir faim.

— Que je ne bois pas de café, dis-je en réponse à la demande silencieuse du chasseur.

— Je le savais, affirme-t-il simplement.

Mouais... il a pas compris le principe de la question/réponse. J'aimerais pousser l'investigation un peu plus loin, mais en toute transparence, je vais sans doute apprendre qu'il me filait le train, ou alors qu'il a vu qu'il n'y avait pas de café dans mes placards ou autre et ça va me mettre de travers. Ou me faire croire des trucs pas réels. Bref, je préfère prendre la tasse entre mes mains.

La chaleur réchauffe mes doigts et je me sentirais presque à l'aise. Alphéas ne dit rien près de moi, s'enfonce dans son siège. Je reporte mon attention sur les licornes et les observe un moment. En vrai, je ne sais pas quoi dire. Des banalités peut-être, mais...

— Je croyais qu'il n'y avait que les vierges qui pouvaient les approcher, remarqué-je finalement.

Ses sourcils se froncent avant de comprendre de quoi je parle.

— Des légendes pour qu'on les laisse en paix. N'importe quelle partie de leurs corps possède une forte puissance, elles sont donc dans l'obligation de se protéger… par n'importe quel moyen. Et les rumeurs sont souvent le plus efficaces.

Je grogne. Je vois parfaitement ce qu'elles ressentent. Je n'en reviens pas de dire cela, mais être traquée, c'est épuisant nerveusement. J'aurais aimé ne jamais le savoir.

Alphéas ne répond rien, mais baisse la tête. Il sort une pipe de sa poche. Il la cure avant de la remplir de tabac et de l'allumer. Je me retiens de pouffer. Est-ce de la feuille de Longoulet ?

— Non franchement la pipe, c'est un peu trop, raillé-je.

Il sourit. Comprenant parfaitement où je veux en venir.

— Je fumais la pipe bien avant qu'Aragorn ne le fasse.

Je tique. Attends, attends…

— Si vous me dites que vous avez quatre-vingts sept ans… on me l'a déjà faite.

— Je n'ai pas quatre-vingts sept ans.

— Alors vous ressemblez uniquement à mon personnage favori par coïncidence ?

— Vous préféreriez que j'aie pris cette apparence pour vous manipuler ?

Préféreriez… ce que je préférerais, c'est de retourner dans mon laboratoire et continuer à fabriquer des désodorisants pour toilettes. Si on me l'avait prédit, je ne l'aurais pas cru.

— Parce que ce n'est pas le cas ?

Il soupire.

— Non, ce n'est pas le cas. Je suis navré, mais c'est bien mon aspect. Je n'y peux rien si j'ai inspiré Tolkien.

J'écarquille les yeux. Oui, encore. Non, mais venez, prenez ma place, on verra si vous vous en sortez mieux.

— Pardon ?

Il se passe la main dans les cheveux. Il est gêné. Non, mais je ne lui laisse pas le choix.

— J'ignore quel âge j'ai exactement. Plusieurs centaines d'années, mais combien... je n'en ai pas la moindre idée.

— Comment on peut ignorer son âge ? C'est impossible, c'est...

— Facile quand on méconnaît sa date d'anniversaire.

J'ouvre la bouche pour dire un truc, mais je n'arrive pas à trouver quoi dire. Il ressent une telle douleur qu'elle transparaît dans son regard. J'essaye de ne pas penser à la différence d'âge, à toutes les interrogations que cela soulève. C'est trop pour moi. Il a l'air d'avoir quoi... trente balais. Et il m'annonce qu'il a des siècles...

Mélusine m'évite de me décrocher complètement la mâchoire en m'interpellant.

— Ursule, vous devez partir immédiatement. Vous n'êtes pas en sécurité ici.

Ah génial... évidemment ça ne pouvait pas être « Ursule bonne nouvelle, on s'est planté en fait ».

Odeur 16

Alphéas, plus rapide que moi, bondit instantanément sur ses pieds.

— Veyrarc a avoué finalement ?

— Peu après votre départ, confirme Mélusine.

Son départ ? Attends, je dois comprendre quoi ? Qu'il m'a encore abandonnée au lieu de rester à mon chevet ? Même s'il y était quand je me suis réveillée... non, mais comment je parle ? Je vais lui foutre la paix ? Je mets la princesse geignarde au placard et me redresse.

— Qu'a-t-il dit ?

La fée me contemple un moment, paraissant essayer de deviner si je peux encaisser la nouvelle. Je ne peux pas lui en vouloir, je doute de moi-même.

— Le petit peuple semble d'avis que nous devrions vous éliminer sans tarder, annonce-t-elle finalement.

Peut-être que ça devrait m'assommer. Mais en toute honnêteté, depuis ces deux derniers jours, j'ai l'impression que tout le monde cherche à me tuer. Alors, un peu plus, un peu moins.

— Ils partagent tous cet avis ou Veyrarc agit seul ? veut savoir Alphéas.

— Ils paraissent tous d'accord. J'ai réitéré la protection de la F.I.S.C.S. vis-à-vis d'Ursule, mais je crains que cela ne dure pas.

— Ils vont prendre le risque d'être expulsés de la F.I.S.C.S. pour cela ?

— Il semblerait, confirme Mélusine.

— Qu'est-ce que ça veut dire ?

Non parce que j'aimerais bien compatir à leur sort (en fait pas du tout), mais pour ça faudrait que je comprenne. Alphéas m'a dit que la F.I.S.C.S. était une sorte de police. Je ne vois pas comment on peut être exclu de la police. Enfin un peuple entier.

Mélusine pivote vers moi et me sourit, comme si j'étais une enfant à qui il faut apprendre à compter. Désolée de ne pas être née dans ce monde merveilleux et magique.

— La F.I.S.C.S. est le rassemblement des sorciers et des créatures surnaturelles qui ont à cœur de cohabiter avec les hommes. Elle les défend contre l'ingérence des êtres féeriques en s'assurant que chacun reste à sa place. Adhérer à la F.I.S.C.S., c'est accepter sa loi, l'autorité de ses agents et se plier aux décisions qu'elle prend. Décisions adoptées par un conseil où siège chaque représentant, comme vous avez pu le constater.

OK, c'est plus clair. C'est l'O.N.U., leur truc quoi.

— Lorsqu'on intègre la F.I.S.C.S, on est soumis à sa charte, mais on bénéficie également de sa protection en cas d'attaque des forces noires, continue Alphéas.

Logique. Les Casques bleus.
— Cela m'étonnerait qu'ils refusent ainsi votre protection, ajoute-t-il en pivotant vers la fée.
Mélusine hausse les épaules. Tiens, ça me fait penser.
— Les fées ne font pas partie du petit peuple ?
Il me semble... Enfin qu'est-ce que j'y connais ? Non parce que si c'est le cas, Mélusine va peut-être devoir démissionner. Et surtout, on devrait peut-être arrêter de lui faire confiance.
— En théorie, oui. Mais comme je suis aussi sirène, disons que je suis entre deux, sourit-elle.
J'essaye de ne plus m'étonner de rien, mais...
HEIN ? Une fée sirène ? C'est possible ? Je commence à saturer de ces révélations toutes les deux pages. Il faudra un bestiaire à ce bouquin.
— Quoi qu'il en soit, si le petit peuple est contre nous, alors vous n'êtes pas en sécurité auprès de la F.I.S.C.S. Vous devez partir sans tarder rejoindre Angèle.
Alphéas opine et je soupire après le petit-déjeuner que je n'ai pas eu le temps de terminer. Mon estomac grogne et je prends quand même un croissant lorsque Alphéas me fait signe de le suivre. Mélusine nous emboîte le pas, Chaplin sur ses talons.
— Je dois récupérer mon sac, mes... armes (oui bon, j'ai toujours du mal à dire mes boules... avouez, ça sonne bizarre), mon chat.
— Votre chat est dans la voiture.

Pas un mot sur la manière dont Chaplin a dû résister... Mais je suis persuadée qu'elle s'est laissée mener en douceur, cette traîtresse.

— J'ai fait charger vos affaires, des vêtements et des armes, disons, tranchantes, Alphéas.

J'admire la diplomatie avec laquelle Mélusine a prononcé « tranchantes ». Sous-entendu : « des vraies armes. C'est pas comme tes boules. »

Il hoche la tête. Il rejoint le râtelier de l'entrée et récupère son épée. Je ne remarque que maintenant qu'il avait son poignard jusque là alors qu'hier il l'avait laissé. Il a dû le reprendre après mon agression. On sort de la maison et on regagne la bagnole. Je tique soudainement.

— Si on doit aller chez cette Angèle, on ne peut pas se téléporter ou je ne sais quoi ?

Mélusine me regarde comme si j'avais dit une connerie plus grosse que moi. C'est fort possible, mais quand même.

— Les portails de téléportations ou même les téléportations naturelles restent facilement traçables. Surtout par les lutins. La magie résiduelle est toujours importante et il est aisé pour eux de la reconstituer. Il vaut mieux nous contenter de moyens de locomotion terrestres pour l'instant. Les créatures féeriques ne les apprécient guère.

— C'est le fer, murmure Alphéas, comme si ça allait m'aider à comprendre.

Puis un souvenir vague me revient. Elles n'aiment pas le fer, les créatures magiques. Un truc dans le genre. Est-ce que ça s'applique à tout le monde ? Je ne sais pas. Après tout, Alphéas manie l'épée et Mélusine ne semble pas dérangée par sa promiscuité. Faudra peut-être que je demande des précisions.

Bon après, ils savent où on va, non ? Ça sert vraiment à quelque chose de dissimuler notre objectif du coup ? Je garde mes réflexions pour moi. J'y connais rien, ce sont eux, les pros. Je vais fermer ma gueule. Et puis, s'ils foirent, je ferais comme Denethor, le papa de Boromir, et je leur dirais qu'ils se sont plantés.

Alphéas pourra jouer Gandalf. « Il a prédit, mais il n'a rien fait ? » Ouais... voilà. À partir de maintenant, je suis Denethor, l'intendant du Gondor. Et je boufferais mon poulet devant Alphéas juste pour l'emmerder, comme une grosse dégueulasse.

Oups, je suis bougon.

Alphéas ouvre la portière et me fait signe de grimper. Ah, donc j'ai pas droit à « un dernier pipi avant de partir ». Sachant que j'ai quand même bu du chocolat chaud, il me reste une trentaine de minutes à tout casser avant de devoir hurler « je veux des toilettes ». Bref... Je m'assieds, tandis que Chaplin me saute dessus. Pas le temps non plus de la mettre dans son sac. De toute manière, pour récolter des griffures, non merci.

Je boucle ma ceinture alors qu'Aragorn se glisse derrière le volant. Il installe son épée au niveau du frein à main. Je me demande si ça va le gêner. Je constate que mes « armes » ont été sorties de mon sac et disposées dans une espèce de ceinture de cuir posée sur le tableau de bord, devant moi.

Chaplin bondit dessus et commence à vouloir jouer avec. Misère, si jamais elle en pète une, on est bons pour la case vomito et aération. Surtout ne pas mettre le recycleur d'air. Une fois, mon père a cru que c'était une idée intelligente. Parce qu'un poids lourd devant rejetait plus de CO_2 que la Chine en un été. Sauf que mon paternel avait loufé juste avant.

Au bout d'un moment, avec maman, on s'est quand même interrogés sur cette odeur bizarre qui semblait persister dans l'habitacle. Mon père s'est tordu de rire et a juste dit « oups » avant d'ouvrir les fenêtres. La bouffée de pétrole a été drôlement rafraîchissante.

Donc, si jamais Chaplin casse une de mes boules puantes, le pet de mon père aura un doux parfum à côté de ce qui va se produire. Je récupère mon chat, essaye de la faire tenir tranquille pendant qu'Alphéas effectue son demi-tour, mais elle m'échappe lorsqu'il accélère pour sortir de la propriété.

En passant les grilles, ma chatte saute à l'arrière et élit domicile sur la plage arrière où elle entreprend un nettoyage en règle de son trou de balle.

Je la regarde, sidérée. Elle n'a vraiment plus aucune séquelle d'hier et en plus, elle supporte bien la voiture, alors que ça a toujours été un calvaire de l'y faire monter. Je n'y pige plus rien.

Je reporte mon attention sur Alphéas, persuadée qu'il va me demander de la foutre dans mon sac pour éviter qu'elle ne vienne le déranger dans sa conduite. Mais il semble concentré sur la route. Son expression grave me fait comprendre que c'est pas le moment de dire une blague douteuse.

L'angoisse me reprend et je déglutis dans l'espoir de m'en débarrasser. Je me souviens que j'ai encore mon croissant à la main. Mon ventre noué ne me permet pas de continuer mon petit-déjeuner et je jure intérieurement.

— Où est-ce qu'on va ?

J'essaye grandement de faire en sorte que cette réplique ne sonne pas comme celle de Pippin. Malheureusement, c'est plus fort que moi et l'intonation sort presque toute seule. Saloperie de fan à la noix.

— Nous nous rendons dans la Montagne Noire.

Je tente de visualiser. C'est vers Béziers, ça.

— D'accord. C'est là qu'Angèle habite ? Mais c'est vaste, non ?

— Oui. Mais nous le saurons quand nous aurons trouvé le bon lieu. La voiture s'arrêtera et nous devrons continuer à pied.

Je hausse les sourcils. Ben voyons, ça aurait été trop simple.

— Sérieusement ?

— Angèle protège son antre. Ni véhicule humain ni transport magique ne peuvent approcher de chez elle.

Je me renfrogne sur mon siège. Je vais devoir marcher. Je n'aime pas la randonnée. Même pour aller ramasser des champignons ou des châtaignes, j'ai du mal à me motiver. Alors pour aller me faire saigner, curieusement, j'ai pas des masses envie.

— Comment peut-on être sûr que cette Angèle nous aidera ? Apparemment, tout le monde ne la porte pas dans son cœur. Vous la connaissez ?

Il crispe distinctement les doigts sur le volant. Je le vois hésiter et mesurer ses paroles. Ma panique grimpe en flèche.

— Je ne l'ai jamais croisée, finit-il par dire. J'ai entendu des rumeurs et... il est vrai que jamais je n'aurais songé à aller la visiter. Elle n'a pas bonne réputation.

OK, ça me rassure, mais alors pas du tout !

— Mais si Mélusine pense qu'elle sera loyale, alors moi aussi.

— Ou alors Mélusine bosse pour le Roi Noir, maugréé-je.

Alphéas semble surpris. Oh, j'avais oublié qu'ils ignoraient le concept de la trahison.

— Quoi ? C'est pas possible ?

— Je comprends que vous doutiez de la confiance à accorder aux gens. Même si Veyrarc vous a attaquée, il ne travaillait pas pour les forces ténébreuses. Il n'avait à cœur que les intérêts de son peuple.

Désolée si j'estime que c'est un enfoiré. Son peuple veut me voir morte pour éviter que le Roi

Noir ne déclenche l'apocalypse en répandant mon sang. Je me fiche des intérêts de son peuple.

— Il vous faut comprendre que le serment que chaque être prête à son souverain est bien plus qu'une promesse. C'est inscrit dans son sang, dans ce que vous appelez A.D.N.

— Vous allez me dire que le bien ou le mal, c'est une question de génétique ?

— Pour les humains, non. Je me méfie des sorciers, parce qu'ils sont changeants. Pour les autres, oui. C'est une exigence de leur nature. Il y a des exceptions, d'où la F.I.S.C.S., mais globalement, une tarasque restera toujours mauvaise et une fée demeurera bénéfique.

Je sais pas ce qu'est une tarasque, mais ça doit pas être une chouette bestiole. Cependant, je trouve quand même un truc à répondre.

— À partir du moment où vous êtes pas la seule fille de votre lignée et que vous n'apparaissez pas dans une prophétie à la noix.

Je suis mauvaise, j'en ai conscience. J'arrive pas à digérer, j'y peux rien. Vous vivez trente ans pépère (bon OK vingt-neuf ans, onze mois et huit jours) dans une banalité affligeante et subitement, on vous bombarde responsable en chef de l'apocalypse. Essayez pour voir.

— Je vous protégerai, assure Alphéas.

— Ouais... jusqu'au moment où ce ne sera plus dans votre intérêt ? Ou dans celui de Mélusine ? Vous dites que vous travaillez pour la F.I.S.C.S. sans y appartenir. Ils ont parlé de trône gris... Vous pourriez m'éclairer ?

Je commence à m'énerver. Il y a trop de trucs qui m'échappent, trop de choses que j'ignore et qui m'apparaissent essentielles pour tout saisir. Je suis une scientifique à la base et je n'arrive pas à poser le moindre raisonnement dans ce contexte pourri.

Il fronce les sourcils, sans répondre. Je note peut-être un peu de déception ou alors de tristesse, je n'en sais rien. J'ai toujours été particulièrement nulle pour lire les expressions. Dans tous les cas, c'est pas tout à fait ce que j'attendais comme réaction. Un démenti, un acte de foi ou je ne sais quoi. Au lieu de cela, il repart dans la contemplation de la route et moi de mon croissant à moitié boulotté.

On en a pour quelques heures de trajet et ça s'annonce pas super.

Odeur 17

Je fais la tronche. Ouais, c'est immature, mais c'est plus fort que moi. Je commence vraiment à en avoir ras le poulpe. J'y comprends que dalle, sauf que je peux mourir si les serviteurs du Roi Noir me chopent. Et l'autre empaffé d'Aragorn qui ne pipe mot, qui ne veut rien révéler à propos du trône gris et de ce qu'il est.

Sans parler de Mélusine... traîtresse ou pas, aucune idée. Le mal, c'est génétique, mon œil. Mais Alphéas a l'air convaincu de ce qu'il dit. Je devrais lui faire confiance, hein. Sauf que je n'ai aucune raison objective de le croire plus qu'un autre. C'est lui qui m'a contacté le premier en fait, voilà. A priori, sauver l'humanité, c'est se trouver du bon côté. Même si les ours blancs seraient sans doute pas d'accord.

Je ne sais plus depuis combien de temps on est parti. On a emprunté quelques petites routes, traversé des endroits que je ne connaissais pas. Bon, cela dit je ne connais pas tous les petits coins de mon département, mais je pensais pas être aussi nulle que ça. Là, je reconnais rien de rien.

— On est suivis, indique soudainement Alphéas.

Je mets un moment avant d'imprimer. Suivis. Y a des méchants donc. Je scrute derrière. Je ne distingue rien. OK... il a trop abusé de la feuille de Longoulet visiblement.

— C'est encore un coup de « ce sont des créatures surnaturelles, on ne peut les voir que s'ils le désirent » ? soupiré-je.

Il fronce les sourcils.

— Non, regardez mieux.

Super. Sérieusement. Les gens qui disent ça... C'est comme les profs qui vous laissent ramer pour vous laisser trouver la solution tout seuls. Je déteste ça. Quand tu sais pas, tu sais pas.

Néanmoins, j'obéis et me retourne. J'essaye de dénicher ce que je ne perçois pas. J'allais renoncer lorsque j'aperçois quelque chose. Une ombre ou quelque chose dans ce genre sur le bas-côté. Une silhouette de coq avec des ailes de chauve-souris... une queue de lézard... Non, mais qu'est-ce que je regarde ?

— Qu'est-ce que c'est ?

— Des basilics. Ils ne sont pas très dangereux, mais peuvent se révéler méchants. Je vous conseille de ne pas les regarder en face. Leurs yeux pétrifient.

Il plaisante ? C'est pas lui qui me suggérait de mieux regarder juste avant ? Il se paye ma fiole.

— OK... On risque rien si on reste dans la voiture, hein ?

Il acquiesce. Bizarrement, ça n'a pas l'air de le rassurer. Chaplin se redresse sur la plage arrière et se met à feuler et à courber le dos.

Oh non ! Pas question d'avoir une figurine de chat ! Je tends les bras pour la récupérer, mais cette idiote s'accroche à la plage arrière. Je tire comme une abrutie pour la ramener vers moi. Lorsque je me tourne enfin vers le pare-brise, je vois une femme se profiler à l'avant.

— Bon sang ! jure Alphéas.

Une autre silhouette a rejoint la première. Ainsi qu'une troisième. Dans leurs robes pâles, leurs cheveux rabattus sur leur visage, je n'ai aucun doute.

Des dames blanches.

Un frisson me parcourt.

Alphéas essaye de ne pas dévier de sa trajectoire alors qu'un basilics fonce sur sa portière. Je dois admettre, j'ai regardé une microseconde. Lui garde les yeux rivés sur le pare-brise. Heureusement, je ne croise pas le regard de la créature et retourne à la contemplation des dames blanches.

C'est un cauchemar. Encore pire que quand j'imaginais le truc. Parmi tous les monstres mythiques, j'avoue, les seules qui me font pisser dans la culotte, ce sont les dames blanches. Rapport à David qui m'a montré des photos et un reportage sur elles alors que j'étais beaucoup trop jeune. Je me souviens que dans le même reportage, y avait la vidéo du fantôme d'Henri VIII, le roi anglais en train de fermer les portes de sa chambre ou de son palais, je sais plus.

Enfin, ça faisait flipper. J'en ai fait des cauchemars pendant des semaines, subi les moqueries de mon aîné pour ma frousse de gamine (j'avais 9 ans, j'ai le droit, je crois) et mis un moment avant de pouvoir envisager de parler de spectres.

Bref, j'ai les foies à cause de mon abruti de frère. La panique me guette alors que les dames foncent sur nous.

— Je n'ai pas le choix. Nous devons combattre, lâche Alpheas.

— Sans rien voir ?

Il hoche la tête, genre c'est facile, pas de soucis. Peut-être pour lui, le chasseur habitué, vieux de plusieurs siècles. Pour la nez, vieille de trente ans, ça l'est nettement moins ! Mais je n'ai pas le temps d'argumenter. Il stoppe la voiture sur le bas-côté et se tourne vers moi. Aussitôt, j'entends des chocs se produire sur la bagnole.

— Ursule ! crie-t-il pour attirer mon attention.

Je le regarde, essayant de ne pas me concentrer sur les bruits que je perçois. L'auto commence à bouger et je sais trop bien que le fossé se rapproche et le précipice aussi par conséquent. Paye tes routes de montagne. Satané pays cévenol !

— Je vais combattre les basilics. Ils sont plus hargneux. Vous vous occupez des dames blanches. Elles ne sont pas dangereuses et ne savent pas se battre. Il faut simplement les éloigner et ne pas céder à leurs caprices.

Dis comme ça, ça a l'air facile. Cela dit, je ne peux pas vraiment protester. Je ne sais pas me battre et encore moins contre des monstres qu'on doit affronter à l'aveugle. Alors, va pour surmonter le traumatisme de mon enfance.

— Quoi qu'il se passe, ne me regardez pas.

Son ton est suffisamment avertisseur (ouais j'aime pas, mais j'ai pas d'autres mots) pour que j'acquiesce.

Il empoigne son épée, ferme les yeux et sort de la voiture. Je l'admire cinq secondes avant de me rappeler de son ordre. J'entends un bruit de combat puis je reporte mon attention sur les trois femmes en face de moi.

Je ne distingue ni leurs visages ni leurs pieds... juste leurs robes qui flottent au vent. J'admets, en plein jour, elles font moins peur. Mais j'ai quand même les miquettes. Qu'est-ce que ce serait si on était partis de nuit ? Je récupère la ceinture avec mes boules puantes et sors à mon tour.

Ouais, des boules puantes contre des fantômes, on a vu mieux.

Chaplin profite de l'ouverture pour me fausser compagnie. Je crois qu'elle va rejoindre les basilics et j'esquisse un geste pour la retenir lorsqu'une main glaciale m'enserre le cou. Une des dames me plaque contre la carrosserie.

Elle approche son visage, enfin ses cheveux. Je n'y vois toujours rien. Par contre, j'ai envie de vomir. Très clairement, niveau senteur, j'ai pas mieux. Un mélange de marécages, de putréfaction, de mort et de pétrichor. C'est dégueulasse. Mais ça ferait une super boule puante. J'ai l'air fine, moi.

Combattre l'odeur par l'odeur, c'est une idée. Ça fait la fortune de Mouffette and Co.

Cela dit, dans ce cas précis... je ne vois pas trop ce qui pourrait m'aider.

— C'est elle, sussure la dame.

Sa tête n'arrête pas de bouger, me donnant le tournis. J'ai l'impression qu'elle est désolidarisée du reste de son corps. Les deux autres la rejoignent et j'ai trois hiboux devant moi, qui jouent avec leurs visages (que je ne distingue toujours pas).

— Nous devons la ramener au Roi, murmure une deuxième.

Je déglutis, comme je peux parce que la première serre encore ma gorge.

— Elle est puisssssssante, siffle la troisième.

Un bruit étouffé me parvient. Une lutte. Alphéas se bat contre des coqs à queue de lézard.

— Elle n'est pas pour nous, s'énerve la première.

Son haleine s'avère encore pire que l'odeur générale. Je suis sûre que même Ulysse n'arriverait pas à créer un déodorant pour la couvrir.

— On pourrait en prendre un peu, proteste la deuxième.

Je bouge légèrement mes doigts de la main gauche, essayant d'atteindre la ceinture que je tiens de ma main droite. Elles commencent à se disputer, et ne me prêtent qu'une attention relative. Cela dit, si je tiens quelqu'un à la gorge, automatiquement, je ne l'observe plus trop.

Je m'efforce d'attraper la bonne fiole. Heureusement, j'ai pris des béchers de taille et d'aspect différent pour reconnaître les mélanges. Je sais parfaitement que celui que je suis en train de tâter est le bon. Je le récupère et tente de me dégager.

Surprise, la dame relâche légèrement son emprise et je me libère suffisamment pour faire éclater le flacon au sol. Les dames regardent le verre brisé puis reportent leur attention sur moi. Enfin, je suppose, hein, elles ont toujours les cheveux devant les yeux...

— Qu'est-ce que..., commence la première en me serrant le cou.

Plus fortement que tout à l'heure, la bougresse. Ma trachée proteste et m'envoie des signaux douloureux. J'aimerais l'aider, mais je suis trop occupée à suffoquer.

— Tu comptais faire quoi avec ça ?

Non, mais tu poses pas de questions à la fille que tu es en train d'étouffer. Elle ne peut pas te répondre, abrutie ! J'ai une soudaine envie de lui cracher dessus. Mais je n'y parviens pas. Le parfum de pétunia m'assaille subitement. Je me dis que décidément, ça couvre assez bien l'odeur fétide des dames blanches.

Cela dit, je suis à ça de maudire les Amérindiens et leurs superstitions moisies. Ça n'a pas l'air de les affecter. Jusqu'à ce qu'elles se mettent à suffoquer. Je m'étonne moi-même lorsque la dame me libère pour s'enfuir avec ses complices en hurlant.

Si je n'étais pas occupée à me masser la gorge douloureuse, je leur aurais envoyé une réplique bien sentie. Du style « Allez vous peigner ! ». Mais j'ai un mal de chien et je tousse alors que l'air pénètre de nouveau dans ma trachée, l'irritant.

Je me laisse tomber sur le goudron et ne peux résister à jeter un œil vers Alphéas qui combat toujours. Et ce à quoi j'assiste me sidère. Alphéas embroche un coq chauve souris à queue de lézard. Bon, c'est assez banal pour lui sans doute. Ce qui l'est moins, c'est qu'à ses pieds, Chaplin est en train d'en mordre un deuxième à la gorge.

Avec effarement, je vois le chasseur se débarrasser de sa proie et rengainer son épée après l'avoir rapidement essuyée (très sexy d'ailleurs) et ma chatte donner un dernier coup de crocs avant de rejeter le cadavre sur le sol et de se laver tranquillement les babines.

— Bon chat, sourit Alphéas en s'accroupissant pour la caresser.

Elle ronronne, visiblement tout heureuse d'obtenir son attention. Moi, je reste bête. Avec mon odeur de pétunia et ma gorge douloureuse. Aragorn finit par se souvenir que j'existe et se précipite à mes côtés.

Il enlève mes mains et examine mon cou.

— Vous n'avez rien, soupire-t-il finalement.

Si, une énorme blessure dans mon orgueil. Ma chatte sait se battre. Et moi je jette toujours des boules puantes.

Odeur 18

Alphéas m'aide à me relever et je ne note qu'à ce moment qu'il a une légère blessure au bras gauche. Une estafilade a déchiré sa chemise et entaillé son biceps. Du sang s'écoule de la plaie.

Rouge.

Je ne sais pas pourquoi, ça me tranquillise.

— Vous êtes blessé, remarqué-je donc.

Il considère son bras et hausse les épaules.

— Ce n'est rien, assure-t-il. Un des basiliscs m'a sauté dessus et ses griffes m'ont éraflé. Heureusement leur poison est situé dans leurs becs.

J'adore son pragmatisme. Il est Anglais, au moins. Enfin aussi bien, l'Angleterre existait pas quand il est né. Il se rend jusqu'au coffre qu'il ouvre. À cet instant, une voiture surgit sur la route et klaxonne parce que nous ne sommes pas très bien garés. Mais va te faire mettre !

— Sérieusement, grogné-je.

Alphéas sourit en fouillant dans les affaires du coffre.

— Ils ne voient ni les basilics ni mon épée, rappelle-t-il. Pour lui, nous nous trouvons simplement au milieu de la route et heureusement qu'il n'y a pas beaucoup de passage.

Je croise les bras sur ma poitrine. N'empêche. Il aurait pu demander, vérifier si on avait besoin d'aide. Peut-être qu'on avait un souci moteur. L'égoïsme des gens me dépasse.

Alphéas sort la tête du coffre, je m'attendais à ce qu'il extirpe une trousse de secours. Au lieu de cela, je le vois me tendre une épée. Je le regarde en haussant les sourcils. Il sourit.

— Vous en aurez besoin.

— Non, mon truc c'est les boules puantes.

— Ursule, gronde-t-il.

— Si ça marche pour les mouffettes, pourquoi pas pour moi ? insisté-je.

Il penche la tête sur le côté.

— Disons que c'est au cas où.

Je soupire et saisis la poignée. Je n'ai pas tenu une épée depuis deux ans et le dernier cours d'escrime. Et ce ne sont pas les mêmes lames. Celle-ci est plus lourde. Je ne sais pas la manier. Même si certains automatismes me reviennent comme un boomerang.

— Nous allons reprendre la route et je vous apprendrai à vous en servir lorsque nous serons arrivés chez Angèle.

— Si nous arrivons, marmonné-je.

Il referme le coffre et me considère.

— Nous y parviendrons, insiste-t-il.

— On vient à peine de partir de la Fédération et on se fait déjà attaquer. Combien de temps nous reste-t-il ? Comment savoir qu'Angèle nous protégera ?

Oui, je panique. C'est très facile de verser dans la paranoïa et la peur quand on se fait agresser toutes les cinq minutes.

— Mélusine semble penser que sa magie est puissante. Elle survit depuis des siècles entièrement seule. Nul doute qu'elle doit disposer de quelques tours. Elle trouvera un moyen de nous protéger.

— Si elle accepte de nous aider. Apparemment, faudra la convaincre.

— Je suis persuadé que nous trouverons les bons arguments.

Peut-être. N'empêche, j'ai des doutes. Il me fait signe de rentrer dans la voiture et je m'exécute. Chaplin saute souplement sur mes genoux pour s'y lover. Elle pue le coq, le serpent, le sang et les entrailles. C'est dégueulasse. Heureusement, elle a pris le temps de se laver et est relativement propre.

Lorsqu'Alphéas démarre, j'ai une petite hésitation.

— On laisse les cadavres comme ça ?

— Il y a suffisamment d'animaux sauvages pour terminer les restes, assure-t-il. Et comme les humains ne les voient pas...

D'accord. Considérant ce point de vue. Il rejoint la route et accélère.

— Vous êtes malade en voiture ?

— Ça peut arriver. J'ai jamais vomi jusque là.

Il acquiesce et pousse encore un peu le moteur.

OK, bon je vais peut-être commencer à avoir des haut-le-cœur. Il prend les virages serrés. Alors que je me crispe, il récupère son portable d'une main et pianote quelque chose. J'aimerais lui dire de se concentrer sur la route, mais rapidement les premières notes de *Hasta Manana* résonnent dans l'habitacle.

Il repose son téléphone et se focalise sur la conduite. Je le considère longuement. Il demeure radicalement imperturbable. Le titre d'ABBA me décontracte, un peu de familiarité dans ces moments de dingue. Cette attention est tellement touchante que je reste un instant complètement hébétée.

— Merci, murmuré-je alors que le morceau se termine.

Suzy-Hang-Around s'enclenche et il hoche simplement la tête. J'ai besoin de détendre l'atmosphère.

— Vous pouvez pas être fan du seigneur des anneaux et d'ABBA. Ce n'est pas crédible.

Il sourit, toujours sans me regarder.

— Non, je n'aime pas ABBA. Leur musique m'horripile.

Garde ton calme, Ursule. Chacun ses opinions. Admire plutôt le bon côté : il a quand même lancé une playlist ABBA pour toi.

— C'est un peu fort, horripiler.

Je n'ai pas pu résister. Il hausse les épaules.

— Je ne contrôle pas. Côté musique, soit j'aime, soit je n'aime pas. Je n'arrive pas à obtenir un juste milieu.

— Parce que vous êtes vieux ? C'était mieux avant ?

Oui, je ne peux m'empêcher de partir sur ce terrain. En plus, ça peut me donner des pistes sur son âge.

— Non. Les premières chansons que j'ai écoutées étaient simples, une petite mélodie, un seul instrument la plupart du temps... La voix du chanteur faisait tout. Depuis, les progrès ont été considérables. Mais ABBA, je ne peux pas. Je ne saurais dire. Cependant, profitez-en.

Don't shut me down démarre. Comment on peut ne pas apprécier ?

— Et concernant le seigneur des anneaux, je ne suis pas spécialement fan. J'ai regardé parce qu'un jour Mélusine m'a dit que je ressemblais à Aragorn. J'avais juste lu les bouquins que je trouve bons.

Je grimace.

— Bons... c'est long. Y a trop de descriptions.

— J'aime quand il y a des descriptions. Cela me permet de m'immerger davantage. C'est nécessaire dans une histoire fantastique. Fatalement, je dois m'adapter aux idées de l'auteur et ne pas laisser mon expérience parler.

Dans ce sens, évidemment.

— C'est pas nul, d'ailleurs ? De voir que les écrivains se trompent tous ?

— Non. Cela vous énerve quand vous lisez quelque chose de scientifique qui se révèle faux ?

— Oh oui. Et quand je peux, j'envoie un message à l'auteur pour lui expliquer où il s'est foiré. Certains me bloquent et refusent le dialogue, mais d'autres aiment bien que je leur donne la possibilité de s'améliorer.

Il semble réfléchir quelques secondes puis hoche la tête.

— Je ne peux pas faire cela.

Ouais, je comprends. *The Name of the Game* débute.

— Avouez, vous avez aimé le seigneur des anneaux, à cause d'Aragorn.

Il rit. Je ne l'ai jamais entendu rire et ce son me remplit de bonheur. Fort, sincère, joyeux. Je souris comme une idiote avant qu'il ne réponde.

— J'admets que c'était un des personnages les plus intéressants. Mais ce n'était pas ça. C'était la dualité, Sauron, l'anneau, Frodon... J'ai bien aimé. C'était à la fois simple et complexe. Les méchants sont clairement identifiés. Ça change de la littérature moderne qui adore faire passer les êtres néfastes pour des héros et les êtres bénéfiques pour les monstres.

J'avoue. C'est bien souvent le vampire ou le loup-garou, le gentil et l'ange l'enfoiré de service.

— Vous détestez ?

— Non, je ne déteste pas. Certains livres sont bien. Toutefois, c'est encore plus irréaliste.

— Il n'y a vraiment jamais de trahison chez les surnat' ?

— C'est rare. Cela peut arriver éventuellement, mais il y a toujours une explication autre que la simple décision. Je suis navré que cela vous perturbe.

— Admettez qu'on vient de se faire attaquer peu après notre départ. Qui était au courant qu'on prendrait cette route, à cette heure ?

— Le Roi Noir garde constamment des espions autour des bureaux de la F.I.S.C.S.. Ils ne peuvent y entrer, mais ils surveillent les sorties. Un rapport a pu suffire à lancer ses sbires contre nous.

Je fais la moue. Bon, d'accord. Je n'aurais pas gain de cause.

— Vous ne faites vraiment pas confiance à Mélusine ?

— Mettez-vous à ma place. De mon point de vue, on se fait attaquer alors que les seuls au courant sont ceux qui ont assisté à la réunion. Et devinez quoi, y en a déjà un qui m'a agressée. Pourquoi pas elle ?

— Elle s'est battue pour éviter que vous ne soyez tuée, souligne-t-il.

Je me renfrogne.

— C'est peut-être juste pour me livrer au Roi Noir. Elle se rend insoupçonnable.

Je vois sa mâchoire jouer. Je suis en train de le mettre en boule.

— Dans ce cas, vous n'avez pas confiance en moi.

Mon cœur se tord. Il assène ça comme si je venais de le trahir. Je déteste entendre la souffrance dans sa voix.

— Je sais pas où j'en suis, c'est tout, formulé-je.

Il ne répond rien. *The winner takes it all* commence. Cette musique me remplissait déjà de nostalgie. Dans ce contexte, elle me rend triste. Je concentre mon attention sur le chemin devant nous. Je me demande s'il va emprunter l'autoroute à un moment ou si on va se taper toutes les petites routes.

Je me dis que les autoroutes sont peut-être plus sûres si les surnat' n'aiment pas la technologie moderne. Mais là où on se trouve, ça prend peut-être des plombes avant de rejoindre une bretelle.

Cela dit, la montagne noire... y a une deux fois deux, mais c'est bien tout. Mon père s'énervait parce qu'il y a plein d'endroits où on ne peut pas doubler les poids lourds et les caravanes. Si vous vous demandez, on passait nos vacances à écumer les régions françaises. Résultat : je m'y connais un peu et j'ai des souvenirs de mes parents dans à peu près toutes les routes de France. Une des punchlines les plus drôles de mon père consiste à invectiver les camping-cars et à parler de leur bol de sauce qui doit trôner sur la table et qu'il ne faut pas renverser. Ce qui expliquerait leur lenteur. Et de lancer « connaissent pas le principe de la bouteille ? » toujours très bien placé quand on les dépasse.

Ouais, vous vous en foutez, j'en ai conscience.

Cela dit, les voyages en voiture, c'est monotone, hein. On regarde le paysage, on écoute de la musique (très bonne en l'occurrence) et on essaye de nouer une conversation. Pour les plus chanceux, on lit. Moi, je ne peux pas. Déjà, j'ai pas mon livre sur moi (j'aurais dû embarquer ma trilogie, mais je savais même pas que je reviendrais pas dans mon appartement. J'ai pas emporté de petite culotte, comment aurais-je pu penser à prendre un livre ?) et ensuite je suis incapable de lire en voiture.

C'est le vomi assuré, y compris sur autoroute.

Donc, ma seule échappatoire, c'est soit me plonger dans mes souvenirs. Soit discuter avec mon voisin. Mais il est relativement taciturne et je sens que j'ai touché une corde sensible à propos de la trahison. Cela dit, ça me paraît tellement dingue de ne pas envisager cette possibilité.

Donc oui, ce voyage risque d'être long. Vous me direz, on pourrait user d'un principe assez simple : l'ellipse. Ce truc facile qui permet aux écrivains et aux cinéastes de couper les scènes chiantes pour ne garder que celles nécessaires au rythme et à l'histoire.

Mais je vous tiens la jambe. Ça vous énerve, hein... Ne partez pas. Si je le fais, y a une bonne raison. Je ne sais pas si c'est ma paranoïa ou quoi, mais j'aperçois des machins sur le bas-côté. C'est pas des basilics, mais autre chose. Ils vont vite.

— Alphéas, y a un truc dehors, remarqué-je.

— Je sais, j'ai vu. Ils nous filent le train depuis qu'on est repartis. J'espérais les semer avant d'arriver à l'autoroute, mais ils sont tenaces.

On va donc emprunter l'autoroute, ça me rassure. Je déglutis péniblement.

— Qu'est-ce que c'est ?

— Des dracs.

Je ne réponds rien. J'ai besoin d'en savoir plus.

— Des sortes de dragons pour faire simple. Plus petits, plus diaboliques, plus coriaces.

J'allais demander quel était le plan, à part celui d'accélérer. Sauf qu'à ce moment, Alphéas jure. Je sens un impact, je vois le fossé et le rocher s'approcher dangereusement.

Les ténèbres m'emportent.

Odeur 19

Quand j'ouvre les yeux, je vois l'airbag se dégonfler, du gaz s'en échappant. Mon instinct me hurle de sortir de la voiture. Chaplin miaule et je la retrouve à l'arrière. Je ne sais pas à quel moment elle est passée de l'autre côté. Elle paraît saine et sauve. Ma tête bourdonne, mais j'ai l'air indemne aussi.

Je ne me rappelle pas si c'était un gros choc ou quoi, mais vu que les airbags se sont déclenchés, j'imagine. En même temps, Alphéas ne semblait pas respecter les limitations de vitesse. Bon, OK, je suppose qu'un des dracs nous a fait tomber en fait.

En parlant de lui...

Il n'est pas à son poste, son airbag est déjà dégonflé et sa portière est ouverte. J'entends des bruits de lutte.

Allez, bouge-toi, Ursule. Je me débarrasse de la ceinture, récupère mes boules puantes (je vais les appeler mes fioles, maintenant) et déverrouille ma portière. Je sors comme une fleur, sauf que le fossé est profond. Je tombe dans le trou (plein d'eau sinon c'est pas drôle) et jure quand j'essaye de me raccrocher à la portière.

Les ronces pullulent sur le bord du fossé (évidemment) et je glisse parce que tout est humide. En plus, les semelles de mes chaussures sont relativement lisses. Question prises, ça se pose là. J'entends toujours des bruits de lutte et je m'efforce de m'extirper comme je peux. Tant pis, je suis obligée d'empoigner les épines à pleines mains pour sortir. J'ai mal, mais je fais fi. L'adrénaline doit me donner un sacré coup de pouce. Puis pour une fois que je peux avoir un peu de gueule.

J'arrive à l'asphalte et vois Alphéas en train de combattre deux dracs. Effectivement, on dirait de minuscules dragons. Ils volettent autour de lui, crachant des petites boules d'eau ou de glace. Ou d'autres trucs.

Je m'apprête à poser un pied sur le goudron quand je sens une morsure à l'épaule. Un drac m'a chopé et grogne. Face à la douleur intense, je serre les dents. J'essaye de me libérer et lui fous un coup de fiole sur la tête. Il lâche et je m'écarte de lui. Ce faisant, je tombe sur un autre drac qui me coupe la route.

Il crie en ouvrant la gueule. Ça pue la viande avariée et je maîtrise un haut-le-cœur. Sérieusement... les surnat' chlinguent tous donc ? Ouais, OK, Aragorn sent divinement. Enfin, il exhale l'homme (oui je sais c'est un surnat'... bon flûte). Je fais un pas en arrière, percevant distinctement que quelque chose cloche dans mon genou droit. J'ai mal, mais tant pis. Le drac passe à l'attaque. Je tente de le choper avec ma ceinture au moment où une voiture déboule.

Je ressemble donc à une folle qui frappe les airs (puisque les humains voient pas les surnat') avec une lanière de cuir. Voilà voilà... génial. Je sais, on s'en tape, mais quand même. C'est risible. D'autant que le drac arrive à éviter et que j'ai l'impression d'essayer de claquer un moustique. Ça me fait le même effet. Et tout ça sur *Honey honey* (oui parce que le Bluetooth n'a pas été endommagé et la voiture continue de hurler des titres d'ABBA). Admettez, ça manque pas de panache.

Bref, je finis par renoncer quand le drac chope la ceinture entre ses crocs. J'essaye de la lui enlever, mais c'est comme tâcher de faire céder un chien devant son jeu préféré. Encore une fois, j'ai l'air d'une abrutie.

Alors que du coin de l'œil, Alphéas se meut avec une agilité folle, un charisme dingue et que si je n'étais pas occupée avec mes deux dracs, je serais en train de baver.

— Lâche ça, saloperie ! juré-je en donnant un coup sec.

Le drac me rend mon bien au moment où son compagnon m'attaque à nouveau. Je me baisse pour éviter une boule d'eau et récupère une fiole. Je la fais éclater sur le goudron et m'écarte alors que l'odeur fétide s'élève.

Les surnat' ne réagissent pas dans un premier temps, puis l'un d'eux éternue. Je m'arrête dans mes mouvements, surprise. Quand il réitère son éternuement, lançant une autre bulle d'eau au passage, je m'éloigne de justesse. Lorsque son compagnon éternue à son tour, je rigole.

De nervosité sans doute.

Mais franchement, qui aurait pu dire que ça les aurait fait éternuer ? Je me note bombe au poivre dans la tête pour la prochaine session de fabrication des fioles.

Cela dit, mon rire meurt rapidement dans ma gorge. Ils finissent par me toiser, visiblement furieux de perdre ainsi la maîtrise de leurs narines. Je me mets en position de garde, avant de me rendre compte que j'ai oublié l'épée dans la voiture.

L'histoire de ma vie.

Les deux dracs volent vers moi et j'essaye de trouver une arme de fortune. Jusqu'à ce que Chaplin saute sur le premier, le faisant rouler au sol avant de se plaquer sur son dos et d'enfoncer ses crocs dans sa gorge.

Mais décidément, à quel moment cette chatte d'appartement a été changée en guerrière ? Ils lui ont fait prendre un truc à la Fédération ?

Je n'ai pas le temps de me poser davantage de questions. Le deuxième fond sur moi. Je recule tant bien que mal sur mon genou douloureux et trébuche. Au moment où les crocs s'approchent dramatiquement, Alphéas intervient et coupe la tête du monstre. Tête qui bien évidemment me tombe dessus et roule entre mes jambes, avec son lot de sang et de sécrétions diverses et variées aux odeurs insupportables.

C'est beurk, beurk et rebeurk !

Alphéas me jette un œil avant de contrôler qu'il n'y a plus de danger. Il s'accroupit ensuite et me considère.

— Est-ce que ça va ?

Je soupire. Non, ça va pas. Je m'énerve moi-même. Pas la peine de m'apitoyer sur mon sort, ça commence à bien faire.

— J'ai mal au genou, informé-je simplement.

Il fronce les sourcils et remonte mon pantalon pour vérifier. Il est tout bleu et enflé. Il grimace et sa mâchoire joue. Pas bon signe.

J'occulte le fait que j'ai pas eu le temps de m'épiler. Marlou sourit dans ma tête, fier de mes poils. Moi, je prie pour qu'Alphéas soit habitué, un peu comme les pompiers ou le kiné.

— Restez là, ordonne-t-il.

J'acquiesce, voyant mal comment je pourrais bien bouger et le regarde retourner à la voiture pour ouvrir le coffre. Il me laisse avec une vue imprenable sur mon chat en train de manger le drac. Non, mais c'est dégueulasse !

— Chaplin ! Bouffe pas ça ! Tu vas t'empoisonner !

— Il n'y a aucun risque, c'est une viande comme une autre, lâche Alphéas en revenant avec un pochon noir.

— Dit le végan, remarqué-je.

Il sourit et ne rajoute rien. Cela dit, ça me rassure un peu de savoir que ma chatte ne va pas se rendre malade en gobant un dragon. Je me vois mal expliquer ça au vétérinaire. Ou alors, à un surnat'.

Alphéas ouvre le sac et en sort un cristal, une fiole et un drôle de bandage. Il débouche le flacon qui répand un parfum d'aiguilles de pin instantanément et me verse le contenu sur le genou. La fraîcheur me surprend avant que ça ne chauffe et que je sente l'impact immédiat. La douleur s'estompe et j'ai le sentiment que je pourrais bientôt m'appuyer dessus. Le liquide se transforme en pâte au fur et à mesure qu'il l'applique plus minutieusement avant de recouvrir du bandage.

Je l'observe pendant qu'il me soigne. Il a du sang sur les doigts, mais je ne sais pas si c'est le sien ou celui des dragons. Il transpire (ou alors il s'est pris une ou deux boules d'eau). Ses cheveux sont trempés et gouttent. Sa chemise devient pratiquement transparente.

Ça tombe très bien. Quand il a été blessé au bras, je m'attendais à un strip-tease, mais finalement, il n'a jamais traité sa plaie. J'avais dû m'asseoir sur le matage en règle. Je gagne au change. Je préfère la version t-shirt mouillé.

Je peux admirer son torse, musclé, mais pas trop. Ouais, je sais que tout le monde aime les muscles. Moi, j'ai une inclination pour les corps un peu dessinés sans superflu. Henry Cavill, très peu pour moi. Il est mignon, rien à redire, mais je préfère des gars plus fluets, style Robert Pattinson. Ou Viggo, pour le coup. Bref, Alphéas est atrocement à mon goût et ma gorge s'assèche en un clin d'œil.

Lorsque ses yeux verts croisent les miens, j'ai de nouveau l'impression que mon cœur va sortir de ma poitrine. Ses doigts frôlent mon épaule et j'entrouvre la bouche. Ouais, je suis excitée par un simple toucher. C'est irrationnel et ça me gonfle un peu. J'essaye de me contenir tandis qu'il récupère le cristal pour l'apposer sur ma lésion.

— Le cristal va attirer les éventuels venins et hâter la cicatrisation, explique-t-il.

J'acquiesce, incapable de dire quelque chose. On reste quelques instants dans cette position. Je note qu'il évite scrupuleusement mon regard. Ça me fait mal au cœur. Et puis, je remarque que sa plaie au biceps saigne davantage et qu'une autre blessure orne son avant-bras.

Je sens ma plaie se refermer et lorsqu'il fait mine de ranger la pierre, je lui saisis la main. Il me scrute, surpris, et j'essaye de faire taire mon appréhension. Y a pas de raisons qu'il me soigne sans que je lui rende la pareille. Bon, évidemment, j'espère que ce cristal fonctionne tout seul et n'a pas besoin d'être activé par un surnat'.

Je le lui prends des mains et le pose sur sa blessure à l'avant-bras. Il ouvre la bouche, sans doute pour protester, mais je le réduis au silence d'un coup d'œil. *Put on your white sombrero* se déchaîne dans la voiture.

Je souris devant la situation. ABBA qui hurle, une bagnole accidentée et je flirte au milieu des cadavres de dragons dont ma chatte se nourrit allégrement. Il me rend mon sourire. Une étrange chaleur naît entre nous alors que j'observe, avec fascination, sa plaie disparaître sous l'action du cristal. Je constate que ce dernier devient légèrement gris.

— Lorsqu'il est noir, il faut le repurifier, indique Alphéas.

J'enregistre l'information même si j'ignore comme on s'y prend.

— Est-ce qu'il a assez de puissance pour soigner ton bras ?

Crotte..., le « ton » est sorti tout seul. Peut-être qu'après deux batailles en moins d'une heure, je peux quand même tutoyer mon compagnon d'armes. Mais comme je suis pas sûre...

— Euh... votre bras.

Il sourit.

— Essaye, fait-il, en ôtant sa chemise.

Franchement, je pourrais me réjouir qu'il me tutoie en retour, acceptant qu'on franchisse un cap dans notre relation. Mais je suis trop occupée à déglutir péniblement devant ses muscles.

Je me mords les lèvres en admirant son torse et tâche de me concentrer lorsqu'il me tend son épaule. Je pose le cristal et évite soigneusement son regard. Parce que si je le contemple je sais trop bien ce qu'il va se passer. Sauf que je n'ai pas envie qu'il me repousse et pour le moment, j'ai l'intuition que je vais me prendre un gros vent.

La pierre noircit tandis que la plaie se résorbe, mais elle finit par terminer son œuvre avant de s'alourdir dans ma paume. Je l'observe pendant que Alphéas examine la guérison.

— Merci.

J'opine et lui rends le cristal. Il le remet dans le pochon avant de se lever. Il me tend la main pour m'aider. Je la prends et constate avec bonheur que je peux effectivement me tenir normalement sur mes deux jambes. Je pourrais profiter de cet instant pour me blottir contre Aragorn, hein. Sauf que les bruits de mastication de Chaplin se doublent soudainement d'un bruit sec indiquant qu'elle a pété un os. Ça casse un peu l'ambiance.

Vous me direz, pas plus que la voiture qui freine en klaxonnant. Une jeune femme en sort pour nous porter secours. Ce qui me fait comprendre que le fumier qui s'est fendu la poire en me voyant gesticuler comme une timbrée est passé sans s'arrêter en découvrant la bagnole dans le fossé.

Odeur 20

Si elle avait pu déshabiller Aragorn et me laisser dans le fossé, je crois que la meuf ne s'en serait pas privée. Déjà, elle ne m'a pas adressé la parole. Elle n'avait d'yeux que pour Alphéas. Bon, OK, le type torse nu ressemble à une gravure. Mais quand même. Son regard brillait et je suis sûre qu'elle ruminait des pensées déplacées.

Quand il lui a dit qu'on n'avait pas besoin d'aide, que tout était sous contrôle et qu'elle pouvait reprendre son chemin, elle s'est accrochée, la sangsue. Essayant d'insister auprès d'Alphéas pour qu'elle l'examine parce que comme par hasard, elle est infirmière.

Moi, j'observais les bras croisés sur ma poitrine, prête à feindre un évanouissement chronique pour voir si elle s'occupait de moi ou si elle me laissait pourrir comme une vieille chaussette au bord du ruisseau.

Avec élégance, Alphéas l'a reconduite jusqu'à sa bagnole et l'a salué de la main alors qu'elle partait. J'ai craint une seconde qu'elle ne fasse demi-tour, mais le son de sa voiture a fini par s'estomper.

Et maintenant, je regarde Aragorn terminer de passer une tenue plus convenable, à savoir un t-shirt sombre tout simple. Je tique un instant parce qu'il arbore une trace blanchâtre sous le bras droit. Ce n'est pas tant le fait qu'il n'ait pas une peau sans imperfection qui m'alerte, mais plutôt le fait que je possède une tâche identique, certes noirâtre pour ma part, située au même endroit.

Je ne sais pas quoi faire de cette information. Je vais pas non plus m'enflammer pour deux taches de peau, hein. La mienne a été jugée bénigne par les médecins, bien qu'ils aient toujours avoué ne pas la comprendre. Apparemment, c'est pas la bonne couleur. Certains ont aussi dit que c'était un grain de beauté, mais plusieurs dermatologues m'ont affirmé que non. Bref, je ne sais pas ce que c'est. Et voir qu'il a le même problème (en blanc, OK), ça me turlupine.

Pour autant, je ne me sens pas de lui poser la question. C'est personnel ce genre de taches de naissance. Et aussi bien, c'est une brûlure due à une conquête qu'il préfère oublier. Ou alors un tatouage qu'il a fait enlever... sur des siècles on a le temps de regretter des tatouages, hein.

Il attache son épée à sa ceinture puis ferme le coffre et pivote vers moi.

— On fait quoi maintenant ? demandé-je, histoire de me donner une contenance.

Et parce que je ne veux pas qu'il me surprenne en flagrant délit de matage. C'est idiot, parce que s'il a pas saisi qu'il m'attire, ça signifie qu'il est aussi doué que moi pour les relations amoureuses et qu'on est pas sortis de l'auberge. Deux coincés émotionnels, ça risque pas de faire des étincelles.

— La Fédération va nous envoyer quelqu'un, annonce-t-il.

J'essaye de comprendre comment la Fédération peut avoir eu vent de nos problèmes.

— OK, comment tu fais ?

Il m'interroge du regard. Avant d'avoir une illumination. Il extirpe le médaillon de sa poche et me le tend. C'est un bijou de cuivre avec des pierres rouges scintillantes. Il y a des tas de gravures. Je ne sais pas si c'est un langage ou si c'est juste pour faire joli.

— C'est un *cogitationis*, un médaillon de télépathie.

Je le lui rends comme s'il pouvait me refiler la gale. Il sourit pour se foutre de ma défiance.

— Il n'est actif que si on compose la bonne combinaison, précise-t-il en le fourrant dans sa poche. Il me permet de contacter les personnes avec qui il est synchronisé.

— Laisse-moi deviner, Mélusine ?

Il hoche la tête et je lève les yeux au ciel en croisant les bras sur ma poitrine.

— Ce serait intéressant que tu m'expliques pourquoi tu ne l'apprécies pas, note-t-il.

Je ne sais pas. Parce qu'il faut un méchant ? Parce que dans les contes les gens trop gentils ou trop puissants sont souvent cruels ? Parce que je jalouse sa beauté ? Parce que je me dis qu'ils ont peut-être une histoire ensemble ? Parce que je me pose trop de questions et qu'elle m'énerve ?

Je m'apprête à répondre lorsque j'entends un chuintement. Alphéas pivote vers la route et je l'imite. Une espèce de flaque d'eau vient de se matérialiser. Mélusine en sort pour nous rejoindre. La mare s'évanouit comme si elle n'avait jamais existé. Je reste quelques secondes hébétée. J'imaginais des tas de trucs pour la téléportation, du claquement de doigts au froncement de nez, mais pas ça.

La fée s'approche de la bagnole et constate les dégâts.

— Il vous faut une nouvelle voiture, remarque-t-elle.

— Je le crains, note Alphéas. Peut-être un 4x4 renforcé.

— Pourquoi faire ? me moqué-je.

Ils me considèrent comme si je délirais.

— Je veux bien continuer à tailler la route, mais franchement... si on prend une voiture, c'est pour voyager discret, non ? Or, je sais pas pour vous, mais je me trouve pas hyper discrète, là. Deux attaques en quoi... six kilomètres ? Je suis d'avis qu'on se fait filer le train.

Ils se regardent comme s'ils devaient décider qui doit se dévouer pour m'annoncer que je suis tarée et qu'une place m'attend à l'hôpital psychiatrique. Celui en bas de chez moi, ce sera pratique.

— Il vous faut quoi de plus ?

— Qu'est-ce que vous proposez ? s'enquit Mélusine.

— On peut se téléporter directement chez Angèle et elle nous protège. Et si jamais elle veut pas ben... on sera pas plus en danger que sur le trajet.

La fée n'a pas l'air convaincue. Mais Alphéas semble se ranger à mon avis.

— Elle n'a pas tort. Nous pensions nous montrer discrets, mais nous sommes suivis. Continuer sur la route terrestre, même avec une voiture, ne paraît pas les dissuader de nous attaquer. Autant arriver tout de suite à notre destination.

— Ils ne connaissent pas votre objectif, tempère Mélusine. Une téléportation l'indiquerait de manière trop nette.

— Parce que vous croyez vraiment qu'on parviendra à les semer ? lâché-je.

— Je crains que ce ne soit difficile, en effet, admet Alphéas. Je sens distinctement qu'ils sont autour de nous, qu'ils n'abandonneront pas.

Ah, il sent à présent. Non, mais c'est moi le nez dans cette histoire ! Qu'est-ce qu'il lui prend à changer les rôles maintenant, lui ? Si je suis censée devenir la guerrière, on est encore plus mal barré que pour les sentiments.

— Nous téléporter pourrait nous faire gagner un temps précieux et si Angèle s'avère aussi puissante que tu le suggères..., elle pourra protéger Ursule.

C'était mon plan !

— Bien, puisque tu sembles d'accord avec elle. Je vous crée un portail qui vous emmènera au pied de la montagne où elle a élu domicile. J'essayerai de couvrir vos traces.

Alphéas acquiesce. Je suis quand même hyper vexée qu'elle soit convaincue par lui et pas par moi. Même si je suis soulagée de traverser un portail plutôt que de me taper des heures de route, attaquée toutes les cinq minutes par des monstres que ma chatte dévore. Ouais dit comme ça, c'est suspicieux. Vous emballez pas. Pour le moment, mon entrejambe est parfaitement sage.

Alphéas récupère deux bagages noirs dans le coffre qu'il pose sur le goudron. Puis, il saute dans le fossé pour extirper le sac de Chaplin du côté passager. Il nous rejoint comme si c'était facile de sortir de ce caniveau et appelle ma chatte. Elle trottine vers lui et accepte sans griffer, sans miauler, sans rien, de grimper dans le sac. Je la fusille du regard alors qu'il me tend mon bien.

Celle-là, je vous jure, elle va le payer cher.

Aragorn charge les deux bagages sur ses épaules, plus son épée, la mienne et son poignard.

— Nous sommes prêts, indique-t-il à Mélusine.

La fée acquiesce et agite les mains en cercles concentriques. Un peu plus loin sur le bas-côté, une grande étendue d'eau se matérialise. Je déglutis, légèrement inquiète. Je faisais la belle, mais ça ressemble pas à Stargate hein.

C'est pas aussi bleu. C'est transparent, ça sent le marécage et l'iode avec une pointe de renfermé. Aussi bien, elle nous envoie dans le Marais des Morts. Je suis pas tout à fait prête à plonger au milieu de cadavres flottant.

Alphéas m'adresse un signe de tête avant de traverser l'étendue d'eau. J'hésite et jette un coup d'œil vers Mélusine. Elle semble m'observer, comme si j'étais un animal enragé. C'est curieux, j'étais émerveillée la première fois que je l'ai vue, mais depuis, la méfiance s'impose en moi. Et je n'ai jamais été méfiante auparavant.

Les gens, soit je les aime soit je les aime pas. C'est tout. Me méfier, ça ne me vient pas à l'idée. De là à dire que je suis une bonne poire, je vous l'accorde, y a qu'un pas et parfois, effectivement, je me fais la réflexion que je suis trop naïve.

Mais Mélusine... elle, je m'en méfie. Et pas uniquement parce qu'elle détient des pouvoirs de dingue apparemment, que Alphéas lui mange dans la main et que j'en conçois une jalousie bien trop extrême pour être rationnelle et qu'elle possède des astuces de blanchisserie que je lui envie.

J'inspire profondément et marche à travers l'étendue d'eau. J'ignore si je dois retenir mon souffle, me pincer les narines pour éviter que l'eau ne rentre ou faire tout ce qu'on fait quand on s'apprête à plonger. Déjà me baigner en plein mois de janvier, je suis pas hyper fan...

Lorsque j'entre en contact, j'ai d'abord froid puis une certaine chaleur se répand dans mon être et j'ai enfin l'impression d'être ballottée, entraînée dans les profondeurs de la mer par une créature qui m'arracherait les bras.

J'ouvre la bouche pour crier, parce que c'est un réflexe idiot, et perds de ce fait la petite réserve d'oxygène que j'avais faite en prévention. Je vois les bulles s'élever tandis que l'obscurité m'envahit. Ma vitesse s'accentue. La panique m'étreint. Je vais me noyer. Axphyxiée par un stupide portail créé par une stupide fée qui ne m'a pas donné de stupides conseils pour une traversée sans risques.

Alors que je commence à étouffer, les poumons douloureux, tout s'arrête soudainement. Je reprends pied, l'air s'engouffre en moi et je tousse. Je vacille et manque de trébucher, mais Alphéas me retient de justesse.

Je le repousse pour retrouver mon équilibre toute seule. J'en ai marre qu'il me sauve la mise à chaque fois. Il ne dit rien et m'observe reprendre mon souffle. Je soupire et peste. Avant de me souvenir que j'avais mon sac dans les mains. Je regarde Chaplin à l'intérieur.

Elle dort.

Je commence vraiment à en avoir assez de cet animal.

Je ravale un juron et observe un peu mon environnement. On est dans la montagne, entouré de chênes, de pins et d'arbres que je ne connais pas. Il n'y a aucune trace d'un sentier quelconque. La randonnée va être trop géniale.

– Prête ?

Alphéas a un léger sourire. Je sens qu'il se retient de se ficher de ma gueule. Je soupire et mets le sac sur mon dos. Je vérifie qu'il n'écrase pas les fioles sur la ceinture que j'ai nouée. J'espère que c'est pas Mélusine qui a eu l'idée, ça va me foutre en boule.

La Prophétie

— J'ai pas le choix. Je dois marcher pour aller me faire saigner. On peut pas dire, vous savez mener les troupeaux à l'abattoir, par chez vous.

— En plus, on confie ça aux végans.

Je le contemple, les yeux écarquillés. Il me sourit. Non, mais il vient de faire une vanne ? Une vanne pourrie, mais une vanne quand même. Pas celle qu'on tourne pour arrêter l'eau, hein.

— Avoue, tu es devenu végan à force de voir des femmes se faire sacrifier pour une connerie ou une autre.

Il rigole. Mais ne dément pas. Puis il commence à grimper. Je le regarde s'éloigner, me disant que je suis trop à l'aise avec lui et qu'il va m'arriver des bricoles.

Odeur 21

J'ai mal partout.

C'est pas humain.

Je savais même pas qu'on pouvait avoir mal au-dessus du pied. Sérieusement. AU-DESSUS du pied. Comment c'est possible ? Quand quelque chose te tombe dessus à la limite, c'est normal. Mais en marchant ? Quel est ce nouveau maléfice ? comme dirait Boromir.

J'ai mal aussi en dessous du pied, hein. Mais là, c'est plus compréhensible. On crapahute depuis des plombes, sur un sol irrégulier, alternant cailloux, boue, tronc d'arbre, recailloux derrière, en embuscade sous un épais tapis de feuilles (spoiler, c'est pire que la neige, on s'y enfonce carrément plus).

En plus, je suis partie avec des petites tennis. C'est mieux que des escarpins, certes, mais la toile fine permet à toutes les bogues du coin de venir planter leurs minuscules épines sur le côté de mes pieds. Ouais, parce qu'à un moment donné, des châtaigniers se sont pointés. On avait des chênes et bim, d'un coup, des châtaigniers.

Toujours pas de route en revanche, hein. On se paye un dénivelé de dingue, les pieds toujours à trente degrés. Et du coup, j'ai mal aux mollets et mon dos commence à protester. Heureusement, j'ai pu larguer Chaplin qui trottine près de moi. Mine de rien, quatre kilos de moins sur le dos, ça soulage.

Je l'ai prise en pitié au début, dans les tapis de feuilles, j'avais peur qu'elle s'enfonce tellement qu'elle se retrouve bloquée. Mais en fait, elle parvient à trouver les endroits où elle peut marcher tranquille pendant que je galère. Je commence à détester mon chat.

Cela dit, je savais que j'aurais dû faire du sport. M'entretenir tout ça, tout ça... après l'escrime, j'arrivais pas à me décider sur quoi faire et j'ai perdu pied, engluée dans le quotidien. Clairement, j'ai tout perdu.

Je m'arrête et me laisse tomber sur un tronc d'arbre. Mon cœur va sortir de ma poitrine, tellement il bat fort. Non, parce qu'évidemment, c'est pas une petite randonnée tranquille, hein. Aragorn marche vite, comme un cabri, un lapin ou je ne sais pas quoi d'autre. S'il me parle du dahu, je vous promets, je me casse. Derrière lui, j'ai l'air d'une hobbit à la traîne, et je déteste ça.

— Ursule ? Ça va ? demande-t-il en se retournant.

Je reprends mon souffle en secouant la tête. Non, ça ne va pas. Je suis en train de décéder, ma respiration ressemble à celle d'un Nazgûl. Pétard, s'ils se pointent ceux-là, je suis pas dans la merde.

Alphéas redescend et s'accroupit devant moi. Il me tend une gourde. Pas la version seigneur des anneaux, la normale, en inox, blanche, toute simple. Je la prends et l'ouvre. L'eau fraîche coule dans ma gorge. Plus j'en bois, plus j'en veux. Ça fait ça à tout le monde ? Quand vous êtes assoiffé, c'est dingue comme on a envie de terminer le pot à eau.

Je me force à m'arrêter, me disant que je ne vais pas siphonner toutes les réserves d'Alphéas, parce que comme une gourde, j'ai oublié la mienne. Ouais, appréciez le jeu de mots, parce que je déteste ça. En vrai, je suis nulle donc je déteste ça. CQFD.

— Bois tant que tu veux, cette gourde ne se videra jamais, assure-t-il.

Bon alors de un : comment il a fait pour savoir que je me suis obligée à arrêter ? De deux : je retire ce que je viens de dire, c'est la version seigneur des anneaux camouflée en version normale.

Cela dit, il ne me le répétera pas. Je termine de boire jusqu'à avoir mal au ventre et lui tends la gourde. Tout en m'essuyant parce que, bien sûr, j'en ai foutu partout. Aucun style, la nana.

Il la prend et avale quelques gorgées, tout dans la mesure et l'élégance. Je guette avec espoir le filet d'eau qui coulerait le long de son menton, mais que dalle.

Il a simplement la bouche brillante quand il referme la gourde. Je le déteste d'être aussi parfait. C'est pas humain. Ouais, d'accord, je sais, c'est un surnat' donc c'est normal. Vous le voyez pas, mais je vous fais une grimace.

Il farfouille dans son sac et en sort une barre de céréales qu'il me tend. Elle n'est pas enveloppée dans du plastique, mais dans un papier souple que je n'identifie pas. Tant que c'est pas du lembas, cela dit. Je mords dedans et je sens un flot d'énergie me parcourir. Efficace ! J'essaye de l'observer pour comprendre ce qu'il y a à l'intérieur, mais j'échoue. Ça ressemble à du blé ou du riz, peut-être du chocolat ou des raisins secs et d'autres trucs. Ça a le goût de tout et de rien. Étrange pour ne pas dire bizarre.

Je me félicite de n'être allergique à rien. Manquerait plus que je gonfle comme un poisson-globe. Mon côté sexy (déjà éprouvé par la sueur, la douleur et la rougeur de mes joues) risque de ne pas se relever. Enfin, si je développe le poison du fugu, peut-être que le Roi Noir ou les autres surnat' arrêteront de vouloir me bouffer. Ah ouais, non, ils ne souhaitent que me saigner. Excusez-moi. Ils s'en foutent du coup.

— C'est encore loin ?

Toujours la geignarde. Avouez, j'ai tout pour plaire à cet instant précis. Je vous dresse un portrait d'Aragorn pour me faire pardonner. Il mange une barre de céréales lui aussi (végan friendly du coup), ses cheveux en désordre. Il transpire légèrement au niveau du front, mais son souffle est régulier. Évidemment, la sueur sur un gars, c'est toujours sexy. On a un problème les nanas. Bon, j'admets, il serait dégoulinant, je serais peut-être rebuté. Je dis peut-être... on ne sait jamais.

Parce que là son odeur entêtante de virilité est exacerbée. L'océan se détache, ainsi que la cannelle et j'ai vraiment envie de fourrer mon nez dans son cou pour prendre ma dose. Je me fais la réflexion que s'il transpire encore plus, ça risque de me mettre en transe.

OK, vous êtes pas nez (enfin j'en sais rien, mais les nez vont comprendre, pour les autres, je vous explique :) C'est comme quand vous entrez dans une boulangerie et que le parfum du pain vous enveloppe, vous donnant faim. Sur le chemin du retour, dans la voiture, avec l'odeur et la baguette bien chaude à côté de vous, admettez-le, vous allez boulotter le quignon... juste pour goûter.

Bon si le pain c'est pas votre truc, imaginez une chocolaterie ou un marchand de café.

Donc, voilà, si, les effluves, ça rend dingue. Et personnellement, c'est de plus en plus difficile de résister. Bref, plan sexy (ou pas) d'Aragorn fait, reprenons.

— Je ne sais pas. Nous aurions déjà dû atteindre le sommet.

Ah. Flûte.

— Je dois m'inquiéter ?

Il pince les lèvres et observe les alentours.

— Je ne ressens aucun néfaste dans les environs, il y a bien une force, mais elle m'est cachée. Hostile ou amicale, je ne peux pas le saisir. Pour le moment, elle reste éloignée.

OK, je flippe totalement. Je ne suis pas encore tout à fait remise des attaques de tout à l'heure. Je pensais qu'en approchant de chez Angèle, comme par miracle, nous serions en sécurité. Je me suis plantée et je sens que Mélusine ne loupera pas l'occasion de me le rappeler.

— Le bouclier d'Angèle ne fonctionne pas ?
— Le bouclier ?
— Oui, bon je connais pas le terme technique. Dans les romans ou les films, ils disent toujours le bouclier pour les champs de force ou les filets magiques de protection. Y a un mot particulier ?
— Non, cela dépend de la créature qui l'a conçue. Comment Angèle nomme sa protection, je n'en ai aucune idée. Quoiqu'il en soit, le bouclier ne semble pas fonctionner de cette façon. Je dirais que c'est davantage une sorte de neutralisation surnaturelle. Mes capacités sont réduites et je ne peux pas recourir à la magie ici. Je suppose qu'elle s'assure de cette manière de rester la seule à pouvoir manier les sortilèges.

Pas bête. Mais ça ne me réconforte pas.

— Attends, tu affirmes que tu ne sens rien, sauf une force magique, mais tu ne peux pas faire appel à ta magie ?

C'est moi ou y a un paradoxe ? Il inspire profondément, sans doute pour réfléchir.

— Certaines de mes capacités sont liées à mon être, à ce que je suis. Comme être doué pour les langues ou être nez, sourit-il. Percevoir les caractéristiques des êtres à proximité fait partie de celles-là. Elles n'ont pas l'air d'être impactées par la protection d'Angèle. Jeter un sort ou utiliser des pouvoirs, qui nécessitent de faire appel à la magie environnante... ça me semble impossible.

D'accord, je comprends un peu plus.

— Et je pense que nous sommes piégés dans son enchantement.

C'est moi ou c'est inquiétant ?

— C'est-à-dire ?

— On devrait avancer, mais plus on grimpe, plus il y a à monter. Ce n'est pas naturel. Nous marchons depuis presque quatre heures... Et la nuit va tomber.

Je regarde autour de nous. Pour être honnête, je ne sais pas ce que je cherche. Une trace de ce qu'il a perçu, un indice qui montrerait que je ne suis pas à la traîne et qu'à part mes pieds, je prête attention à mon environnement.

Mais je ne vois pas grand-chose. Le paysage m'a l'air naturel, même si effectivement le fait qu'on grimpe depuis quatre heures sans avoir atteint le sommet, c'est pas normal. La luminosité diminue, ce qui est étrange en soi, puisqu'il n'est que 14 h. Alors certes, le soleil se couche tôt en hiver, mais 14 h, c'est abusé, y compris pour une planète au climat bouleversé. Donc, maintenant qu'il le mentionne...

— Ce serait Angèle la responsable ?

Il ne répond pas, mais je comprends que c'est ce qu'il pense.

— On fait quoi du coup ?

Encore une fois, il la joue taciturne. Je m'apprête à lui envoyer un fion (entendez une pique, une taquinerie, une blagounette...) quand il m'intime d'un geste de me taire. Il dégaine doucement son épée et plisse légèrement les yeux. Mon sang ne fait qu'un tour. Je me redresse, histoire de ne pas être prise au dépourvu et porte la main à ma ceinture, essayant de choisir quelle fiole je vais lancer sur l'ennemi.

Un brouillard se lève soudainement, brouillant (ben oui forcément) ma vision. Je vois à peine la silhouette d'Alphéas qui se rapproche de moi. J'aurais préféré qu'il s'éloigne avec son épée. Il la maîtrise parfaitement, j'ai pu le constater. Toutefois, dans cette purée de pois, un accident est vite arrivé.

Oups, j'ai embroché Ursule. En même temps, elle ressemblait à un poisson-globe.

Non, vraiment, c'est pas drôle.

J'essaye de faire un pas de recul, mais je bute sur le tronc d'arbre sur lequel j'étais assise. Je tâche de ne pas tomber, battant stupidement des bras en espérant que ça suffise à restaurer mon équilibre. Je m'efforce de pousser mon corps vers l'avant, maîtrisant mes fesses qui m'attirent en arrière. Je ne sais pas comment, j'arrive à ne pas me ramasser.

Sauf que dans le feu de l'action, une de mes fioles se détache et se brise sur l'écorce. Une odeur pestilentielle s'élève aussitôt, me faisant pleurer.

Alphéas se retourne. Je ne le distingue pas totalement, mais il me fusille du regard, j'en mettrais ma main à couper. S'il était ce genre de type, il me dirait : « Mais qu'est-ce que t'as foutu ? ». Au lieu de cela, il tousse légèrement. Crotte, j'ai cassé mon protecteur.

Et puis, une silhouette élancée, féminine, aux cheveux longs, s'avance vers nous, traversant le brouillard comme si elle y voyait à merveille. Je déglutis et essaye de me concentrer. Mais ça pue vraiment. J'ai qu'une envie c'est de déguerpir pour aller respirer de l'air pur. En plus ça stagne.

Comme lorsque les gamins se trimballent avec la couche pleine. Oui j'ai pas d'enfants, mais deux neveux parfaitement au courant qu'ils fouettent, mais qui refusent catégoriquement de changer leur couche sale. Apparemment, quand c'est tassé, c'est mieux. C'est dégueulasse, comme la puanteur qui s'accentue et ça me fait penser à ce que je suis en train de vivre. Je me réjouis que la fiole ne se soit pas brisée dans la ceinture. Sinon, ça aurait été moi la couche ambulante.

— N'importe qui vous suivrait à l'odeur, remarque la nouvelle venue.

Oui, bon flûte. Elle s'approche et normalement, c'est censé inciter les gens à fuir. Faudra que je demande ses astuces à une mouffette. Ils doivent bien avoir un truc comme ça chez les surnat'. Y a des croisés loups, peut-être des croisés mouffette. Alphéas devrait arriver à me rencarder là-dessus.

Enfin si la femme en face ne me tue pas. Elle a pas l'air commode, avec ses pommettes saillantes, son regard de tueuse, son expression hautaine, ses doigts aux ongles acérés comme des griffes et son aura de puissance. Tiens, je ressens les auras maintenant. C'est nouveau.

La seule chose qui pourrait me rassurer, c'est si on se trouve en présence d'Angèle.

Sauf que Aragorn casse le suspense.

— Saurimonde, salue-t-il.

Bon, ben c'est pas la femme qu'on vient voir du coup. Mais c'est peut-être une copine quand même.

Lorsque le vent tourbillonne soudainement et qu'un éclair se forme dans ses mains avant qu'elle ne nous le balance à la figure, je me dis que c'est pas une copine de toute évidence.

Odeur 22

L'éclair m'arrive sur la figure, mais on me percute sur le côté, me faisant rouler par terre. Alphéas. Je croise à peine son regard pour lui confirmer que je m'en sors indemne et il se relève rapidement pour faire face à la... je ne sais pas en fait. Je ne connais pas Saurimonde. Elle a l'air parfaitement humaine.

Bon, OK, selon toutes vraisemblances, elle manie les éléments. Mais je vous jure, à part ça, elle donne l'impression d'être une femme complètement normale. Qui aime s'habiller à l'ancienne. Je vais me méfier des gens qui adorent se cosplayer moi, maintenant.

Une autre boule électrique se forme entre ses mains qu'elle jette sur Alphéas. Je l'imagine un instant en prendre le contrôle, mais il se contente de l'éviter. Je tâtonne pour trouver mes fioles. Le pétunia ? Non, c'est pas un esprit. Enfin, je pense pas. Le soufre ? Oh, après tout, ça pue déjà...

Aragorn se redresse encore, des feuilles s'attachant à ses cheveux. Il rengaine son épée et sort son petit poignard. Juste à temps pour contrer l'un des projectiles lancés par Saurimonde. Alors là, je sais pas ce que c'est... ça ressemble à un grêlon. Bientôt, ils vont s'envoyer des boules de neige.

J'essaye de reprendre mes esprits et m'approche lentement pour m'assurer de la choper avec ma fiole. Ursule, la mouffette, n'a pas dit son dernier mot. Heureusement, elle est trop occupée à balancer des trucs pas clairs sur Alphéas qui les arrête tous avec son poignard.

Ce type, plus classe, tu meurs. Il dégage une aura… qui m'arrange parce que du coup il attire toute l'attention de notre ennemi. Faut savoir que j'adore ce mot. L'ennemi. Ça fait de suite sérieux.

Lorsque je m'estime suffisamment proche pour ne pas me foirer, j'envoie ma fiole qui s'écrase au pied de Saurimonde. Y a pas à dire, faudra qu'on m'inculque quelques recettes de potion magique. Histoire que je me la joue un peu Charmed. Elles balancent des flacons, mais derrière il y a un vrai effet, pas comme moi qui jette des ersatz d'œufs pourris.

La créature contemple ses pieds puis pivote vers moi. Elle a l'air furieuse.

J'avoue, le produit a dû éclabousser sa robe. Elle va mettre un certain temps avant de se débarrasser de l'odeur. Une bonne lessive ou alors un sort à la Mélusine.

Des éclairs crépitent entre ses doigts. Crotte, elle ne doit détenir ni lessive ni sort à la Mélusine, c'est sa seule tenue et elle va me faire payer cher cet affront. Je cherche des yeux un truc pour me protéger. Apparemment mes fioles n'ont d'autres résultats que de l'énerver… j'ai besoin d'un palliatif. Alphéas se trouve loin, complètement inutile.

La Prophétie

Je vois mon épée dans le sac d'Aragorn et saute dessus (à la fois pour éviter l'éclair que Saurimonde me balance et à la fois pour aller plus vite). Je la dégaine rapidement, mais Chaplin vient de bondir sur l'ennemi, la mordant au poignet.

— Saleté de greffier, jure-t-elle en essayant de se débarrasser de ma chatte.

Elle la prend par la peau du cou et la jette contre un tronc d'arbre. Je vois rouge et me redresse.

— Tu touches pas à mon chat !

Bon, ça aurait eu de la gueule si elle m'avait écoutée. Elle aurait eu peur et elle se serait agenouillée pour implorer mon pardon. À la place, Alphéas a surgi derrière elle (ouais on est très fort pour attirer l'attention de l'adversaire chacun son tour, histoire que l'autre puisse faire mumuse de son côté) et abat son épée (il a encore changé d'arme, ce type ne sait pas se tenir tranquille) sur elle.

En un battement de cil (oui parce que sinon je ne me l'explique pas), elle s'est retournée et lui oppose une lame transparente (que je suppose faite de glace). Évidemment, elle était trop occupée pour entendre ma réplique. Pour une fois que j'avais un peu la classe. Bon, je devrais sans doute rejoindre le combat.

Sauf que je reste quand même une quiche, même si je sens que mon corps bouillonne. J'ai une envie furieuse de manier l'épée que je tiens entre mes doigts et ça me donne un sentiment bizarre. Mais je dois aussi m'assurer que Chaplin aille bien. Alors je me déplace avec des pas sur le côté, comme un crabe armé, pour me rapprocher de sa position.

Son petit torse velu se soulève, ce qui me soulage et je m'accroupis pour constater qu'elle est indemne. À mon contact, elle s'éveille et se remet sur ses pattes. Elle ne paraît pas blessée.

— Chaplin, arrête de vouloir te battre, marmonné-je.

Elle prend un air affecté. Elle n'en fera qu'à sa tête. Je reporte mon attention sur le combat qui continue. Alphéas et Saurimonde échangent des passes avec autant d'élégance et de classe l'un que l'autre. La longue robe de Saurimonde ne semble pas le moins du monde la déranger. Elle virevolte, contrant les attaques de son adversaire avec aisance et tentant de percer les défenses avec flegme. Une magnifique vision.

Aragorn est tout aussi beau. Souple, agile, il exécute des figures que je ne connais pas. Au bout de quelques instants où je reste subjuguée par leur maîtrise à tous deux, je reprends mes esprits et, resserrant ma poigne sur mon épée, me lance dans la mêlée.

Bon, je veux pas embrocher Saurimonde directement. Même si elle me tourne le dos. Je me dis que je peux tenter de lui blesser la cuisse pour entraver ses mouvements. Je me fends et allonge mon bras en pliant les jambes.

Mon arme rencontre sa lame et mon regard croise le sien. Toujours aussi furibonde. Je me dégage et me redresse, reprenant une position d'attente.

La Prophétie

L'escrime me revient au galop, m'étonnant moi-même. Je reste souple sur mes appuis, concentrée non pas sur l'épée, mais sur le corps de Saurimonde pour essayer d'y lire son prochain coup.

Elle fait apparaître une autre arme pour contrer celle d'Alphéas puis une bourrasque naît dans sa main et elle envoie valser Aragorn qui roule dans les feuilles. Je déglutis alors que son attention se reporte sur moi. Près de moi, Chaplin se met à feuler. Y a pas à dire, ça se pose là comme tigre dissuasif.

— Ce n'est pas une épée tenue par une novice qui va m'arrêter, lâche-t-elle.

— Oui, ben... on fait ce qu'on peut, rétorqué-je.

Je sais, ça manque de panache. Non, mais je voudrais vous y voir. Vous parvenez à avoir de superbes réparties, comme ça dans la vraie vie ? Perso, j'y arrive pas, victime de ce foutu syndrome de l'escalier. J'ai de bonnes répliques APRÈS. En général, ça ne vole pas haut. « Occupe-toi de tes fesses ! », « C'est celui qui dit qui est » et autres gamineries sont les seules qui me viennent à l'idée sur l'instant.

J'aimerais dégainer des réparties bien senties aux imbéciles qui croisent ma route. Le problème, c'est qu'il faudrait un auteur pour ça. Et que la mienne visiblement, question répartie, elle est aussi nulle que moi. Quand je vous disais que j'étais pas sortie du sable. Moi je sais pas où je vais, mais je vous parie qu'elle non plus. Si ça vous ennuie, je vous ai déjà dit de ne lire que les dialogues. Bon, d'accord, ça vole pas haut, mais c'est toujours mieux que de vous taper des tartines de longueurs inutiles en plein milieu d'un combat.

Enfin, d'une raclée plutôt. Parce que clairement, Saurimonde est bien plus douée que moi. Elle se fend d'une attaque (en tierce ou en quinte, franchement, j'ai zappé le terme technique) et j'oppose ma lame au dernier moment. Je vois sa seconde arme qui s'approche de moi et j'ai à peine le temps de me dégager de sa première pour venir me protéger.

Je recule d'un pas tandis qu'elle avance, impitoyable. Ce petit manège dure quelques passes, jusqu'à ce que je bute contre un arbre. Son épée s'approche de ma gorge, mais à cet instant, Alphéas lance son poignard qui percute son arme. La glace se brise et Saurimonde lui jette un regard mauvais.

Je profite de ce répit pour la bousculer, la faisant trébucher. Chaplin bondit pour saisir le col de la robe et tire en arrière. Saurimonde bascule par terre et je me précipite pour marcher sur son poignet qui tient sa deuxième épée. Elle crie de rage tandis que je pose ma lame sur sa gorge.

Ah ah, elle fait moins la maligne, la badass. Battue par une chatte et une mouffette novice.

Alphéas me rejoint en m'adressant un clin d'œil puis se concentre sur Saurimonde. Il s'accroupit puis lui prend l'autre main et je vois distinctement une fumée s'en échapper.

— Je ne ferais pas ça si j'étais vous, menace-t-il.

Ils s'affrontent du regard quelques secondes. Ça m'emmerde. J'ai l'impression que c'est lui qui l'a terrassée alors que tout le mérite me revient. M'enfin, vous, vous savez.

— Vous travaillez pour Angèle de la Barthe ? demande-t-il.

Elle ne pipe pas mot. Alphéas fait jouer sa mâchoire.

— Vous pensez pas que vous devriez répondre ? soupiré-je. Parce que sinon, on va passer trois plombes à essayer de vous convaincre, ça va nous gonfler. Moi pour tout vous avouer, j'ai pas de patience.

Elle me contemple comme si j'étais une idiote. Ouh, ça va me mettre les nerfs.

— Et me prenez pas pour une quiche. On est pas loin de là où elle habite, comme par hasard, Alphéas peut pas faire de magie, mais vous oui, alors, ça va. C'est évident. Vous bossez pour elle.

Si elle pouvait lancer ses éclairs autrement qu'avec ses mains, je serais déjà carbonisée sur place. Je perçois le regard amusé d'Alphéas. Oui, bon, peut-être que c'est pas régulier comme manière de fonctionner, mais je possède pas les codes de ce monde, moi. S'il faut passer trois quarts d'heure à effectuer des circonvolutions et des ronds de jambe et des phrases ampoulées, je vais détonner. Fallait me préciser qu'ils étaient croisés avec les Ents.

Bouraroum.

— Bien, je l'admets, lâche-t-elle finalement.

De très mauvaise grâce.

— Nous ne sommes pas des ennemis, assure Alphéas.

Hmmm. Je frissonne. Ennemi dans sa bouche, ça fait un effet bœuf. Je vous ai dit que j'aimais ce mot, hein.

Pour preuve de sa bonne foi, il se redresse et tend sa main. Je comprends qu'il va lui donner un peu d'aide pour se relever et je m'éloigne également, libérant son poignet et levant mon épée. J'essaye de la rengainer, persuadée que je vais me la péter.

Sauf que la pointe bute sur les côtés du fourreau. Une fois. Deux fois. Trois fois. À la quatrième, je tire la langue pour bien viser (oui, parce que je tire toujours la langue quand je me concentre, c'est comme ça, j'y peux rien) et très lentement, je parviens enfin au but.

On est loin de la classe et de l'élégance. Alphéas ricane.

— À l'escrime, on n'a pas besoin de rengainer, protesté-je, comme si ça expliquait tout.

Il opine, mais son sourire moqueur ne disparaît pas. Saurimonde près de lui (elle a eu le temps de se relever, hein, pendant que je galérais à remettre mon épée) croise les bras sur sa poitrine et me regarde comme si je n'étais qu'une pauvre chose.

— Que faites-vous ici ? s'enquiert-elle finalement.

— Nous venons voir Angèle pour lui demander de confectionner une potion. Cette jeune femme est la fille de la prophétie, la fille parmi les garçons.

Saurimonde soulève un sourcil et me détaille de nouveau. J'accepte son observation quelques secondes avant qu'il ne s'éternise.

— Oui, bon ben ça va. Je suis la nana que tout le monde veut saigner parce qu'apparemment, mon sang permet de contrôler les Quatre Cavaliers. C'est pas la peine de me regarder comme ça, hein. J'ai rien demandé.

Je me renfrogne et croise les bras sur ma poitrine. Oui, je sais, je fais gamine, mais parfois, ça fait du bien.

— Vous en êtes sûr ? s'enquit-elle.

Bon, OK, je suis vexée. J'ai conscience que je me trimballe la dégaine d'une daurade, je suis pas crédible et tout, et tout. Mais flûte !

Aragorn acquiesce, l'air grave. Saurimonde fait la moue puis opine.

— Je vais vous mener à Angèle. J'ignore si elle pourra accomplir quoi que ce soit pour vous, mais je comprends mieux pourquoi il y a autant de néfastes à la lisière de son territoire.

La peur et la culpabilité m'étreignent en même temps.

Odeur 23

Je ne sais pas à quoi je m'attendais.

Probablement à ce qu'on ne marche pas pendant longtemps, que ça s'améliore subitement, qu'on arrive dans un endroit luxuriant avec des petits oiseaux qui chantent et le soleil qui brille. Je ne sais pas. Mais pas à ça.

Non, vraiment pas à ça.

On a continué à crapahuter pendant des plombes. J'exagère à peine. La nuit était tombée depuis un moment quand on est enfin parvenus à destination. On a grimpé comme si c'était la seule manière d'avancer dans ce pays, puis lorsqu'on a commencé à plus rien voir, la pente s'est adoucie, mais on a dû traverser un marais. Un marais ! Y a pas de marais dans la montagne noire, mais ils s'en foutent les surnat'. Ils vous balancent des marais comme ça, gratos.

C'est aussi chiant que ça en a l'air. La vase, ça pue, ça colle et je ne sais pas comment j'ai fait pour ne pas perdre mes tennis dans un trou d'eau. Alphéas ne semblait pas dérangé plus que ça, même s'il s'avère aussi trempé et nauséabond que moi. Saurimonde, elle, par contre, a survolé ça comme si ça ne la touchait pas. Elle progressait dans la boue comme si elle marchait dans l'herbe et je l'ai détestée rien que pour ça.

Lorsqu'Alphéas m'a appris qu'elle était à la fois sorcière et fée, j'ai compris que je détesterai à vie les fées. Sérieusement, y a rien qui les atteint, elles restent toujours belles et sans taches même si elles se salissent les mains.

Y a pas de justice au pays des surnat'. Et je me dis que Chaplin, qui suivait tranquillement Saurimonde et qui est aussi sèche qu'elle, va se faire haïr par ses camarades animaux pour la même raison.

Donc, bref, on puait la vase quand on est arrivé dans l'antre d'Angèle. Effectivement, « antre » aurait dû me mettre sur la voie. Pas moyen qu'elle ait bâti une demeure incroyable dotée de tout le confort moderne. On se retrouve devant une cahute construite de bric et de broc, avec un toit en bois, des murs en paille ou en bois ou en pierre (franchement, j'ai l'impression que c'est un mélange de tout ça) et des tissus un peu partout. Je m'attends à entendre un corbeau croasser.

Mon espoir d'une bonne douche chaude s'envole. Mais qu'est-ce que je croyais ? On va rarement saigner les femmes dans des endroits classes. Le spa 5 étoiles spécial sacrifiées, ça aurait quand même de la gueule.

— Restez là, je vais voir si elle accepte de vous recevoir, ordonne Saurimonde.

Je la foudroie du regard. Non, mais parce qu'y a moyen qu'elle refuse de nous accueillir ? Du coup, on fait quoi ? On se retape la randonnée dans l'autre sens pour débouler sur les néfastes qui nous suivent ? Parce que c'est pas marrant sinon, hein.

Les néfastes ont fini par rentrer selon les dires de Saurimonde. Ils ont mis quelques instants avant de se décider, mais ils ont fini par pénétrer sur le territoire de la sorcière.

Apparemment, on est tranquille puisqu'ils vont finir par être bloqués dans le même sortilège où on s'est retrouvés, Aragorn et moi. Rappelez-vous, on trouvait ça bizarre de ne pas avancer, que la nuit tombait vite, etc., ben, en fait, c'était un sortilège. Angèle l'a lancé pour décourager les invités surprise et si jamais ils se montrent opiniâtres, comme nous quoi, elle envoie Saurimonde.

Un système d'alarme version magique, en quelque sorte.

Bref, on est suivis, mais nos poursuivants sont bloqués. Youhou, on va pouvoir guincher. Enfin ou pas, vu l'endroit.

— Est-ce que ça va ?

Alpheas me regarde, essayant de percer mes pensées.

— Oh, oui tout baigne. J'ai l'air d'aller bien ou d'une méduse crevée ?

Il s'approche et avance sa main près de mon visage. Pendant un instant, je me trouble, imaginant qu'il va me caresser la joue et la jouer à la Aragorn, style « Vous êtes adroite avec une lame » ou « J'ai souhaité votre bonheur dès que je vous ai vu ». Mais non, il attrape un truc dans mes cheveux en souriant.

C'est un truc verdâtre, probablement une algue quelconque, gluante et nauséabonde. Génial, j'ai ça dans mes cheveux et Dieu sait en quelle quantité. Tout ça parce que je me suis loupée dans les marais. Je vous jure, la randonnée, c'est terminé pour moi !

— Va pour la méduse, se moque-t-il.

Non, mais il se paye ma tronche. Cela dit, je ne peux pas m'empêcher de rigoler aussi. On échange un moment de complicité et j'ai l'impression que tout ce qu'on a vécu depuis ce matin n'est qu'un mauvais souvenir.

— Angèle va vous recevoir, annonce soudainement Saurimonde, interrompant cet instant.

Alphéas reprend son sérieux et s'incline légèrement. Je me contente de hocher la tête puis de m'avancer, sur les pas d'Alphéas. Je contemple la masure. Non vraiment, ça donne pas envie.

Il entre le premier, soulevant un tissu rongé par les mites et poussant une porte grinçante et branlante. Je me caille dehors, mais je me demande s'il fait meilleur dedans.

Et encore une fois, je reste bête en découvrant l'intérieur. Tommettes au sol, mur à la chaux dans un ton jaune citron, belle charpente... sublime. Une douce chaleur provient du feu qui crépite dans l'immense cheminée. Une longue table entourée de chaises à haut dossier rembourré nous accueille ainsi qu'un vaisselier. Un confortable canapé fait face au foyer, deux grands fauteuils en osier de part et d'autre de l'âtre.

La Prophétie

On dirait une chaumière conviviale et je me demande si mes yeux sont abusés ou si c'est réel. Même si, soyons sérieux dans ce monde, rien n'a l'air réel ou logique. Maintenant, j'ai même droit au trou de hobbit, version sorcière. Je dégouline sur le tapis de l'entrée et je me sens hyper mal à l'aise de déranger l'aimable créature qui habite là.

Ça ne peut être qu'une charmante femme qui vit ici. Oui, femme, parce qu'à de rares exceptions près, les hommes ne savent pas tenir un intérieur et le rendre chaleureux. Soit c'est aseptisé parce qu'ils sont ultramaniaques, soit c'est l'anarchie complète. Ouais, je répands des clichés. Et alors ?

— Bonsoir, dit soudainement une voix.

Je m'aperçois que dans la cheminée, suspendu à un crochet, il y a un énorme chaudron. Près de lui, une femme replète, habillée d'une robe violette, pivote vers nous. Elle tient une louche dans la main et nous adresse un grand sourire. Bien, la sorcière, son chaudron… un cliché de plus. Elle a aussi une verrue sur le nez. Histoire de.

Cela dit, elle en impose. Plus même que Saurimonde qui rentre derrière nous, magnifique et puissante. Pourtant la femme devant moi ne démérite pas. Dans la cinquantaine bien tassée, elle me fait davantage penser à une rivière calme et sage. Bon, pas Grand-Mère Feuillage, faut pas déconner non plus. Mais une femme qui préfère dissimuler sa force.

Elle nous fait signe d'approcher et nous convie près du feu.

— Trempés comme vous êtes, la chaleur vous fera du bien.

— Merci, fait Alphéas en s'avançant.

Je lui emboîte le pas, pas très rassurée quand même. Angèle nous indique de nous installer sur le canapé, mais j'hésite. Je risque de tout inonder. D'un mouvement de la tête, elle me tranquillise, disant que ce n'est pas grave et je m'assieds, dans un formidable bruit de pet mouillé, sur le sofa.

Le ridicule ne tue pas, Ursule Flatule en est la preuve.

Chaplin s'apprête à me bondir dessus, mais s'arrête en constatant que je suis trempée. Elle préfère aller se lover dans un coin près de la cheminée, sur un coussin. Je ne prononce pas un mot. Si Angèle veut la déloger, qu'elle se démerde. Chacun ses problèmes.

La sorcière ne relève pas cependant et s'assied sur le fauteuil à notre gauche. Saurimonde prend place sur celui de droite. J'ai l'intuition que c'est son siège personnel et je me dis qu'Angèle doit l'héberger en plus de l'employer.

— Alors, Saurimonde m'a plus ou moins expliqué qui vous étiez. Alphéas, je vous connaissais de réputation. Vous en revanche...

Ses yeux bleus se fixent sur moi, bienveillants, mais ça m'a l'air de déborder d'intérêt. Si je laissais mon imagination courir, je pourrais penser qu'elle se réjouit d'avoir enfin trouvé une proie à sa hauteur. Elle sourit légèrement.

— Vous êtes une curiosité, ma chère.

Je vous assure, ça ne me vexe plus.

— Vous avez jamais vu d'humaine ?

Bon d'accord, peut-être que ça me vexe un peu.

Elle semble étonnée de ma répartie. Ah, ben au bout d'un moment, je sors les griffes. Je la surprends en train d'échanger un regard silencieux avec Alphéas. Je déteste ça, j'ai l'impression qu'ils savent un truc et que je suis encore une idiote. C'est gonflant, je vous jure.

— Vous ne lui avez rien révélé ? demande-t-elle.

Alphéas ne répond pas. Pas la peine, on a compris. Ils m'ont de nouveau caché des choses. Le scoop de l'année !

— Ils m'ont pas dit un sacré paquet de trucs. Mais vous pouvez être plus claire ?

Saurimonde glousse. Elle se fout de ma gueule. Mais pas gentiment, hein. Violemment. Comme si je n'étais vraiment qu'une abrutie finie.

— Comment peut-on être aussi stupide ? lâche-t-elle.

Ah, stupide. Mouais, c'est pareil qu'abrutie.

— Pardon ?

— Ursule ne connaît pas notre monde. Jusqu'à la semaine dernière, elle n'avait jamais entendu parler de surnaturel, rappelle Alphéas.

Six jours. Bordel. SIX JOURS ! J'ai l'impression que ça fait une éternité.

— Elle aurait quand même dû le déduire ! s'énerve Saurimonde.

— Bon, ben éclairez-moi ! Puisque je suis une abrutie, faites-moi part de vos lumières !

Mon éclat surprend la fée qui me regarde comme si j'avais pété une durite. Ce qui ne saurait tarder. La colère commence à bouillonner dans mes veines, tout comme la frustration et l'impatience. Le stress de ces dernières heures, non derniers jours, atteint son paroxysme et mon corps tendu s'approche de son point de rupture.

Alphéas me prend la main, dans une tentative de m'apaiser. Mais je suis trop énervée et me retire violemment. Ça me coûte parce que j'aurais aimé en profiter. Toutefois, on se paye ma fiole depuis trop longtemps et la moutarde commence à me monter au nez.

— Vous êtes l'héroïne d'une prophétie vieille de six cents ans, déclare Angèle, d'un ton doux et patient.

Elle me met davantage à l'aise. Peut-être que j'aurais droit à des réponses.

— Lorsque vous avez passé ma porte, votre puissance m'a saisie.

Ma puissance ? De quoi elle parle ? De ma puissante odeur ?

— Vous n'en êtes pas encore consciente parce que vous ne vous êtes pas éveillée, mais ma chère, vous n'êtes pas vraiment humaine. Vous faites partie des nôtres.

Odeur 24

Hein ? Pardon ? Elle peut me la refaire sans trembler des genoux celle-là ?

— Pas humaine ? Je vous demande pardon ?

Angèle me considère avec un léger sourire.

— Vous vous êtes toujours vue comme une humaine et vous aviez raison. Toutefois, vous êtes plus que cela. Lorsque vous vous serez révélée pleinement, votre humanité s'atténuera sans le moindre doute.

OK, ça me fait froid dans le dos.

— Alors mes parents sont quoi ?

Non, parce que si je suis pas humaine, du coup, forcément, je me pose la question.

— Oh, ils sont entièrement humains.

— C'est possible, ça ?

Si jamais j'apprends que je suis adoptée, je porte plainte pour préjudice fraternel. Ils auraient pu me trouver une famille avec un frère un peu moins égocentrique et hautain. Cela dit, ça me ferait mal que mes parents ne soient pas mes parents. Même si techniquement, ils restent mes parents.

Toutefois, je ne sais pas pourquoi le lien du sang revêt une telle importance pour moi. Ça me procurerait un sentiment bizarre de me dire que nous ne partageons pas le même sang. Et puis ça ferait s'écrouler le monde de mon père. Finalement, il n'a pas retrouvé la recette des filles après six cents ans de masculinité.

— Votre lignée est particulière. Vous êtes surnaturelle parce que vous êtes une femme.

Je hausse un sourcil. PARDON ? Je sais bien que les nanas sont des êtres exceptionnels, mais à ce point...

— La puissance de votre sang était conditionnée à votre sexe.

— Je vois pas en quoi ce que j'ai ou non entre mes jambes influe sur mon sang.

— Oh, je vous en prie, épargnez-nous ces considérations féministes dépassées ! s'énerve Saurimonde.

Je pivote vers elle, surprise. Dépassées ? Euh... Angèle lui lance un regard et la fée lève les yeux au ciel.

— Votre entrejambe ne possède effectivement aucune incidence sur la puissance de votre sang, votre A.D.N., en revanche l'est. Vos chromosomes féminins sont la clef.

Oh, dans ce sens, je comprends. C'est une histoire de code génétique.

— Alors si mon frère a une fille...

— Non. Ce sera impossible. Sa lignée ne comptera que des garçons jusqu'à son extinction.

Flûte, ma belle-sœur qui désirait une fille... Finalement, mon père avait raison, y a que lui qui détient la recette.

— Vous êtes la seule, vous avez déclenché la puissance de votre lignage. Après vous, tout changera.

Bizarrement, je suis pas certaine que ce changement soit synonyme de progrès. Bon je savais pas trop si je voulais des enfants. J'ai l'intuition que, pour leur bien, vaut mieux que je m'abstienne.

Je croise le regard d'Alphéas. Il a l'air navré pour moi. Je soupire intérieurement. Je fais pitié. J'adore.

— D'accord. Bon, vous savez quoi ? Ça fait trop à encaisser et apparemment on a plus urgent...

— Je ne vous le fais pas dire, maugrée Saurimonde.

C'est quoi son problème, à celle-là ?

— Vous êtes jalouse de ne pas être l'élue ? Franchement, je vous cède la place quand vous voulez.

La fée rétrécit les pupilles. Ouais ben elle peut être fâchée. C'est elle qui a commencé. Oui, OK, ça fait puéril, mais je m'en fous.

— Saurimonde, peux-tu patrouiller à l'extérieur ? T'assurer que les néfastes sont toujours bloqués dans mon sortilège de l'ouroboros ?

— Tu le sens d'ici, tu n'as pas besoin que j'aille vérifier, remarque la fée.

Angèle penche la tête sur le côté.

— S'il te plaît, insiste-t-elle, néanmoins.

Elles s'affrontent quelques instants en silence puis la fée soupire et se lève.

— Bien, j'y vais. Me battre avec eux me défoulera.

Elle m'adresse un regard furieux. Je ne peux m'empêcher de faire un léger sourire en coin. Comme si j'avais gagné. Quoi ? Je l'ignore. Mais j'ai remporté quelque chose.

Sauf qu'Alphéas se redresse également.

— Je vous prête main-forte, annonce-t-il.

Je le contemple, stupéfait qu'il veuille m'abandonner ici avec une presque inconnue. Il soutient mon regard quelques secondes, essayant visiblement de me rassurer. Je me détourne. Au bout du compte, c'est habituel. Il me laisse toujours en plan. J'entends leurs pas s'éloigner puis la porte s'ouvrir et se fermer.

La colère menace de m'embraser, mais je me contiens.

— Désirez-vous un peu de thé, ma chère ?

J'hésite brièvement. Oh après tout, si elle a envie de m'empoisonner, ça fera les pieds à Alphéas. Je reviendrais sous la forme d'une dame blanche pour lui dire « Nananère » et le hanter. Puis je créerai des accidents avec tous les abrutis qui mettent pas leur clignotant ou qui savent pas respecter les feux rouges et les passages piétons. Faudra juste que je me méfie des pétunias, mais bon, ça va, c'est pas comme si j'étais accro. J'irai pas voir mamoune voilà tout.

— Merci, dis-je donc.

Angèle se lève et s'avance vers le chaudron. Bon, si elle infuse carrément un chaudron de thé, je me dis que soit elle est une grande consommatrice, soit il n'y a pas que Saurimonde qui vit avec elle. Je la vois bien prendre une louche et me servir une potion douteuse avec un œil flottant à l'intérieur. Oui parce que ça me revient, un gars du conseil de Mélusine dont j'ai complètement oublié le nom, mais avouez, vous aussi et l'auteur je suis sûre que, pareil, elle ne sait plus et qu'elle a la flemme de remonter son document, donc bref, ce type a dit qu'elle (Angèle, pas l'auteur) mettait des humains dans ses préparations, d'où l'œil dans les potions.

Finalement, une théière semble apparaître de nulle part, flottant au-dessus du feu et deux tasses suivent sans que je comprenne d'où elles sortent. Angèle ne s'arrête pas à mon étonnement et me sert le thé.

— Du sucre ? Ou du miel ?
— Non, merci.

Elle me sourit et me tend une tasse. Fine, en porcelaine blanche, avec des fleurs roses dessus. C'est délicat et encore une fois en décalage complet avec l'extérieur de la masure. Finalement, je me retrouve dans un boudoir. J'aurais pas cru.

Elle se rassied dans son fauteuil et bois une gorgée en soupirant d'aise. Repoussant mes appréhensions (y en a trop, je vais pas vous dresser la liste, z'avez qu'à imaginer), je trempe mes lèvres. Thé blanc et citron. Un de mes parfums préférés.

Le réconfort traverse mes veines et mon corps se détend. Il ne manquerait plus qu'un air d'ABBA pour que je sois parfaitement à l'aise.

Aussitôt *Honey, Honey* retentit, me faisant sursauter. J'essaye de comprendre d'où vient le son. Je ne vois aucune enceinte, aucune chaîne, aucun ordinateur susceptible de produire ce son. Angèle glousse.

— Cette maison vous procure ce dont vous avez besoin. Dans la limite du raisonnable. Vous aimez ABBA ?

Je ne sais pas ce qui me surprend le plus dans cette tirade. Qu'une maison soit capable de donner quelque chose ou bien qu'une sorcière perdue au sommet de la Montagne Noire (si on s'y trouve toujours) connaisse ABBA. Enfin, remarquez, c'est tellement universel ce groupe.

— Oui, j'apprécie ce groupe depuis toute petite. Ma mère l'adore aussi.

Un des rares trucs qu'on a en commun d'ailleurs.

— Je comprends. Je n'ai pas aimé leur dernier album, il était bien moins bon, souligne-t-elle.

Ça devient surréaliste. Oui, je sais, en un sens, ça l'est depuis le début, cette histoire, mais bon, je me comprends.

— C'est parce qu'on a tellement l'habitude d'écouter leurs anciens que les nouveaux nous font bizarres, remarqué-je.

Elle fait la moue. Mais je n'arriverais pas à expliquer mieux que cela.

— Peut-être, oui. Je n'avais pas vu les choses sous cet angle.

— Vous avez demandé à Saurimonde de partir pour me parler d'ABBA ?

Elle sourit. Un de ces sourires attendris que je ne lis que sur certains visages. Et que j'ai toujours du mal à interpréter.

— Elle peut être un peu virulente, surtout pour ce genre d'affaires. Mais elle n'a pas un mauvais fond.

Mouais, alors là, j'en doute.

— Ce genre d'affaires ? répété-je.

— Celui où je dois m'impliquer et renoncer à la neutralité qui me confère une certaine paix.

Je ne pige pas grand-chose à ce qu'elle me dit.

— Ce n'est pas le fait de vous installer ici et de vous entourer de sorts défensifs qui vous procure la tranquillité ?

— Non, sourit-elle.

J'ai encore l'impression d'être une gamine qui n'y comprend rien. Je ronge mon frein. Je vais finir par m'y habituer. Ça me rappelle les premiers mois à l'IUT. Le jargon, les nouveaux élèves, la manière inédite de fonctionner, le niveau bien au-delà de ce à quoi je m'attendais... J'ai cru que j'allais me noyer, mais j'ai terminé première de ma promo. Là aussi, je vais y arriver. Bon même si j'ai pas envie de prendre la tête de la F.I.S.C.S. ou la place de la Reine Blanche.

Je me demande subitement s'il y a un roi blanc. Peut-être un prince consort. Ou qu'on sort pas d'ailleurs. Ouais, jeu de mots. Je vous ai prévenus que j'étais nulle à ça, mais de temps en temps, j'essaye.

— Est-ce qu'on vous a déjà parlé des royaumes composant notre monde ?

— Vaguement, avoué-je.

Les images de Mélusine en train de former des histoires avec l'eau du plat de ma grand-mère sur ma table basse me reviennent. Si j'avais su ce qui m'arriverait...

— Le royaume des humains est géré par la F.I.S.C.S. depuis la fin du conflit. C'est la Fédération qui contrôle les allées et venues depuis les territoires blanc et noir, qui s'assure que les êtres quels qu'ils soient ne s'en prennent pas aux hommes. Malheureusement, elle ne protège pas les créatures entre elles. Néfastes et fastes peuvent se faire la guerre sans que ses agents ne soient concernés, même si votre race en fait partie. Et certaines ethnies en sont tout bonnement exclues, comme la mienne ou celle de Saurimonde.

Je fronce les sourcils.

— Les fées sont représentées...

— Oui, mais les sorcières fées, non. Ce sont des subtilités qui pour l'instant ne feront que vous embrouiller. Retenez simplement que certaines races ne sont pas protégées par la F.I.S.C.S. Aussi, si nous souhaitons résider sur Terre, nous nous devons de nous défendre nous-mêmes ou bien d'adopter une posture de neutralité. Si nous n'aidons ni les fastes ni les néfastes, personne ne peut nous accuser de quoi que ce soit.

— Vivre en ermite, quoi.

— C'est exact. Admettez que c'est reposant, cela dit.
— Si vous le dites. Le rapport avec moi ?
— Si j'accepte de concocter la potion qui contribuera à accomplir la prophétie et à contrecarrer les plans du Roi Noir de contrôler les Quatre Cavaliers, je deviens une adversaire des créatures néfastes. C'est cela que Saurimonde craint.
— Et c'est pour ça qu'elle me déteste.
— J'en suis navrée, mais elle ne peut pas s'en empêcher. Elle prend toute attaque contre moi comme une attaque personnelle.

Encore ce petit sourire. Il me dit quelque chose, mais soudain la porte s'ouvre avec fracas.

— Ils sont venus en force, informe Saurimonde.

Elle est couverte de sang et je me lève. Angèle la rejoint et l'examine brièvement. Je retiens mon souffle, attendant de voir une silhouette dans l'encadrement derrière la fée. Mais seule la nuit épaisse semble s'y profiler.

— Tu es blessée, lâche Angèle en forçant Saurimonde à s'asseoir à la table.
— Ils étaient nombreux et puissants, maugrée-t-elle.

Je scrute toujours le seuil de la porte. Mon estomac s'est noué, la peur grandissante. L'odeur du sang menace de m'emporter.

Mais bordel, où se trouve Alphéas ?

Odeur 25

J'ai l'impression que mon corps s'engourdit alors que mes yeux ne fixent que les ténèbres. L'endroit où il devrait se tenir. C'est comme si j'avais été abandonnée, ballottée par les flots et rejetée dans un pays inconnu.

— Où est Alphéas ? demandé-je en pivotant vers Saurimonde.

Angèle s'affaire auprès d'elle, avec des bandages et des onguents. Je ne vois pas (ou ne veux pas voir) les blessures que la fée arbore. Grave ou pas, si elle m'annonce qu'elle a laissé Alphéas sur place, je la pulvérise. Ce sera le moment de faire parler la puissance de mon sang, tiens.

Si je le combine avec de la poudre à canon, est-ce que j'obtiens une bombe intéressante ? Avec ma veine, ça formera la boule puante la plus redoutable de toute la création. Alors je contemple la fée, l'avertissant du regard de ne pas me mener en bateau.

— Je ne sais pas, affirme-t-elle.

Mauvaise réponse. Mon sang ne fait qu'un tour. Je fais un pas vers elle.

— Vous ne savez pas ? Vous êtes parti ensemble et vous ne savez pas ?

— Les néfastes nous ont encerclés. Il combattait de son côté et moi du mien.

— Et vous avez fui lâchement ?

Violemment, elle se lève et se dresse devant moi. Je jurerais qu'elle pourrait me manger si elle en avait envie. Ses yeux m'envoient des éclairs. Je crois qu'elle n'a pas apprécié mon ton accusateur. Je n'en ai cure.

Je lui fais face, sans trembler, toute bouillonnante de colère à l'idée que le seul être que j'ai fréquenté depuis le début, qui a certes ses défauts, mais qui ressemble à Aragorn donc je lui pardonne quasiment tout, se soit volatilisé sans qu'on ait de nouvelles.

Je ne sais même pas s'ils ont des morgues ou des hôpitaux, les surnat', à appeler en cas de disparition inquiétante. Je suppose que je devrais contacter la F.I.S.C.S. en tant que police. En plus, c'était un de leur collaborateur. Et si jamais les sbires du Roi Noir l'ont enlevé, j'ignorerais par où commencer. Enfin, dans l'hypothèse où on me laisse le rechercher.

Mélusine va me renvoyer un gardien, sans doute. Mais il ne risque pas de ressembler à Aragorn cette fois. Ils vont me coller Gandalf si ça se trouve. Je sais que les D.I.L.F.[1], ça fait rêver certaines femmes. C'est pas mon cas.

Bref, j'engage une bataille de regards avec Saurimonde, toutes ses idées martelant mon esprit et se disputant la priorité. Angèle met fin à notre affrontement.

---

[1] *Daddy I'd Like to Fuck* : cela désigne les hommes mûrs sexy.

— Sauri, calme-toi. Elle s'inquiète, voilà tout.
— Son attitude me scie les nerfs, grogne la fée.

J'allais répliquer, mais Angèle m'intime silencieusement de m'abstenir.

— Explique-nous ce qu'il s'est passé, invite-t-elle doucement.

Elle presse Saurimonde de se rasseoir. La fée s'exécute, visiblement à contrecœur.

— Les néfastes étaient en partie piégés par ton sort de confusion et d'ouroboros, mais certains commençaient à s'y soustraire. Alphéas a proposé que nous allions les combattre avant qu'ils ne s'échappent tous. Nous nous sommes séparés pour les prendre en tenaille. Mais ils étaient nombreux. Je n'ai pas pu le surveiller.

La dernière phrase m'est destinée.

— Crois-tu qu'il soit touché ? demande Angèle, m'empêchant de répliquer.

— Je ne sais pas. C'est une possibilité. Lorsque je suis partie, je ne sentais plus de néfastes autour de moi. Mais je ne percevais pas sa présence. Je pensais qu'il était peut-être rentré.

Je ne peux pas continuer à me taire.

— Vous n'avez même pas vérifié ? Peut-être qu'il était blessé, agonisant ! Vous auriez pu...

— Je ne suis pas responsable de lui ! S'énerve Saurimonde. La seule que je protège ici, c'est Angèle. Vous la mettez en danger par votre seule existence. Je devrais vous éliminer sans état d'âme.

La haine que je perçois dans sa voix me pétrifie sur place.

— Sauri, s'il te plaît, murmure Angèle.

Elle pose une main sur la poitrine de la fée qui finit par soupirer. Elle appuie ensuite son front sur le sien et elles ferment toutes les deux les paupières. Leur connexion me saute subitement aux yeux.

Elles s'aiment.

Et je les déteste soudainement de s'afficher ainsi alors que... Crotte, alors que rien du tout. À part des flirts au milieu de carcasses diverses et variées, il n'y a rien eu entre Alphéas et moi.

Pourtant, l'éventualité de sa mort me fait l'effet d'un trou dans la poitrine, un vide béant qui me donne envie de prier que ce ne soit qu'un cauchemar. Alors je me détourne du spectacle et marche vers la porte.

Sur le tapis, je reconnais le sac d'Alphéas, la poignée de mon épée dépassant. Maîtrisant les trémolos de mon cœur, je me penche pour l'en extraire. Je sors ensuite de la maison, l'arme à la main et la conviction que je vais le retrouver. Même si c'est l'obscurité complète, qu'il n'y a pas l'ombre d'une lune, que je n'ai pas de lampe torche ou de capacité magique quelconque me permettant de voir dans la nuit.

Je cherche mon portable avant de me rendre compte que je ne l'ai pas. Ce qui me perturbe. Où l'ai-je mis ? Et puis, je chasse cette pensée de ma tête. Je n'ai pas envie de retourner dans la maison pour demander une lampe torche. Clairement, ça la foutrait mal après mon départ plein de panache.

La Prophétie

Cependant, aller affronter des créatures surnaturelles en pleine nuit sans rien y voir, a priori, c'est pas l'idée du siècle.

Un bruit de pas devant moi me fait sursauter. Je ne distingue rien, mais j'entends quelqu'un qui s'approche, haletant et grondant. Je dégaine, prête à me défendre, même si je demeure aveugle. Mes mains deviennent moites, me forçant à me crisper sur la poignée, pas idéal pour combattre.

J'essaye de me détendre, mais mon cœur tambourine sous l'effet du stress. Je n'ai aucune envie d'appeler Saurimonde à la rescousse en plus. Elle va encore lâcher une remarque déplacée et ça va me gonfler.

La silhouette finit par rentrer dans le petit halo lumineux prodigué par la masure. Mon souffle se coupe en la reconnaissant. Une brise m'amène une odeur familière, achevant de me persuader avant que mon regard ne soit complètement convaincu. Je m'avance au-devant d'Alphéas qui s'arrête quand il me voit.

Le soulagement m'envahit, mais j'ai besoin de savoir. Je distingue du sang sur son visage, je constate qu'il boitille, une plaie s'étend sur sa gorge, comme si on l'avait égorgé, ses habits sont déchirés à plusieurs endroits. Il a passé un sale quart d'heure, mais s'il marche c'est qu'il n'a rien de grave.

Enfin, j'essaye de m'en convaincre en tout cas.

Il me sourit faiblement tandis que nos regards se croisent. Je lâche mon épée pour le serrer contre moi. Je ne devrais sans doute pas, mais mon instinct me hurle d'agir ainsi. Quelque chose m'empêche de me retenir et de respecter cette foutue bienséance qui veut qu'on ne prenne pas un homme dans les bras sans un minimum de relation. Je ferme les yeux en le sentant rabattre ses bras autour de moi. Mon nez se niche dans son cou et son odeur m'emplit les poumons.

Je deviens vraiment accro à son parfum et c'est limite flippant. Mais qu'est-ce qui ne l'est pas dans cette histoire ?

— J'ai cru que tu étais mort. Saurimonde...
— Elle est rentrée ?

Il met fin à mon étreinte pour me regarder.

— Oui, il y a quelques minutes. Angèle est en train de la soigner. Tu étais au courant qu'elles étaient ensemble ? Ensemble ensemble je veux dire ?
— C'est important ?
— Non, admets-je. Elle savait pas si tu étais en vie... elle est revenue en te laissant...
— Moi aussi, remarque-t-il.

Il sourit. Comme s'il devait m'apprendre des choses que j'ignorais. Ça ne me plaît pas de me dire qu'il est autant détestable que Saurimonde pour abandonner ses camarades dernières sans se retourner.

— Je suis sûre que tu sentais qu'elle était en sécurité puisque tu peux toujours percevoir son essence.

Ouais, je me raccroche à des branches. Vous ne pouvez pas savoir à quel point je peux faire preuve de mauvaise foi pour excuser les gens que j'aime, quitte à défendre l'inadmissible.

— Certes, appuie-t-il tout de même. Mais nous nous sommes perdus de vue pendant les combats.

— C'est ce qu'elle a dit, maugréé-je.

— Ursule, commence-t-il.

Ça sent les reproches et je n'ai aucune envie de les écouter. Puisqu'il arbore la tête de l'Aragorn qui se pointe au gouffre de Helm après tout le monde, je vais endosser le rôle de Legolas (sic.).

— Tu as une mine affreuse, remarqué-je pour l'interrompre.

Il s'arrête net, surpris. Puis se met à rire. J'ignore s'il a compris la réplique et rejoue donc la scène ou s'il se fout simplement de moi.

— J'ai besoin de soin, affirme-t-il une fois son hilarité disparue.

Je me maudis de lui avoir tenu la jambe aussi longtemps et m'efface du passage pour qu'il rentre dans la masure.

— Je suis heureuse de vous savoir sain et sauf, fait Angèle en le voyant.

— Sauf oui, sain c'est pas dit, remarqué-je.

La sorcière acquiesce et invite Alphéas à s'asseoir à la place de Saurimonde. La fée s'est levée et disparaît derrière la porte près de la cheminée.

— Hmmm, du poison de cocatrix, des brûlures de feu follet et des traces de lémures, note Angèle tandis qu'Alphéas se débarrasse de ses vêtements.

Je le vois torse nu pour la deuxième fois de la journée, mais ça me fait le même effet. Sauf qu'il y a plus d'entailles et de sang que la première.

— Le poison commence à faire effet, signale Alphéas.

— Traitons-le en premier dans ce cas, fait Angèle avant qu'une bouteille n'apparaisse devant elle.

— Quel effet produit-il ? demandé-je.

Plus par curiosité scientifique qu'autre chose. En vrai, Angèle semble maîtriser la situation donc je me fiche complètement de ce qu'il produit.

— Il pétrifie, annonce-t-elle. Il se propage dans l'organisme, arrêtant les muscles indispensables les uns après les autres. Le sujet s'asphyxie avant d'atteindre une défaillance multiviscérale.

D'où la respiration sifflante. Je déglutis, craignant subitement pour la vie d'Alphéas. Fallait que je lui tape la causette plutôt que de le ramener fissa. Mais il boit quelques gorgées de la bouteille et finit par opiner, signe que l'antidote doit fonctionner.

Angèle continue ses soins, guérissant les marques des lémures (quoi que ce soit) avec un onguent et les brûlures des feux follets grâce à un cristal, nettement plus gros et brillant que celui que j'ai utilisé.

Après quelques minutes, Alphéas semble entièrement remis. Dire qu'ils possèdent cette sorte de technologie et qu'ils n'en font pas usage envers les humains, ça me rend malade. Oui, je sais, y a quelques chapitres, j'affirmais qu'on pouvait tous crever et que le Roi Noir avait raison de vouloir nous asservir. Je suis pleine de paradoxes.

— Les créatures néfastes paraissent avoir renoncé, annonce Saurimonde en revenant dans le salon. Elles ont quitté ton territoire et ne semblent pas camper près de la frontière.

— Bien, lâche Angèle. Dans ce cas, il est l'heure d'aller se reposer. Je vais vous montrer vos chambres. À moins que vous n'en désiriez qu'une seule ?

Je la regarde, ébahie, encore secouée par l'enchaînement des événements de ces dernières minutes. Mais comment peut-elle penser une telle chose ?

Odeur 26

Je regarde la pomme de douche, dubitative. Enfin, la pomme de douche. Façon de parler. C'est plutôt un drôle de poisson accroché au mur. On pourrait croire que c'est un portemanteau. Mais selon Angèle, c'est une douche.

Du coup, je me retrouve à poil sous un poisson et j'ai quand même le sentiment d'être parfaitement ridicule. Manquerait plus qu'il ouvre la gueule pour me gerber ses intestins putréfiés. Au lieu d'une douche, j'aggraverai mon état.

Je ne trouve ni bouton ni robinet d'aucune sorte. Je n'ai aucune idée de comment on l'active et je commence à me dire qu'il va falloir que je me rhabille pour demander des explications à Angèle. Alors que je n'ai qu'une envie : prendre une foutue douche.

À ce moment, le poisson ouvre la bouche. Je fais un pas de recul. Je n'ai aucune envie de recevoir les tripes pourries sur la tronche. Les algues du marais me suffisent. J'ai pas franchement envie de devenir la nouvelle égérie des profondeurs. Mannequin pour tripes, merci, mais non merci.

Pourtant, à la place des tant redoutés abats, de l'eau finit par s'écouler, d'abord en filet puis semblable à une pluie fine. Zut alors ! Je tends mes doigts. Je suis pas tout à fait tarée pour me mettre dessous sans un minimum de précaution. L'eau s'avère chaude, agréable et j'hésite. Je porte mon index à mon nez.

Non, ça ne sent rien. Je craignais que ça sente la vase, mais non. C'est de l'eau, tout ce qu'il y a de plus banal. Bon. Ben, allons-y. Je me glisse sous le jet d'eau et commence à me détendre alors que la chaleur délie mes muscles. Je ferme les yeux pour apprécier quelques instants avant de me décider à démêler mes cheveux.

J'enlève les algues et les derniers rebuts du marais, frotte pour déloger les petits bouts qui reste et je respire enfin quand j'ai le sentiment que mes cheveux ne sont plus habités par les microorganismes. Je cherche des yeux un flacon de gel douche. En vain, bien évidemment.

Flûte, je ne sais même pas si Alphéas a prévu de mettre du savon dans nos bagages. Peut-être qu'il en a dans son sac, mais comme j'ai refusé de partager ma chambre avec lui (parce d'objectivement, on n'a aucune raison de le faire même si j'ai très très envie de partager son lit) je ne peux pas le savoir. Aussi bien ce fumier a tout le savon et je me retrouve avec rien du tout.

Alors que je me dis que je me serais au moins rincée, un flacon apparaît en face de moi et tombe dans ma main. Je reste un instant bête, avant de me rappeler que Angèle disait que cette maison prodiguait aux habitants tout ce dont ils avaient besoin. J'ouvre le flacon.

La Prophétie

Une senteur de chèvrefeuille et de coco m'envahit soudainement. Bon sang, mes odeurs favorites. Cette maison est trop forte et carrément flippante. Cela dit, je ne vais pas résister. Je verse une noisette dans ma paume et me savonne doucement.

Je passe sur ma marque noire sous le bras. Je l'examine. Celle d'Alphéas me revient comme un boomerang. Je les compare mentalement. Elles sont strictement similaires. C'est assez flippant.

Est-ce que cela viendrait d'une pathologie inconnue des humains, mais courante chez les surnat' ? Ou alors autre chose. Comme toujours, j'essaye de trouver un nom quelconque pour cette forme. Mais « la tâche » me vient uniquement.

J'essaye de la chasser de mon esprit. Je poserai la question à un moment si j'y pense. Je lave également mes cheveux et savoure ensuite, enfin propre, le flot d'eau.

Là, OK, je pourrais oublier où je me trouve et les dangers qui pèsent sur moi. De toute manière, c'est toujours les mêmes. On veut me tuer, j'essaye d'obtenir des renseignements, on me donne des réponses encore plus énigmatiques qui me perturbent.

Je suis la fille d'une prophétie.

Je peux déclencher l'apocalypse.

Je ne suis pas humaine.

La routine.

Limite ennuyeuse même.

Je soupire puis j'essaye d'éteindre la douche. Avant de me souvenir qu'il n'y a pas de bouton. Mais l'eau s'éteint tout de même. Pratique. Comme les chaises qui poussent, faudrait penser à faire breveter. Je cherche des yeux une serviette. Oui, bon, ne me jugez pas. Je ne fais jamais attention à la présence ou non de serviette. C'est comme ça.

Il m'est déjà arrivé du coup de traverser un salon rempli d'invités, complètement trempée, entourée de manière approximative dans mes fringues sales. Ou alors de hurler pour demander une serviette en plein réveillon du jour de l'an. Ou d'essayer de me sécher au sèche-cheveux... Je ne vous le conseille pas, ou alors un modèle qui sert régulièrement. Celui que j'avais rejetait une horrible odeur de brûlé.

Bref, les sorties de douche sans serviettes disponibles, ça me connaît. Ici, évidemment, c'est différent. Une serviette moelleuse et chaude apparaît subitement sur mes épaules. Je l'enroule autour de mon corps tandis qu'une autre se matérialise sur ma tête. Je sèche mes cheveux d'un mouvement vif et sec.

Y a pas à dire. Une bonne douche et on se sent de suite mieux.

J'embrasse ma chambre du regard. Le mobilier mélange le moderne et l'ancien. Tous les meubles (la commode, le bureau, les tables de chevet) sont en marqueterie, les luminaires en cuivre et bronze. Une guirlande en papier passée entre les volutes du lit en métal ouvragé luit doucement. La tapisserie noire aux motifs dorés reste dans le style baroque. On dirait un mélange d'époques. Ça devrait être complètement étrange, mais c'est bizarrement harmonieux.

J'adore.

Au point que je me dis que je devrais refaire ma déco.

Je m'assieds sur le lit et souris. Ferme, mais souple. Parfait.

Je me force à me mettre en pyjama avant de m'allonger. Sinon, je vais m'endormir comme une masse et je me réveillerai dans une position sans doute inconfortable, avec une sensation désagréable. Oui, ça me fait ça quand je me réveille ailleurs que dans un lit ou alors dans un lit, mais sans avoir effectué un certain rituel (pyjama, brossage de dents essentiellement).

Donc, comme je suis passablement fatiguée, je me traîne jusqu'à mon sac, en extirpe ce que je pense être un pyjama (un pantalon stretch et un t-shirt blanc, sans oublier une culotte propre) et l'enfile. Je passe par la case pipi tout en me brossant les dents (avec une brosse à dents et du dentifrice apparus tout seuls) avant de me glisser sous les couvertures.

Alors que la lumière s'éteint sans que je n'aie rien demandé, je me dis que je devrais peut-être aller voir Alphéas pour savoir comment il va. Même après les soins d'Angèle, il gardait une sale gueule. Il n'a absolument pas protesté quand elle a proposé qu'on partage la chambre.

J'ai dû argumenter toute seule que j'avais besoin de mon intimité, que nous n'avions pas ce genre de relation et toutes les excuses bateaux. En vrai, j'aurais aimé qu'il insiste ou qu'il m'envoie une pique. Ouais, je sais, c'est pas son genre. N'empêche, j'aurais aimé. Mais il s'est contenté de fixer le parquet à ses pieds puis de hocher la tête lorsque Saurimonde lui a dit de la suivre pendant qu'elle lui montrait ses quartiers.

Angèle m'a accaparé, si bien que je ne sais pas du tout où Saurimonde l'a emmené. J'imagine pas trop loin, mais je n'ai aucune certitude. Après tout, je ne peux pas me fier à ce que j'ai vu de la maison. Apparemment, il n'y avait pas trente-six mille solutions pour les chambres. Elles se situent toutes au même endroit puisqu'il n'y a qu'une seule porte dans le salon.

Mais puisqu'on se trouve dans le T.A.R.D.I.S., je ne peux jurer de rien.

Me rappeler tout cela me fait dire que ce n'est pas la peine de le chercher. En plus, il pourrait aussi venir me voir. Je ferme les yeux, épuisée par cette journée. J'espère que j'ai raison de vouloir m'endormir et de croire que je vais bénéficier d'une nuit normale dans cette maison particulière.

Épée 3

La douche délasse mes muscles et achève d'enlever les dernières courbatures dues au combat intense de la journée. Lorsque je sors de la douche et m'enroule dans la serviette apparue magiquement, je soupire d'aise. Je rabats mes cheveux sur mon crâne et m'assieds sur un tabouret.

Je suis tellement las. Je n'ai jamais été aussi épuisé. Même lorsque je pourchassais des tarasques qui avaient élu domicile sous le pont d'Avignon. La traque avait duré deux semaines où j'avais peu dormi et où j'avais combattu quasiment tous les jours ces grandes bêtes vicieuses et puissantes.

Et pourtant, je n'ai pas souvenir d'avoir été aussi fatigué, courbaturé et mentalement au bout du rouleau. Je refuse de rejeter toute la faute sur Ursule. Il est certain que mes sentiments la concernant ne facilitent pas les choses, décuplent mon inquiétude et mes ressentis. Toutefois, elle n'y est pour rien si j'éprouve tout cela. Si je me fie aux indices qu'elle m'envoie, je suis à peu près convaincu qu'elle les ressent aussi.

Ce qui m'angoisse.

Lorsqu'elle saura la vérité derrière la prophétie, qui je suis réellement, elle risque d'enrager. Et je ne veux pas que cela se produise. Elle doit réaliser tout son potentiel, faire évoluer notre monde vers autre chose. Je n'ose lui en parler pour ne pas rajouter du poids sur ses épaules. Distiller les informations me semble la chose à faire, pourtant ses réactions me font dire que ce n'est pas la bonne méthode.

J'étire mon cou avant d'achever de me sécher. J'enfile un pantalon et un t-shirt et contemple le lit. Je devrais dormir, mais je n'y parviendrais pas. Je suis trop épuisé, trop énervé et mon cerveau ne semble pas près de s'éteindre.

On toque à la porte. Mon cœur menace de sortir de ma poitrine lorsque je me dis que ça pourrait être Ursule. Puis, je perçois qu'il s'agit d'Angèle et j'étouffe ma déception. Je tourne la poignée et la vois sourire sur le pas de la porte.

— J'ai pensé que cette tisane vous ferait du bien. Elle devrait vous aider à dormir.

Je hoche la tête avec gratitude et prends la tasse qu'elle me tend. Un effluve de valériane, de passiflore et un soupçon de houblon titillent mes narines. Il y a aussi un quelque chose de magique que je ne définis pas trop. Je devrais me méfier. Mais Mélusine fait confiance à Angèle.

Comme elle reste en face de moi, je soupçonne la sorcière de vouloir discuter. Je l'invite donc à entrer et referme la porte. Je prends une gorgée alors qu'elle s'assied sur le lit et que je reprends ma place sur le tabouret.

— Que vous a dit Mélusine avant de vous envoyer chez moi ?

Elle laisse tomber son masque de gentille femme au foyer qu'elle arborait devant Ursule. Je perçois la calculatrice, l'ermite qui tient à sa tranquillité, sa puissance latente et une certaine irritation. Je m'efforce de répandre des ondes positives. Moins pour tenter de l'amadouer que pour éviter que son humeur n'influe sur la mienne.

— Pas grand-chose. Que je devrais vous convaincre.

Elle hoche la tête. Je pensais que ça serait facile vu la manière dont elle parlait avec Ursule. Visiblement, j'avais tort.

— Elle n'est pas aussi sotte qu'elle en a l'air.

Je passe sur l'insulte. Mélusine ne fait pas l'unanimité parmi nous. Sa puissance lui attire autant d'admirateurs que de détracteurs. Je ne suis ni l'un ni l'autre. Je sais simplement ce qu'elle est vraiment, à quoi elle aspire et ne peut que me rendre compte à quel point elle souffre d'être parfois mal jugée.

— Elle vous a parlé de moi en quels termes ?

— Que vous étiez puissante et que votre réputation était usurpée. Notamment sur l'utilisation d'ingrédients humains dans vos potions.

— Vous la croyez ?

Elle sourit, comme si elle essayait de me faire croire que Mélusine se trompait et qu'elle dissimulait un mauvais fond.

— Mélusine peut parfois se méprendre sur les gens. Elle n'a pas mes capacités. Toutefois, je suis bien renseigné sur toutes les créatures surnaturelles qui vivent sur Terre. Vous êtes puissante, mais inoffensive.

— Vous ne devriez pas dire ce genre de choses à une sorcière, gronda-t-elle.

— Vous restez dans votre coin par peur d'être utilisée par un camp ou par un autre. Parce que la seule chose qui vous importe, c'est l'équilibre. Ni bien, ni mal, simplement le libre arbitre dans le respect de l'autre.

Elle étrécit les yeux. Je connais ce regard. C'est celui qu'arborent les gens lorsque je les perce à jour et qu'ils n'apprécient pas.

— Aider Ursule revient à aider la Reine Blanche. Pourquoi devrais-je le faire ?

— Parce que c'est pas la Reine Blanche qui invoquera les Cavaliers si vous nous aidez.

Elle me contemple quelques secondes, surprise. Puis elle sourit.

— Mélusine le sait-elle ?

— Oui. La Reine Blanche le sait aussi.

Elle ne dit rien pendant un instant, réfléchissant. Je continue à boire la tisane. Je sens que je suis en train de me détendre. Je sombrerai bientôt dans un profond sommeil réparateur.

— Et vous ?

Je la regarde, voyant où elle veut en venir. Je sais parfaitement où elle veut en venir, mais je tiens à ce qu'elle formule ses pensées.

— Vous croyez pouvoir renoncer à votre destin ? Parce que vous n'avez aucune intention d'embrasser votre destinée, n'est-ce pas ?

La Prophétie

Je fais jouer ma mâchoire, irrité.

— Non, en effet. Ursule n'aura de toute manière pas besoin que je le fasse.

— Vous avez une foi aveugle en elle, constate-t-elle.

Je ne réponds rien. C'est évident. Angèle me fixe un instant de plus, puis se lève.

— Bien, j'aiderai Ursule. Toutefois, si elle me pose des questions, je lui répondrais.

C'est un avertissement. Mais je n'ai pas le choix. Je hoche légèrement la tête avant qu'elle ne me laisse. Je passe la main sur mon visage, termine ma tasse puis m'allonge sur le lit.

Cette maison est sûre et je m'endors dès que ma tête se pose sur l'oreiller.

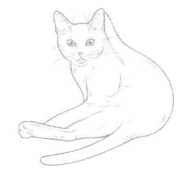

Odeur 27

Je me réveille alors qu'il fait encore nuit noire. Ou en tout cas, il fait sombre dans ma chambre et tout semble calme. J'ignore combien de temps j'ai dormi, mais je me sens reposée. Une étrange énergie me parcourt. J'ignore ce qu'elle est.

Peut-être que je suis en train de me faire scanner par Saurimonde ou Angèle. Pour quoi faire, je ne sais pas. Peut-être pour établir la recette de la potion qu'elle va devoir concocter. Ou alors pour savoir quel assaisonnement prévoir pour sa salade d'humain.

Je me fatigue moi-même. Je me redresse dans le lit, constatant que Chaplin ne m'a pas rejoint dans la nuit. C'est étrange, je pensais que je la retrouverais entre mes jambes, comme d'habitude. Subitement, je me dis que c'est parce que je dormais pépère, tranquille, sans poids sur mes genoux que je me suis réveillée.

La dernière fois qu'elle n'a pas dormi avec moi, je l'ai retrouvée, prostrée dans un coin de l'appartement. Elle avait une cystite.

Et voilà, maintenant je me fais des cheveux et du coup, je vais devoir me lever pour voir où se trouve ce satané chat. Parce que, aussi bien, Angèle en a marre de manger de l'humain et s'est dit qu'un ragoût de chat, ça changerait.

Même si elle ne m'a pas paru faire ce genre de choses, mais au final, on n'a pas trop discuté. Et même si elle aime ABBA, ça veut pas dire que c'est une gentille personne.

Je me lève, récupère un pull et des chaussettes dans le sac et sors de ma chambre. La lune éclaire doucement le couloir. Je n'entends ni ronflements ni discussions. Soit ils dorment tous, soit ils se sont barrés en me laissant ici. Ça fera la blague pour la petite nouvelle.

Je rejoins la salle à manger. Je commence à me dire que je ne sais pas par où commencer pour chercher Chaplin. Si elle se trouve dans cette pièce, ça va. Si elle est pas là, va falloir que je fasse le tour de la maison. Si je la retrouve dans le lit d'Alphéas, elle va me le payer. Par contre, si je la retrouve dans le garde-manger de la cuisine, c'est Angèle qui va me le payer.

Je parcours rapidement la pièce du regard. Le feu est encore vivace dans la cheminée. Peut-être que quelqu'un est levé finalement. Ou alors, il est magique et ne s'éteint pas. Qui sait ? Je ne la trouve ni sur les fauteuils ni sur le canapé. Le chaudron est toujours sur le feu, le liquide verdâtre à l'intérieur qui mijote tranquillement.

Pétard, ça donne pas envie. Je me penche un peu, pour essayer de voir si j'aperçois un pied, une main ou tout autre signe de morceaux humains. Mais ça a l'air honnête. Sauf que ça sent une odeur que je suis incapable de déterminer, ce qui m'inquiète un tant soit peu.

Je continue mon exploration, ne trouve rien dans la cuisine ni dans la salle à manger et entends un bruit à l'extérieur. Je regarde par la fenêtre. C'est bien la nuit. Il y a du vent, une légère pluie apparemment et des bruits que je ne connais pas. Je sens un courant d'air froid et jure en constatant qu'une des fenêtres est entr'ouverte.

J'observe en me disant qu'un chat aurait très bien pu sauter sur le rebord pour sortir et je jure intérieurement. Combien vous pariez qu'elle est sortie cette imbécile ? Madame « je suis une chatte d'appartement qui bouffe des basilics » a dû avoir envie d'explorer le coin.

Je vais la tuer. Je vous jure, je vais la tuer. Quand elle revient, je vais lui en faire voir ! J'entends comme un couinement, qui pourrait très bien ressembler à celui d'un chat qu'on égorge et l'inquiétude monte en flèche. Et crotte ! Si elle revient pas, je ne pourrais pas l'engueuler.

Mais qui m'a fichu un chat pareil ?

Je vous passe le moment où je jure en enfilant des chaussures et un manteau apparus comme par miracle puis que je sors, munie d'une lampe torche (toujours gracieusement offerte par cette maison que je dois absolument breveter). Pour contrer le vent mordant, je rabats la capuche alors que la pluie me cingle le visage.

Capuche qui évidemment ne tient pas lorsque je fais quelques pas. Sérieusement, c'est quoi le problème des capuches ? Soit elles sont trop grandes et tombent sur le visage, soit elles sont mal conçues et tiennent pas sur la tête. Je retire ce que j'ai dit, cette maison pourrait fournir des trucs un peu mieux.

Ma main droite posée sur la capuche pour la faire tenir, la gauche armée de la lampe torche, je commence à explorer le jardin. J'espère que Chaplin n'est pas en train de se noyer dans le marais, parce que sinon, m'en fous, j'y vais pas. Elle se débrouillera. Oui je sais, j'y crois pas moi non plus, mais je me motive. Parce que j'ai pas vraiment envie d'y retourner.

Ah et désolée, ça fait deux pages où y a pas de dialogues... vous êtes obligés de tout vous taper. Désolée. Mais le chat c'est important.

J'appelle son nom plusieurs fois et regarde de toutes parts. J'essaye de m'avancer vers les bruits que j'entends qui ne sont pas du tout, mais pas du tout rassurants. Puis alors la forêt, la nuit noire, la pluie, le vent... vraiment, c'est pas du tout une ambiance flippante. Des yeux jaunes surgissent subitement d'un buisson. Le cœur battant, je me persuade que c'est Chaplin en voyant la fourrure blanche.

– Chaplin ? appelé-je.

Les yeux s'arrêtent, me fixent puis font demi-tour.

Si c'est elle et qu'elle se paye ma fiole, je vous jure, c'est moi qui la noie dans les marais.

– Chaplin !

J'essaye de rattraper la créature puis entends un autre bruit derrière moi. Je me retourne précipitamment, mais ne vois rien. À part le noir qui engloutit le faisceau de ma lampe, les arbres qui bougent, le vent qui souffle et Chaplin qui me regarde par la fenêtre de la maison.

Hein ?

Pardon ?

Je braque ma lampe vers la maison. Elle ressemble toujours à la masure que j'ai vue en arrivant donc je ne sais pas à quoi cette fenêtre correspond quand on se trouve à l'intérieur, mais... Cette satanée chatte me regarde me les geler alors qu'elle est bien tranquille au chaud ?

Je jure en retournant à la maison. J'évite de penser à ce que c'était que la créature que j'ai prise pour elle et rentre précipitamment. Je me débarrasse de mes chaussures, de mon manteau et de la lampe et fonce vers ma chatte, en train de se lécher pépouze. Si vous trouvez cette phrase dérangeante, c'est vous qui avez l'esprit mal tourné.

— Ça t'aurait fait mal de te signaler quand je te cherchais à l'intérieur ?

Elle me lance un regard à peine affecté et s'assied avant d'écarter les pattes pour se laver le trou de balle. Je déteste quand elle fait ça. Je vous jure, je vais arrêter de m'inquiéter pour ce chat.

Je soupire en me détournant. Je ne sais même pas l'heure qu'il est. Probablement une heure indécente pour aller crapahuter à l'extérieur pour chercher un maudit chat ! Le mur en face de moi se gondole soudain, me faisant craindre un nouveau séisme. Mais non, une horloge sort du mur et se secoue comme pour se dérouiller les aiguilles avant de se figer.

Je reste un instant bête, regardant le cadre rond en bois bleu, les aiguilles ouvragées dans un matériau que je n'identifie pas. Si je ne suis pas trop rouillée dans mes chiffres romains, il est presque 4 h du matin.

4 h.

Pétard !

Je soupire. Je songe un instant à aller me recoucher, mais je me connais. Je ne vais pas y parvenir. Je suis trop énervée à cause de ce chat de malheur. Je fais quelques pas, me rends dans la cuisine qui m'intrigue depuis que je suis arrivée. Comme il y a le chaudron et que la maison donne tout ce dont on a besoin, je me demande à quoi sert une cuisine.

Elle ressemble à toutes les cuisines, sauf qu'elle est composée de meubles hétéroclites, en bois brut ou coloré. Les placards à l'intérieur sont remplis (heureusement) de nourriture qui paraît comestible : pâtes, riz, fèves et autres denrées sèches. Il y a tout un placard consacré aux bocaux de légumes et de fruits, confitures, compotes et autres, le tout étiqueté avec soin.

Pas de frigo par contre, mais je souris quand je tombe sur le placard du thé et du chocolat. J'hésite un petit instant puis je me dis que je vais me faire saigner alors je peux piquer une tasse de chocolat chaud.

Je prends le chocolat en poudre, récupère le lait chaud apparu miraculeusement sur le plan de travail, une cuillère et une tasse et mélange avec délectation. Je respire, aux anges. J'ignore où Angèle se fournit en chocolat, mais le parfum est à se damner.

Je range le chocolat puis retourne dans le salon. Je ne sais pas vraiment quoi faire à part me lover dans le canapé et observer le feu pour savoir s'il se consume, s'il y a des lutins qui viennent l'alimenter ou si c'est juste une illusion. À peine une sensation. Si vous avez la chanson dans la tête maintenant, faudra en parler avec l'auteur. Déjà, elle vient de vous pondre quatre pages sur moi en train de chercher Chaplin...

Alors que je me décide à aller dans le canapé, un livre apparaît sur la table de la salle à manger. Bon, OK, je devrais être habituée à ce que des trucs apparaissent dans cette maison, mais jusque là, ça apparaissait parce que j'en avais besoin. Sauf que j'ai rien souhaité là... donc...

Je regarde rapidement autour de moi, au cas où il y ait quelqu'un dans la pièce et que ce livre lui soit destiné. Mais je suis toujours seule. Je m'approche donc, me demandant à quoi joue cette baraque. Le livre a l'air ancien, avec une couverture bleue passée. Les feuilles sont jaunies et une écriture manuscrite s'épanouit sur les pages. Sur celle de droite, je constate qu'il y a une espèce de gravure.

Je reconnais immédiatement ces saloperies de dames blanches. *Spectres annonçant une mort prochaine, les dames blanches peuvent être attachées à un lieu ou à une famille. Si un pacte est conclu avec elles, elles peuvent prévenir des dangers et devenir des protectrices. Si au contraire, le pacte est refusé, elles deviennent alors vengeresses.*

Je confirme.

Faudrait ajouter qu'elles puent et qu'elles font flipper.

Curieuse, je tourne les pages.

Feu follet. Esprit pouvant conduire à la mort. C'est joyeux.

Peluda. Créature néfaste au souffle fétide, ravageur de récoltes et au jet acide. Il se sert de ses piquants comme flèche et possède une invulnérabilité générale. À cause de sa taille colossale, il crée des inondations en marchant dans les rivières et peut tuer d'un simple coup de queue. Encore plus génial.

Bon visiblement, c'est un bestiaire. Enfin quelqu'un qui a pensé que ce serait cool que j'en apprenne un peu plus sur ce monde merveilleux. Je récupère le bouquin et vais m'asseoir sur le canapé. J'ignore Chaplin qui pense sérieusement qu'elle va pouvoir se lover entre mes jambes et tourne les pages du bestiaire.

Ma tête se remplit de noms fantasques. Lébérou. Matagol. Groua'ach. Barbegazis. Tous plus moches les uns que les autres et plus vilains aussi. Y a bien un truc sur les licornes qui fait moins flipper. Je souris en voyant Mèrengueule. Ça, je connais. Mon père nous faisait peur avec quand on était gamin. Elle était censée nous amener dans son puits si jamais on ne finissait pas nos légumes.

En lisant la description, je me dis que la réalité est moins drôle. Elle emporterait les enfants dans les puits et les rivières pour les noyer et récupérer leurs forces vitales. Du coup, je flippe parce qu'elle existe donc bien.

Un bruit de pas me fait sursauter. Mais les gens ne savent pas qu'on surprend pas les autres comme ça ? Surtout quand ils lisent un livre flippant !

— Oh je suis navrée, je ne voulais pas vous effrayer, fait Angèle en s'approchant, apparemment contrite.

Je secoue la tête.

— Ce n'est rien. J'étais... trop dans le livre.

Elle penche la tête pour regarder avant de sourire.

— C'est une bonne lecture pour vous, approuve-t-elle. Il vous apprendra l'essentiel.

— Mouais. J'ai du retard, hein ?

— Ce n'est pas votre faute. Votre destin vous a précipité dans un univers que vous ne pouvez pas comprendre. Et je suppose que ni Mélusine ni Alphéas n'ont cru bon de vous en dire beaucoup.

— On peut pas dire que ce sont des bavards, maugréé-je.

Elle approuve avec un petit sourire puis tapote mon genou dans une étrange familiarité.

— Je me prépare un thé et nous allons discuter toutes les deux, annonce-t-elle.

Odeur 28

— Alors ? Que vous ont dit Mélusine et Alphéas ? demande Angèle en s'installant sur son fauteuil.

Comment résumer ces derniers jours ?

— Je... que j'étais l'élue, en quelque sorte. Et qu'avec mon sang, le Roi Noir pourrait contrôler les Cavaliers de l'apocalypse et réduire l'humanité en esclavage, tout en détruisant le royaume blanc.

Angèle approuve en prenant une gorgée de son thé. Je réfléchis à ce qu'ils ont pu me dire d'autre. Comprenant qu'elle ne parlera que lorsque j'aurai terminé.

— Ils m'ont aussi dit qu'il y avait trois royaumes. Le royaume noir avec les créatures néfastes, le royaume blanc pour les fastes et le royaume humain dont la F.I.S.C.S se charge de surveiller et constitue la police entre les fastes et les néfastes. Et qu'on... enfin les humains étaient des jouets.

Un sourire s'épanouit sur les lèvres de la sorcière. Ce qui me fait penser.

— Oh et que les humains pouvaient être surnaturels aussi. Ce sont les sorciers. Voilà... Enfin, je suis pas certaine qu'ils aient employé ces termes précis, mais...

— Et vous ? Qu'avez-vous appris ?

Que j'étais dans la merde. Je soupire et essaye de rassembler mes esprits. Ce que je n'arrive pas à faire depuis que je connais la vérité. Je tente un raisonnement plus ou moins abouti.

— Qu'il y a beaucoup de choses que j'ignore. Apparemment, les créatures fastes et néfastes sont obligées d'obéir à leur roi ou reine, mais ils peuvent quand même faire le mal si ça rentre dans leur intérêt.

L'agression de Veyrarc remonte à mon esprit. Il n'a pas trahi la Reine Blanche, mais il a quand même essayé de me trucider. Finalement, je ne sais pas ce qui va lui arriver.

— Est-ce que c'est vrai ? La trahison n'existe pas chez les surnat' ?

— C'est vrai, approuve Angèle. Ils sont liés à leur souverain d'une manière intime. Il est difficile pour eux de trahir un ordre direct ou bien de comploter. Ils peuvent évidemment aller à l'encontre de la volonté royale, mais pas directement. Si la Reine Blanche déclare que vous êtes intouchable, aucune créature faste ne pourra vous toucher. Si le Roi Noir déclare que vous devez être abattue ou capturée, aucune créature néfaste ne pourra passer près de vous sans obéir.

— Génial, marmonné-je. Il n'y a aucune exception.

— À un ordre direct ? Non. C'est pourquoi ni le Roi Noir ni la Reine Blanche n'en donnent sauf situation particulièrement compliquée. Ils se contentent de directives floues pour préserver le choix de leurs sujets.

— Comment ça marche ?

Non, parce qu'un truc pareil, si les dictateurs tombent dessus, ils vont vouloir s'en emparer. Ça sera bien plus efficace que de tenir les gens par le biais de l'argent, des crédits ou bien du musellement de la presse et de la fermeture des pays.

— C'est une question de patrimoine génétique. Les créatures fastes et néfastes sont liées à leur souverain par le partage d'un même A.D.N.

Vive la consanguinité !

— Non, ils ne sont pas consanguins.

Je perds mon sourire. Crotte, elle est télépathe.

— Je ne suis pas télépathe. Je lis très bien sur les visages, voilà tout. Votre amusement était visible et les humains n'ont qu'une vision étriquée de l'A.D.N. Tous les humains partagent le même patrimoine génétique. Chaque individu en choisit simplement certains et pas d'autres. Dans ce sens, tous les humains sont liés.

Je fais la moue. Elle nous traite de consanguins, tranquille, Émile. Comment ça, je viens de le faire ? C'est pas pareil. Mais je vois ce qu'elle veut dire.

— Les créatures surnaturelles ne diffèrent pas. Ce qui les rend faste ou néfaste dépend de leur génome, de leur essence. Si elle est liée à la Reine Blanche ou au Roi Noir. Voulez-vous que j'entre dans les détails techniques ?

Je caresse l'idée quelques instants. Mais la génétique... ça n'a jamais été mon fort.

— Non, ça ira. Je comprends l'idée principale. La trahison n'existe pas.

— Si, mais elle est perpétrée par des esprits supérieurs particulièrement habiles pour éviter les petits tracas liés à leur patrimoine génétique.

Crotte. Pendant un instant, j'ai été rassurée de me dire que je n'avais que des alliés au sein des créatures fastes. Et les soupçons que je nourris à l'encontre de Mélusine me reviennent comme un boomerang. Dans la logique, je devrais également me méfier d'Angèle puisque c'est sur le conseil de Mélusine que je l'ai rejointe. Une boule naît dans ma gorge.

— La Reine Blanche n'a pas donné d'ordres précis vous concernant. Votre rôle dans la prophétie est peu clair.

Ah. Je croyais qu'il était limpide. Se faire saigner pour déclencher l'Apocalypse.

— En conséquence, ils essayent tous de savoir quoi faire de vous.

— Le Roi Noir a l'air parfaitement sûr de savoir quoi faire.

— Il est certain que votre sang est puissant. Il fera se lever les Cavaliers. Mais en quelle quantité... cela est plus difficile. La prophétie est muette à ce sujet.

— Aussi bien, juste une goutte suffit.

C'est comme le liquide vaisselle ultra dégraissant.

— Aussi bien, approuve-t-elle.

Bêtement, je respire.

La Prophétie

— Toutefois, le Roi Noir ne prendra aucun risque. La magie des ténèbres est une magie sanguinaire. Mieux vaut trop que pas assez, c'est la devise du royaume noir. S'il a décidé d'utiliser votre sang, il l'utilisera jusqu'à la dernière goutte.

Je déglutis péniblement. Flûte. Il va me saigner comme un porc. Enfin... une minute.

— S'il a décidé ? répété-je.

Angèle sourit.

— Les créatures néfastes semblent effectivement lancées à vos trousses. Sans doute dans l'intention de vous ramener au royaume noir. La vraie question concerne les intentions du Roi Noir, une fois qu'il vous aura en sa possession.

— Déclencher l'Apocalypse ? tenté-je.

— Sans doute. C'est son style. Mais il peut aussi avoir envie de rester neutre, comme la Reine Blanche.

— Dans ce cas, pourquoi lancer ses sbires à mes trousses ? Pourquoi ne pas discuter avec la Reine Blanche et... s'il faut que je signe un papier... Bon je suis maladroite alors je peux pas promettre de jamais faire couler de sang, je me coupe avec du papier, mais...

— Peut-être qu'il vous poursuit pour éviter que la Reine Blanche n'ait le dessus. Pour vous enfermer afin que les créatures fastes ne puissent prendre votre sang.

Je fronce les sourcils. J'essaye de comprendre.

— Si les Cavaliers peuvent être utilisés par le Roi Noir pour détruire le royaume blanc, l'inverse est vrai également.

Ça me semble plutôt logique.

— Alors... Mélusine veut que vous concoctiez une potion pour que la Reine Blanche puisse invoquer les Cavaliers ? Au lieu du Roi Noir, c'est elle qui me saignera.

— Non. Mélusine est un de ses esprits supérieurs qui sait parfaitement comment trahir sans être dérangé par son patrimoine génétique.

Je le savais !

— Je crois que Mélusine élabore un autre plan. Un plan plus... disons amusant.

Elle me lance un regard énigmatique. Cette conversation devient de plus en plus flippante. J'imagine Mélusine prendre un bain dans une baignoire pleine de sang, ma gorge ouverte déversant l'hémoglobine. Ursule, nouveau modèle de robinet.

— Quel genre de plan ?

Angèle ouvre la bouche pour répondre lorsque Saurimonde l'interpelle.

— Excuse-moi de te déranger, mais on a une cliente qui appelle sur la ligne d'urgence. La boule de cristal n'arrête pas de vibrer et c'est très énervant.

— Oh, oui passe-la-moi.

Saurimonde approche et tend une boule translucide à Angèle. La sorcière la caresse deux fois puis la lâche. J'ai un réflexe pour la retenir avant qu'elle ne tombe et ne se fracasse sur le sol, mais la sphère se maintient dans les airs.

Une forme sombre apparaît.

— Bonjour, Persifla, lâche Angèle avec un sourire commercial.

La silhouette s'agite, visiblement pour répondre, mais je n'entends pas ce qu'elle dit.

— Je vous avais dit que ce sort ne peut fonctionner seul, répond la sorcière.

L'interlocutrice (oui ben Persifla, ça a l'air féminin, même si de nouveau, y a des parents...)

— Vous avez insisté pour que je vous l'envoie.

Ce n'est visiblement pas la réponse qu'elle attendait.

— Je ne reprends pas les sorts. Ils s'abîment quand ils ont été lancés une première fois.

J'ai l'intuition que Persifla ne fait pas partie des clients satisfaits.

— La politique de la maison est claire. Je ne m'en cache pas. Ni repris ni échangé.

Au moins, c'est clair.

— Je me fiche complètement que la législation humaine prévoie des délais de rétractation ou d'autres procédures judiciaires. Je ne suis soumise à aucune juridiction, à part la mienne. Même les règlements de la F.I.S.C.S. ne s'imposent pas à moi. Et je vous défie de trouver un magistrat qui vous donnera raison.

Elle est dure en affaires. Mais je ne savais pas qu'elle vendait des sorts. Et en même temps, faut bien casser la croûte comme disait l'autre. Cela dit, j'imaginais quelque chose de plus... enfin de plus... ouais de différent. Pour une ermite paumée dans la Montagne Noire, tenir un commerce, c'est... insolite. Elle ne doit pas avoir beaucoup de clients qui tombent par hasard sur sa boutique.

— Je ne vous souhaite pas une bonne journée et vous prie d'oublier cette boule de cristal.

Aussitôt, la sphère s'éteint et vient se loger dans la main d'Angèle.

— Si jamais elle revient à la charge, je lui enverrai un sort de morue. Salée, elle sera parfaite, lâche-t-elle en donnant l'objet à Saurimonde.

Cette dernière sourit avant de s'incliner et de repartir.

Je contemple Angèle qui se recoiffe et respire, visiblement pour se calmer. Je déglutis. Non, c'est flippant.

— Excusez-moi, Ursule. Être commerçant, c'est particulièrement difficile. Notamment envers les gens qui se permettent de négocier en permanence.

J'acquiesce. Je me dis que ça vaut mieux si je veux éviter d'être transformée en morue. Ironiquement, le plat typique de Nîmes, c'est la brandade. Admettez que ça ferait une bonne chute. Oui bon, sur la question du plat typique, on choisit pas. La morue dans une ville qui ne dispose pas d'un port, c'est assez piquant. Je me suis toujours dit que c'était mieux que le cassoulet, au moins y a pas de concert olfactif après.

Ahah, très drôle, je vous vois ricaner. C'est pas parce que je suis nez que j'apprécie les concours de pet. Même si, je dois admettre que c'est ce qui se rapproche le plus des boules puantes.

— Revenons à nos moutons, reprend Angèle.

Merci, je commençais à digresser. J'acquiesce et essaye de me remémorer la conversation avant que Persifla n'appelle.

— Vous alliez me parler du plan de Mélusine.

— Oui, en effet, sourit-elle.

J'attends, alors qu'elle ménage son suspense.

— La potion que Mélusine a en tête, celle qu'elle souhaite que je concocte, est celle que le Roi Noir veut préparer.

D'accord... je croyais que c'était que le pendant, donc qu'elle aurait un effet différent, peut-être un neutraliseur de pouvoir, ou quelque chose dans ce goût-là. Mais bon, Mélusine a menti. Je ne suis même pas surprise.

— Quel intérêt du coup que ce soit vous qui la fabriquiez ?

— Parce que vous serez celle qui la maniera. Elle contiendra votre sang, mais c'est vous qui le ferez couler.

J'essaye de raccrocher les wagons et de comprendre pourquoi c'est une bonne chose. Parce que visiblement, c'est une bonne chose. Angèle m'aide.

— De cette manière, c'est vous qui contrôlerez les Cavaliers.

Odeur 29

Je m'accroche au canapé. Angèle me dévisage, attendant ma réaction.

C'est vous qui contrôlerez les Cavaliers.

– C'est une plaisanterie ? demandé-je.

Angèle ne répond pas. Je ne sais pas si je dois rire ou pleurer. Ils sont tarés. Dingues. Fous à lier. La colère me submerge sans que je ne comprenne pourquoi. Mais je m'en drape et l'assimile. C'est une émotion facile à manier, la colère. On a peur de rien, quand on est en pétard. On peut hurler, crier, on se soucie ni des conséquences ni des convenances. C'est agréable, simple et tellement jouissif.

– Non, mais vous vous fichez de moi ?

Je me lève pour appuyer mes propos. Oui, être en colère et rester assis, c'est difficile. Faites le test, la prochaine fois.

– Vous imaginez que je vais manipuler des Cavaliers pour déclencher l'apocalypse et anéantir l'humanité ? Bon, OK, y a un côté séduisant. Peut-être que je peux me démerder pour leur dire d'attaquer que les enfoirés, les violeurs, les pédophiles, les tueurs de masse... mais sérieusement ? Je croyais que c'étaient des créatures hyper balèzes !

— Les Quatre sont aussi puissants que la Reine Blanche et le Roi Noir, effectivement. Ce sont des êtres féeriques supérieurs.

— Et vous pensez que je pourrais les contrôler ? Y a quoi dans votre thé ?

— C'est votre destin, Ursule !

— Arrêtez de me parler de destin !

Elle humecte ses lèvres et se dandine sur sa chaise. Bon, d'accord, peut-être que je me suis approchée de manière effrayante. J'ai oublié qu'en face de moi se trouvait une puissante sorcière. Mais flûte ! D'abord, ils veulent me pomper le sang et maintenant faudrait que je maîtrise des monstres destructeurs ! La prochaine, vous allez voir, ils vont exiger que je prenne le contrôle des trois royaumes ! Ils sont tarés.

— Le but n'est pas que vous déclenchiez l'apocalypse.

— Ah parce que libérer les Cavaliers ne va pas le faire ?

— Que pensez-vous que j'allais faire ? Quelle potion croyez-vous que j'allais concocter pour vous ?

— Je ne sais pas. Un inhibiteur, un truc qui ferait que mon sang devienne humain !

Un machin facile, simple qui m'empêcherait de devoir faire tout plein de choses dont je n'ai pas envie.

— C'est irréalisable, assène-t-elle.

Comment casser les espoirs de quelqu'un en deux secondes.

— Votre être, votre essence sont liés à la prophétie, aux Cavaliers et à tellement d'autres possibilités dont vous êtes loin de vous douter.

Je serre les poings. Bordel, y a encore des trucs que j'ignore qui vont me tomber sur le coin du râble.

J'en ai marre, j'en ai marre, j'en ai MAAAAAAARRE.

Oui, vous pouvez imaginer le petit bonhomme rouge qui incarne la colère dans le dessin animé *Vice Versa*. Il m'a toujours fait penser à mon père. Doux en temps normal, il peut aisément entrer dans une fureur noire à cause de la lanière du sac poubelle qui craque au moment de le refermer ou parce qu'il n'arrive pas à percer l'emballage plastique d'un nouveau produit. Cela dit, admettez-le, parfois, il faut s'y mettre à plusieurs, avec des outils, pour accéder à un truc qu'on a pourtant acheté ! L'ouverture facile, l'arnaque du siècle.

Donc, là, si je pouvais, des flammes sortiraient de mon crâne et je hurlerais. Même toute surnaturelle que je sois, je me contente de serrer les poings et de me mordre l'intérieur des joues pour ne pas cracher mon venin à la nana en face de moi. La retenue... j'ai hérité ça de ma mère. Parfois, j'aurais aimé tenir de mon père.

— Alors je suis obligée ? Je n'ai pas d'alternative... comme je ne sais pas, rester ici jusqu'à ce que mon sang soit moins puissant ?

Angèle prend une inspiration. Mais son regard ne ment pas.

— Parce que mon sang ne sera puissant qu'à mon anniversaire, hein ? Après il sera trop tard.

C'est ce qu'ils ont dit, non ? À leur stupide conseil.

— Votre sang demeure redoutable, peu importe la période.

Crotte. Il est nul ce sang, il sert à rien.

— Votre anniversaire marquera simplement un paroxysme, d'autant qu'il est couplé à une lune de sang.

Ouais, rien que le nom ne me dit rien qui vaille. C'est pourtant bêtement une éclipse totale de la lune, leur truc.

— C'est à cet instant que les Cavaliers pourront être appelés, c'est à cet instant que le Roi Noir voudra agir, c'est à cet instant que nous devrons le contrer.

— Pourquoi ? Je peux pas...

— Non, vous ne pouvez pas, m'interrompt Angèle. Ursule, cette menace planera sur vous à partir de votre anniversaire. Vous deviendrez la clef vers les Cavaliers. Vous serez traquée jusqu'à ce qu'on vous retrouve. Même si je le souhaitais, mes protections ne tiendraient pas. Vous pourriez vous réfugier au royaume blanc, mais désirez-vous vraiment passer votre vie à fuir ?

Je fais jouer ma mâchoire. La colère couve encore, mais je commence à être fatiguée. Fatiguée de l'inquiétude, de ne pas savoir quoi faire, de voir ma vie m'échapper.

— Parce qu'une fois que j'aurais libéré les Cavaliers, ça va se simplifier ?
— Vous aurez des protecteurs.
— Qui mettront le monde à feu et à sang ?
— Vous les en empêcherez.
— Comment ?
— Vous les contrôlerez, Ursule.
— Dans vos rêves ! Comment pourrais-je réussir cela ? Je ne suis...

Qu'une humaine, j'allais dire. Mais bon, apparemment, non, je ne suis pas qu'une humaine. Cela dit, je me souviens qu'Alphéas lui-même disait que je ne les contrôlerez pas, alors j'ai le droit de me dire que c'est un plan foireux.

— Votre puissance s'éveillera, vous obtiendrez la ressource pour les maîtriser et vous ne serez pas seule.

Je fronce les sourcils. Pas seule ?

— Je serai avec toi, Ursule.

Je pivote pour voir Alphéas se joindre à nous. Je ne peux rater le regard qu'il échange avec Angèle. J'en ignore la teneur, mais il alimente ma colère. Ils me cachent des trucs tous les deux.

— Tu seras avec moi ? Et tu feras quoi ?
— Je vais t'aider à te connecter à tes pouvoirs, à ta force, je vais t'apprendre à la manier, à te battre.

Il arbore un air convaincu. Le soulagement devrait m'étreindre ou quelque chose dans le genre.

— Si jamais tu me dis que je dois pratiquer la méditation, je te jure je m'en vais. C'est pas mon truc ! Comment tu veux que je me relaxe, alors que je suis censée contrôler quatre puissances infernales dans une semaine !

— Tu trouveras la force. Ursule, ne doute pas de toi, fait-il en s'approchant de moi.

Il semble parfaitement persuadé par ces paroles. Je ressens le lien entre nous avec encore plus de force. Il me bouleverse. Heureusement, Saurimonde sait me faire redescendre.

— De toute manière, vous n'avez pas le choix. Arrêtez de geindre et reprenez-vous ! exhorte-t-elle en rentrant dans la pièce.

Je lève les yeux au ciel. Apparemment, les fées n'ont aucune notion de compassion.

— Je peux toujours me tirer une balle dans la tête.

Je ne sais pas pourquoi j'ai dit ça. Je n'ai jamais eu de tendances suicidaires et je suis à peu près certaine que je n'aurais pas le cran de me foutre en l'air. Ouais, OK, j'ai dit que j'étais Dénéthor, mais me balancer de l'huile sur la gueule pour me faire cramer avec mon fils, ça me paraît quand même pas très sain.

L'expression d'Alphéas se modifie pour devenir triste. Je déteste quand il arbore cet air de chien battu. Il ressemble à Aragorn à chaque fois qu'il voit Arwen en songe. Il me fait toujours mal au cœur. Je ne peux pas pifer Arwen de toute manière. Au début, elle est badass, elle vient lutter contre les Nazgûls et tout et après... elle se contente de rester chez elle. Elle aurait carrément dû se bouger le cul pour aller prêter main-forte à Aragorn. Au passage, ça aurait évité de jouer avec les sentiments d'Eowyn.

— Ne dis pas cela, murmure-t-il, me ramenant au présent.

— Pourquoi pas ? Ça résoudrait les problèmes, non ? Faut que je sois vivante pour que ça fonctionne. Après tout, Veyrarc et le petit peuple veulent me voir morte. Ça leur facilitera la tâche.

— Il ne s'agit pas de l'ethnie la plus intelligente, reconnaît Angèle.

Je jette un œil à Saurimonde. C'est une fée, non ? C'est pas terrible de dire à son amante que sa race peut mieux faire. Mais elle ne semble pas mal le prendre. À oui, elle est à moitié sorcière. Donc à moitié humaine... et elle qui se fout de moi parce que je suis hum... Bordel Ursule ! T'es pas humaine, tu vas te mettre ça dans le crâne ?

— Ils sont apeurés et terrifiés par le changement. Pourtant, il est inéluctable, continue Angèle en s'approchant de moi. Oui, vous pouvez toujours vous tuer. Les choses ne bougeront pas, la prophétie ne s'accomplira pas et nous pourrons tous reprendre notre vie là où nous l'avions laissée. À part vous.

Elle se tait un instant. Je me détourne. Non, mais je vous disais que c'était que de la gueule. Je n'ai aucune volonté en ce qui consiste la mort. Mon instinct de survie est drôlement exacerbé. Pour tout dire, je ne sais pas si je n'irais pas jusqu'à sacrifier Chaplin pour rester en vie. Je ne dis pas que je ne risquerais pas ma vie pour la sauver, c'est différent. Dans le feu de l'action, je sauterais sous un bus.

Mais si un type, au choix le Roi Noir, me dit c'est toi ou ton chat, en toute honnêteté, j'ignore comment je réagirais. Et je crois que personne ne peut réellement l'affirmer sans avoir été confronté à une décision de ce genre. Sachant qu'en plus, Chaplin risque de se nettoyer le trou de balle pendant que je me fais zigouiller, franchement, ça donne pas envie.

— Ou alors, vous pouvez vous résoudre à prendre la prophétie à votre compte, en devenir la maîtresse et non l'instrument, invoquer les quatre Cavaliers et refaçonner le monde à votre convenance.

— À ma convenance ? Ou à la vôtre ? Ou celle de Mélusine ?

Elle semble surprise.

— Quoi ? Vous n'essayez pas de me manipuler dans ce sens ?

— Ursule, appelle Alphéas.

— C'est pas ça ? On veut te tuer, mais non en fait on veut t'offrir du pouvoir... c'est quoi le problème ? Vous voyez pas le souci ? Pourquoi vous m'aideriez ? Pourquoi vous voulez que ça change ? Vous attendez quoi de moi ? Quel est votre but ? Votre vrai but ? Et ne dis pas que c'est ma protection parce que je ne te croirais pas. On sauve pas une fille comme ça sans arrière-pensée.

Je me tais devant mon audace. Alphéas ouvre la bouche pour répondre, mais il perd ses mots visiblement. Une part de moi prie pour qu'il me dise que ses arrière-pensées ne sont que romantiques. Un « je t'aime » ça tomberait bien. Bon, un peu prématuré peut-être... C'est sûr que s'il m'assène « je t'aime depuis que je te suis », ou « je te surveille depuis ta naissance », ça serait légèrement glauque, m'enfin on a écrit des bouquins sur moins que ça.

Mais à mon sens, c'est autre chose, de plus égoïste et qui n'a rien à voir avec la pseudo-relation que je me prends parfois à espérer avec lui. De toute manière, il faut que j'arrête avec ça.

Il ressemble à Aragorn et moi, comme une abrutie, j'attends un truc. Mais je ne le connais pas. Et plus le temps passe, plus je me rends compte qu'il me cache des choses. Quand je vais le découvrir, le pot aux roses ne me plaira pas.

— Vous avez raison, lâche subitement Angèle. Nous avons une arrière-pensée. Un but précis.

Ah, je le savais. Je croise les bras sur ma poitrine, essayant de durcir mon regard.

— Alors, crachez le morceau. Je veux tout comprendre.

— Il y a certains secrets qui ne m'appartiennent pas et que je ne peux vous dévoiler, prévient-elle.

Je fais jouer mes mâchoires.

— Ce n'est pas la réponse que j'escompte.

— Je le conçois. Toutefois, il faudra vous en contenter. Vous pourrez toujours cuisiner les autres pour en savoir plus.

Je n'ai pas le choix.

— Déjà, dites-moi ce que vous pouvez.

Angèle acquiesce et se rassied. Elle attend visiblement que je l'imite. À contrecœur, je me pose sur le canapé. La colère se calme, mais elle demeure dans mes veines. J'ai une furieuse envie de tout casser dans la baraque tellement je suis tendue.

Alphéas s'installe près de moi. Je lui en veux, parce que je sais qu'il participe à toute cette mascarade et pourtant sa présence m'apaise et achève de chasser l'irritation. Je perçois un mouvement dans sa main, mais il se contente de la serrer sur sa cuisse. Je boute la frustration de mon esprit et me concentre sur Angèle.

— Mélusine et Alphéas vous ont dit qu'il y avait trois royaumes. Là-dessus, ils ne vous ont pas menti. Pas tout à fait. En fait, il y en avait quatre.

Alphéas se tend. Me demandez pas comment je le sais, il se tend, c'est tout. Les paroles de je sais plus qui pendant le conseil me reviennent.

— Le trône gris, murmuré-je.

Celui dont Alphéas est l'héritier apparemment. Je n'ai pas encore posé de question le concernant. Angèle acquiesce, mais je pressens qu'elle ne me dira rien de particulier. C'est à Alphéas qu'il faudra que je tire les vers du nez. Pourtant, j'ai espoir...

— En effet, le trône gris. Quatre monarchies qui vivaient autant que faire se peut en harmonie. Les couronnes grise et humaine ont toujours été liées pour des raisons qu'il est inutile de vous exposer à présent. Mais lorsque le royaume gris a été rayé de la carte pendant la guerre, la F.I.S.C.S. a été instaurée pour aider les hommes à se protéger des fastes et néfastes.

— Histoire de maintenir un semblant d'équilibre, marmonné-je.

— En effet. Le monde des hommes est faible. Les sorciers peuvent s'avérer puissants, mais une attaque en règle des forces blanches ou noires les balaierait. Cela leur prendrait une grosse journée. Même si nous parvenions à rallier les sans-pouvoirs et leurs armes de destruction massive.

— On est plutôt doué là-dessus.

— Certes... Mais saviez-vous que la plupart de vos missiles sont constitués de plastique ? Vous abandonnez peu à peu le fer, pourtant le seul avantage en votre possession capable de blesser une bonne partie des créatures surnaturelles. Les explosions, les feux... tout ceci peut aisément être contourné. Si le royaume noir veut conquérir la Terre, il le pourrait sans dommage. Mais il y a le royaume blanc, pour le moment, ça s'équilibre. Aucun des deux ne souhaite que l'autre remporte le monde des hommes. Ils prennent parti pour nous en fonction des besoins. Toutefois, nous ne pouvons continuer à compter sur l'inimitié de ces deux-là, pour maintenir notre liberté.

— Alors quoi ?

— Alors, une humaine... ou une surnaturelle humaine doit s'emparer du pouvoir. La prophétie annonce l'Apocalypse, qui signifie révélation. Cela ne parle nullement de destruction, mais uniquement de changement. Vous incarnez ce changement Ursule. En prenant le contrôle des Cavaliers, vous permettrez au royaume humain de devenir puissant et de pouvoir tenir tête aux deux autres. Vous allez assurer notre indépendance.

Odeur 30

L'adrénaline coule dans mes veines. Je ne prends pas garde à mes mouvements, juste à mon épée et au fait que je dois toucher mon adversaire. Qui n'en est pas vraiment un, mais là, tout de suite, je ne m'en soucie pas. De toute manière, il m'a gavé aussi. Leurs secrets, leurs grandes ambitions, leurs vœux pieux... Mais qu'est-ce que j'en ai à foutre !

Angèle m'a expliqué qu'ils voulaient enfin que le royaume humain s'émancipe, que posséder les quatre Cavaliers comme gardien serait suffisant pour protéger les hommes à tout jamais. Ni le Roi Noir ni la Reine Blanche n'aurait la possibilité de prendre l'avantage. Même s'ils s'unissent.

Je pare un coup d'estoc en levant mon épée pour dévier la lame adverse.

Je doute fort que les quatre Cavaliers soient suffisants pour contrer deux armées entières, mais bon, j'y connais rien. Apparemment, ils y croient. Et moi, je ne devrais accomplir qu'une chose : me plier à leurs volontés. Parce que de toute manière je n'ai pas le choix. Si je ne fais rien, je finirais pas me faire saigner ou manipuler par l'un ou l'autre camp.

J'effectue un pas sur le côté et en avant pour essayer de percer la défense ennemie. Mes réflexes reviennent petit à petit. Les deux épées s'entrechoquent. Crotte.

En gros, autant que je fonde mon royaume.

Pétard, j'ai jamais été douée pour ça en plus. Me faire petite, appartenir à un groupe, c'est déjà compliqué. Créer le mien... la bonne blague. J'espère qu'ils comptent pas non plus que je devienne la cheffe des sorciers. Ils n'ont rien ajouté de plus.

Alphéas a dit que j'en avais assez entendu, que je devais prendre le temps de la réflexion puis il a proposé qu'on commence l'entraînement.

Je le soupçonne de vouloir éviter qu'Angèle ne m'en dise trop ou que je pose trop de questions. Mais je n'avais plus envie de parler de ça non plus. La partie autruche de ma personne aimerait simplement foutre sa tête dans un trou et ne plus en sortir. Je suppose que combattre était plus avantageux.

Les lames crissent et je serre les dents. Je ne me laisserais pas faire. Je pèse sur mon arme pour forcer mon adversaire à reculer de deux pas en arrière. Je reprends ma respiration, le sang battant à mes tempes.

En tout cas, ça permet de me vider l'esprit. Enfin, je présume que c'était le but. Malheureusement, je suis une femme. Je peux faire deux choses à la fois. Un combat à l'épée et réfléchir sur ce qu'on m'a dit. Je l'aurais pas cru, mais faut admettre que l'escrime est revenue bien plus vite que je ne le soupçonnais.

La Prophétie

J'effectue un pas en avant et je me fends pour tenter de le surprendre. Il pare avec aisance et essaye d'entourer mon arme pour venir me taper sur le poignet. Je désengage ma lame et recule avec souplesse.

Il se redresse. Je connais cette posture. Il met fin au combat. Je n'en ai pas envie. Mais je me tiens à l'honneur. Je me redresse également pour saluer, même si ce ne sont pas les bonnes armes. Il arbore un léger sourire.

— Te fous pas de moi, marmonné-je.
— Ce n'était pas mon intention, assure-t-il.

Je m'assieds sur un tronc d'arbre coupé. Mes jambes tremblent sous la douleur. Je n'ai plus l'habitude de réaliser des fentes ou de les solliciter de cette manière, même si je marche souvent puisque j'ai pas le permis.

Alphéas me tend sa gourde et je la prends, reconnaissante. Il ne dit rien et se contente de m'observer. Je ne le regarde pas. J'ai envie de lui faire la tronche. Même si je ne suis pas certaine d'y arriver.

— Comment te sens-tu ? demande-t-il.
— Épuisée.
— Tu bouges bien.
— Faut croire que faire de l'escrime, c'est comme le vélo, ça s'oublie pas. Enfin, qu'est-ce que j'en sais ? Je ne sais pas faire de vélo.

Il écarquille les yeux. Et je vous vois, vous aussi, à écarquiller les yeux. Oui ben, j'ai presque trente ans et je sais pas faire de vélo. Et alors ? Marie Curie a appris à trente-deux ans. Donc, j'ai encore le temps. Et si jamais je savais faire du vélo, vous croyez vraiment que je me ferais suer à marcher plutôt qu'à pédaler ? Dois-je vous rappeler que des sorciers m'ont encerclée devant un cimetière précisément parce que j'étais à pied ?

Ce qui me fait penser qu'effectivement, les sorciers peuvent servir le Roi Noir. Pourquoi est-ce que les humains surnat', donc les sorciers seraient de mon côté ? Y a qu'à laisser choisir tous les humains et bam, chaque territoire possède sa réserve d'humains. Moi je récupère juste les gosses avec leurs parents si ce sont de bons parents et le reste OSEF.

Pas besoin des Cavaliers pour ça. Suffit de négocier. Je demanderai à Ulysse, c'est un tueur là-dessus. Quand j'ai voulu changer mon lit, il est venu avec moi. Déjà parce que je savais qu'il était doué, et ensuite parce que curieusement, les commerciaux (hommes ou femmes) sont persuadés de pouvoir facilement embobiner une nana alors qu'un couple, ils se méfient plus.

Je suis repartie avec un nouveau matelas et un sommier *queen size* au prix d'un 140 soldé. Ouais je sais, ça sert pas à grand-chose quand on est célibataire, mais Ulysse était tellement fier d'avoir obtenu ça que j'ai pas osé lui faire la remarque. En sus, j'ai eu des protections de matelas et un truc moel moel qu'on met par-dessus. Par contre, j'ai pas précisé à mon collègue que certes j'avais économisé, mais que comme je devais changer tous mes draps, c'était peut-être pas hyper rentable.

Mais enfin... C'est Ulysse qu'il faut envoyer négocier avec les Cavaliers.

Bref, Alphéas me parlait de faire du vélo.

— Quoi, faut savoir faire du vélo pour être surnat' ?

Il glousse.

— Non, pas vraiment. Tu sais faire du cheval ?

Je grimace. Il rit.

— Tu ne conduis pas, tu ne fais pas de vélo et tu ne montes pas à cheval.

— Que veux-tu, j'ai besoin d'un chevalier servant. Ou alors d'un chauffeur. C'est ce que tu fais, non ? Les deux.

Son air se durcit. Ses yeux demeurent amusés, mais sa bouche a un frémissement qui ne me plaît pas. Soit je le vexe, soit il craint que je ne pose des questions sérieuses. Devinez quoi ? Je vais faire ma rabat-joie.

— Tu me protèges et tu me conduis, tu vois que ça servait à rien que j'apprenne par moi-même.

— C'est mieux de ne pas dépendre de quelqu'un.

Plusieurs répliques me viennent en tête, mais la perche est trop grosse pour que je ne m'en saisisse pas. Si jamais vous avez pensé à autre chose en lisant perche, vous avez vraiment l'esprit mal tourné !

— C'est pour ça que vous voulez tous que j'invoque les Cavaliers ? Pour contrer et le royaume blanc et le noir ? Libérer les humains, c'est ça votre slogan ?

Je perçois que je le blesse avec mon ton sarcastique. Je n'y peux rien.

— Pas que les hommes, souffle-t-il.

— Oui, bon les sorciers aussi.

— Il y a des tas de créatures surnaturelles qui ne souhaitent pas prêter allégeance ni au Roi Noir ni à la Reine Blanche.

— C'est possible, ça ?

Parce que si Angèle a dit vrai, c'est dans leur A.D.N. Apparemment, ils ne peuvent pas faire autrement. Et là Alphéas m'annonce pépère que si si c'est possible. Je n'y comprends plus rien. Je suis sûre que vous êtes aussi paumée que moi et que vous commencez à vous dire que l'auteure a fumé un truc pas clair.

Il grimace. Il semble peser le pour et le contre sur ce qu'il va dire ensuite. Il a plutôt intérêt à ce que ce soit des révélations parce que je me lasse de ses énigmes à deux ronds.

— Certaines créatures sont à la fois fastes et néfastes et ne peuvent choisir une allégeance. La F.I.S.C.S. leur permet d'avoir un foyer ou un endroit où aller. Ils lui prêtent serment et les royaumes leur fichent la paix.

— Comment on peut être fastes et néfastes ?

Il arque un sourcil. Apparemment, la réponse est facile. Ben non, je vois pas.

— Tu sais, ça irait plus vite si tu me donnais les explications directement.

— Je ne croyais pas avoir à te le dire. C'est plutôt évident. Mélusine est mi-fée, mi-sirène, Saurimonde à la fois fée et sorcière... Comment penses-tu que cela soit possible ?

Ben... euh, j'y connais rien à la génétique, mais... Pétard, Ursule t'es idiote.

— Des couples mixtes ?

— C'est aussi simple que cela. Lorsque ça reste dans le même camp, ce n'est pas un souci. Après tout, la Reine Blanche ou le Roi Noir récupère l'allégeance dans tous les cas. Mais quand il y a mixité... cela crée un problème. Saurimonde a choisi de prêter serment à la F.I.S.C.S. en tant que sorcière et elle est liée à Angèle. Mais un être qui serait à la fois ange et métamorphe... les deux royaumes se disputeraient en lui.

— Les unions de ce type sont possibles ?

La douleur passe dans son regard. Comme s'il était directement concerné.

— Elles sont fortement condamnées par les deux partis. Les amants sont... exécutés et les enfants, s'il y en a et s'ils sont viables, connaissent le même sort.

Sa voix tremble légèrement. Il essaye de se contenir, mais visiblement, cela le touche de près.

A-t-il vécu une relation de ce type ? A-t-elle été contrariée ou rendue impossible parce que contre nature ? A-t-on assassiné ses enfants ? Je suis à la fois dévorée par la jalousie et attristée de concevoir seulement qu'il ait pu ressentir une telle douleur. Ne pas pouvoir être avec la personne qu'on aime.

Ou alors, comme moi, il ne supporte pas qu'on fasse du mal aux gosses. Rien que d'imaginer qu'on tue un gamin juste parce qu'on considère que ses deux parents n'auraient pas dû coucher ensemble... ça me débecte.

— Bienvenue dans le monde merveilleux, marmonné-je.

— Il n'a rien de merveilleux, Ursule, lâche-t-il. C'est pour ça qu'on veut... qu'on a besoin que tu le changes.

Crotte. Il m'énerve. J'ai les larmes aux yeux avec cet abruti. On a besoin... pourquoi est-ce qu'il a une telle faiblesse dans sa voix, une telle douleur dans son regard et un tel charisme ? Et pourquoi j'éprouve le désir de le protéger ?

Alors que j'allais craquer et lui dire qu'il pouvait compter sur moi, Saurimonde débarque. Ouais, comme Chaplin, toujours au bon moment. D'ailleurs, en parlant de ma chatte — à qui je fais encore la tronche —, elle trottine derrière elle comme si elles étaient super potes.

Je la foudroie du regard, même si je sais pertinemment que ça ne sert à rien. Alphéas a pivoté vers la fée.

— Une attaque ?

— Plusieurs, confirme Saurimonde. Je veux soulager Angèle. Avoir du monde dans son sortilège l'épuise.

Alphéas approuve d'un mouvement de tête et s'apprête à la suivre. Je me lève, prête à leur emboîter le pas. Alphéas me dévisage comme si j'avais perdu la tête. Saurimonde ne dit rien et m'envoie la ceinture contenant mes fioles.

Hey, finalement, c'est pas une méchante fille. Ou alors, elle a aussi envie que je me fasse tuer... Aucune idée. Mais je veux aller me battre. Ça me défoulera.

Odeur 31

On court à travers la forêt. Ou plutôt, Saurimonde et Alphéas font la course en tête et moi je me traîne à l'arrière, comme une grosse vache suante et apoplectique. Bon, OK, on est en pente, mais on doit quand même se retaper les marais. Sauf que cette fois-ci, Saurimonde nous montre où passer à sec.

Ce qui veut dire qu'on aurait pu éviter de se tremper à l'aller. Je la retiens, cette saloperie de fée. Moi qui croyais que c'était de la magie, mais non, en fait il y a un chemin tout à fait praticable. Mon chat n'a donc rien de fabuleux non plus. Mais elle aurait pu me prévenir. Comment ça je ne parle pas le chat ? Là n'est pas la question.

Des grondements se font soudain entendre et je découvre des bêtes cornues, avec d'énormes dents et des griffes monumentales en train de gravir la pente. Je ne saurais dire combien ils sont. Il y en a trop, aussi loin que je peux voir. Et je me fais la réflexion qu'on se trouve à l'endroit même où Saurimonde nous a attaqués. Enfin je dis ça, y a des arbres, des feuilles, des pierres et des troncs sur le sol. Ça ressemble vaguement. En définitive, une forêt en évoque une autre.

Alphéas fonce dans le tas, virevolte en tranchant des membres de part et d'autre. Il assène un coup d'estoc dans la poitrine d'un monstre et s'abaisse pour éviter les griffes d'un autre. Il en profite pour lui tailler une jambe avant de tourner sur lui-même pour planter sa lame dans la tête d'un troisième et de revenir sur le premier où il enfonce son épée dans le ventre.

Il la retire avant de passer au suivant. Je reste stupéfaite devant son agilité. Il pare, tranche, tue, coupe, le sang giclant sur lui sans qu'il ne moufte.

Saurimonde, c'est un autre style. Elle foudroie ses adversaires, les fait voler contre les arbres dans des craquements sinistres ou bien leur envoie des boules de feu. Cela me donne l'impression qu'elle s'est vachement retenue contre nous. Une bête bondit sur elle, mais elle l'attrape à la gorge d'un mouvement vif et la rejette en l'air comme s'il s'était agi d'un petit animal.

Le monstre glapit avant qu'une bourrasque ne l'écrase. Elle tombe comme une pierre, entièrement brisée. OK, j'ai de la peine pour elle. Je ne devrais pas, mais j'ai de la peine. Personne n'a envie de se faire broyer de cette manière. Terminer en bouillie, ça fait pas rêver.

Un grondement me sort de ma contemplation. Deux bêtes s'approchent de moi. J'ai mon épée à la main, mais soyons honnêtes, je ne suis pas encore au niveau d'Alphéas. Puis, j'ai l'habitude de combattre quelqu'un qui manie également une épée, pas un monstre avec des griffes et des dents. Je vous jure, ça fait toute la différence.

Je prends une fiole, une qui est enfin mature et la balance. Elle se brise sur la gueule d'une créature, arrête sa course, un instant déboussolée. Je sens l'odeur monter de là où je me trouve. Le néfaste glapit, visiblement mécontent, et secoue la tête. Je souris. Bonne chance pour te débarrasser de la puanteur.

Pour le second, j'en lance une autre, avec une recette différente. Il ne la reçoit pas en pleine tronche, mais la boule explose en se fracassant. Pas une grosse déflagration, mais suffisante pour déstabiliser le monstre qui se mange le tronc qu'il aurait normalement dû éviter. Bon, ça aurait jamais dû péter, mais de fait, l'ammoniaque, ça peut. Note pour moi-même, ces fioles doivent être utilisées rapidement.

Je saisis ma chance et me rue sur lui alors qu'il est légèrement assommé. Je plante mon épée dans son crâne en grimaçant. C'est dégueulasse... l'impression de couper un poulet. Sauf que j'ai jamais découpé un poulet, encore moins vivant. Comment je peux savoir que c'est pareil ? Parce que ça produit le même bruit d'os écœurant que quand mon père se tape la carcasse du poulet dominical.

Froid, bien sûr. Devant la télé et Drucker. C'est pour ça que j'essaye toujours de partir à l'heure du goûter. J'ai pas besoin de voir ça. Et oui, quand ma mère fait de la daube, je suis quand même soulagée de ne pas avoir à regarder ça.

Bref, le monstre se débat un peu puis ne bouge plus. Ça pue. Je ne sais pas si c'est lui ou ma boule de tout à l'heure. Peut-être un mélange des deux. Je retiens un haut-le-cœur et essaye de retirer mon arme. Ça a l'air vachement simple quand on voit les films, etc. En fait, c'est dur.

Soit elle est coincée dans les méandres du cerveau, soit je m'y prends mal. La bête tremblote alors que je m'échine à vouloir récupérer ma lame. J'ai l'impression d'être Gimli qui joue avec la carcasse de l'orque pour montrer à Legolas qu'il l'avait bien tué. « C'est parce que ma hache est enfoncée dans son système nerveux ! » Je t'en foutrais du système nerveux.

Quoi qu'il en soit, pendant que je m'acharne, celle que j'ai assaisonnée auparavant se rapproche de moi. Je vois le danger du coin de l'œil, mais je suis un peu démunie. Je peux toujours envoyer une autre boule puante, mais... bon déjà, j'en ai plus trop, va falloir que je refasse mes stocks. Et admettons-le, l'effet est assez limité.

— Allez, saloperie, dégage-toi ! crié-je en direction de mon arme.

Je continue à la tirer et à tenter de la débloquer. Je suis surprise quand ça vient et tombe à la renverse sous l'élan. Mon épée s'échappe et vole au-dessus de moi. Non, mais quelle quiche ! Une belle et magnifique quiche géante !

Je me redresse, pour voir où elle a atterri. Et savoir où est le monstre qui me fonçait dessus. Je vais me le prendre en pleine poire, ça va être

La Prophétie

terrible. Mais je tombe des nues. Mon arme s'est plantée en plein milieu de son front. J'aurais voulu le faire, je n'y serais pas arrivé.

Je suis à la fois très heureuse de mon coup de chance et blasée. Va falloir que je la récupère de nouveau... Combien vous pariez que je vais encore galérer ? Je soupire en me relevant. Je jette un œil vers Alphéas et Saurimonde, un peu plus loin. Alphéas virevolte toujours, mais moins vite et moins fort. Il y a moins de monstres aussi.

Saurimonde, égale à elle-même, fracasse ses ennemis à distance. Ils en ont tué je ne sais combien et moi j'en ai eu un et demi (ouais je compte le demi, mais c'est du bol). Je force sur la poignée de l'épée pour la sortir du crâne. Devinez quoi ? Elle résiste. Je soupire.

Je déteste ma vie.

— Saloperie de bordel de turlupinette ! juré-je.

Oui, turlupinette, je viens de l'inventer. Quand je suis vraiment à bout, j'invente des mots et des insultes. Vous allez voir, c'est très drôle. L'auteure a pas toute sa tête non plus. Je tire avec mes deux mains et comme de bien entendu, même cause, mêmes effets, elle cède et moi aussi. Je me retrouve le cul par terre.

Sauf que bien évidemment, c'est pas un tapis de feuilles qui me reçoit, mais ma ceinture de fiole qui se détache en même temps que mon auguste fessier ne s'abat. Je vous le donne en mille, j'écrase les flacons, le verre brisé et bien sûr les substances. Elles se mélangent pour créer une puanteur indescriptible qui me donne envie de gerber. J'ai de la chance que ça n'explose pas quand même.

D'habitude, je trouve le courage de me retenir, mais là... non. C'est sur moi, trop proche, trop présent et je dégobille en me penchant sur le côté. Bien sûr, l'odeur de vomi n'arrange rien. Des spasmes me parcourent, douloureux. Parce que comme de bien entendu, à part le chocolat chaud, j'ai pas bouffé grand-chose donc, mon estomac est pas hyper plein. J'essuie la commissure de mes lèvres avant de constater que j'ai gerbé sur des bottes.

Flûte.

— Ursule ? Tu vas bien ?

La voix d'Alphéas. Un instant, je crains de lui avoir encore une fois vomi dessus. Mais il approche derrière moi et s'accroupit pour poser la main sur mon épaule. Il ne doit pas avoir de nez, lui. Ses narines et ses sinus sont bouchés. Peut-être magiquement. Il sent les autres créatures, mais pas avec le nez, c'est pas possible.

Du coup, par curiosité, je lève quand même les yeux pour savoir sur les bottes de qui je viens de rendre mon repas. Avec une certaine satisfaction (si, si), je constate que ce sont celles de Saurimonde. J'essaye d'effacer le petit sourire qui ourle mes lèvres sans que je le veuille.

— Désolée.

Bon, je suis carrément pas sincère. N'empêche, j'ai l'impression de passer pour l'enfoirée de service,

La Prophétie

mais je peux pas saquer les fées. Puis alors, elle a rien fait pour mériter un peu d'affection.

Elle se contente de me fusiller du regard tandis qu'Alphéas m'aide à me relever. Elle me considère et je vous jure, je suis convaincue qu'elle va me buter. Ses narines sont dilatées et elle a tout de la tête de Galadriel, mais version Reine des Ténèbres. Instinctivement, je m'accroche à Alphéas et tant pis pour l'odeur. Il est habitué, maintenant, non ?

Saurimonde lève subitement les mains et je me vois morte, allongée sans vie, baignant dans mes boules puantes. J'ai l'impression d'être balayée dans un tourbillon, mes vêtements volent, claquent au vent, la bourrasque me gifle au passage et je referme mes doigts sur la chemise d'Alphéas. J'ai envie de hurler sauf que l'air emporte ma voix, m'asphyxiant presque.

Alors que l'oxygène me manque dramatiquement, tout se calme soudainement. Saurimonde me fusille toujours du regard, mais se détourne pour regagner le chemin de la maison. Je reprends mon souffle avant de constater que l'odeur a disparu. Sur moi, autour de moi... Je jette un œil aux bottes de la fée.

Immaculées.

Alphéas me gratifie d'un air moqueur. Ça sert à rien de vomir sur les fées, semble-t-il dire. Je veux bien le croire. J'aurais dû me douter qu'elle allait me sortir un tour à la Mélusine. Cependant, elle m'a aussi débarrassé de l'odeur.

— Merci, articulé-je.

— J'ai hésité, mais je n'avais pas envie de supporter votre parfum, lâche-t-elle sans même se retourner.

On dirait Gandalf qui réprimande Pippin. Je suis vexée. Du coup, je me contente d'observer les monstres que l'on a tués.

— Des béranes, m'indique Alphéas. Ils vivent dans les hauteurs et plutôt dans les Pyrénées en principe. Le Roi Noir a dû les dépêcher ici spécialement pour toi.

Tiens ça va être l'occasion de parler d'un truc qui me chiffonne.

— Les dépêcher ? Pourquoi ? Ce sont des créatures spécifiques ?

— Non, pas vraiment. Ils sont plus forts en meutes et ils attaquent à plusieurs dizaines d'individus ce qui les rend dangereux, mais pas particulièrement mortels.

— Alors pourquoi ce serait spécialement pour moi ?

— Parce qu'il est difficile pour les surnaturels d'opérer dans des contrées qu'ils ne connaissent pas.

Première nouvelle. Les pauvres, on les déracine à cause de moi. Alphéas me sourit et embraye.

— Les êtres féeriques sont des êtres de coutume. C'est pour cela que, à part certaines, les folklores varient d'un pays à l'autre. Bien sûr, les vampires, les loups-garous, les dragons et beaucoup de créatures restent universelles et se rendront là où ils veulent. Mais certaines, et elles sont plus nombreuses, n'aiment pas quitter les territoires dont elles ont l'habitude et qui en général les a vus naître.

— Je te signale que des bêtes du Gévaudan m'ont attaqué en plein cœur de Nîmes... C'est pas hyper la Lozère, Nîmes.

— Le Gévaudan était plus vaste et elles sont allées jusqu'en Aveyron. Leur domaine était bien plus grand auparavant. Nîmes se situait en plein dedans. C'était moins difficile pour elle que pour les Tarasques, par exemple, qui restent dans la vallée du Rhône.

J'enregistre l'information. Mais c'est curieux, non ?

Odeur 32

Une fois rentrés dans la maison, Angèle a voulu attaquer la fabrication de la potion. Elle m'a assommée de considérations sur la magie, sur la force du chaudron, la puissance du feu et d'autres trucs qui apparemment sont capables d'influencer une potion.

— S'il s'agit d'une recette de cuisine, en quoi la cuisinière est importante ?

J'ai posé cette question pour savoir. Après tout, dans certains bouquins ou séries, y a des gens parfaitement sans pouvoir qui peuvent créer des potions efficaces. J'étais curieuse de comprendre pourquoi c'était différent ici.

— Vous avez la recette d'un des meilleurs chefs, vous arriveriez à la reproduire ?

Je fais la moue. J'aime bien regarder les émissions culinaires. J'ai essayé de suivre les recettes de Philippe Etchebest et bon... je me démerde en cuisine, mais c'est jamais pareil. Y a toujours un truc qui foire, une crème qui monte pas, un four qui subitement décide de cramer, un légume amer alors qu'il devrait pas...

Elle sourit. Elle se rend compte qu'elle m'a piégée. Ça me vexe, sans que je sache pourquoi.

— Mais certains y arrivent.

— Parce qu'ils ont un talent latent. Toutefois, la puissance d'une potion dépend de celle de la sorcière, parce qu'elle manipule les ingrédients, leur injecte de sa magie... C'est ce qui rend la mixture efficace.

OK, là je saisis mieux. Y compris pourquoi elle malaxe amoureusement chaque élément qu'elle lance dans le chaudron. Je trouvais ça louche, presque dégoûtant. J'espère simplement que c'est pas une potion que je vais devoir avaler. Je ne sais pas si elle a les mains propres.

Tout en parlant, elle écrase des baies ou des entrailles séchées (franchement, vu l'odeur, j'ai une grosse hésitation) entre ses doigts et balance le tout dans le chaudron. Je perçois un léger picotement lorsqu'elle se met à touiller la mixture. Chaplin saute près de moi et grimpe sur la corniche de la cheminée pour observer le liquide.

Il ne manquerait plus qu'elle dégringole à l'intérieur. Soit elle nous la jouera Obélix qui est tombé dedans quand il était petit, soit on aura une potion au chat. Pareil, s'il faut la boire, ça sera pas possible.

— Mademoiselle, faites attention à ne pas chuter, je vous prie, lâche Angèle en regardant mon animal.

Chaplin ferme doucement les yeux comme pour lui dire de ne pas s'inquiéter et s'abaisse un peu sur ses pattes, comme si elle s'apprêtait à s'allonger. Mais cette manière de s'adresser à ma chatte, ça me perturbe. Mélusine avait un peu la même, pleine de déférence...

— C'est qu'un bête chat, pas la peine de la vouvoyer, lâché-je.

Bon, bête chat je ne le pense pas vraiment. Même si après le coup fumant de cette nuit, je l'ai encore en grippe.

Angèle me lance un étrange regard.

— Ce n'est pas qu'un simple animal.

Pardon ? Elle peut me la refaire sans trembler des genoux celle-là ? Je l'ai récupérée à la S.P.A. dans un bled paumé. Elle a failli m'échapper trois fois sur le chemin et elle s'est introduite par les fenêtres d'une église la dernière. On a dû appeler le curé pour qu'il nous permette de rentrer dans le bâtiment qui était fermé.

Il a mis vingt minutes à arriver parce qu'il n'habite pas à côté et on a retrouvé mon chat allongé dans la mangeoire de la crèche à la place du Christ. Ben ouais, c'était cosy. Heureusement, le prêtre a rigolé. Il l'a récupérée et elle a ronronné, cette traîtresse.

Enfin tant mieux qu'il ait eu le sens de l'humour. J'imagine pas s'il m'avait balancé un anathème ou je ne sais quoi d'autre. Pas besoin d'être maudite sur sept générations. Remarque, peut-être qu'il l'a fait après et c'est la raison pour laquelle je me retrouve dans cette galère.

Bref... finalement elle n'a pas tort, Angèle. C'est pas qu'un simple animal. C'est une calamité ambulante, une parodie de chat, une bouffeuse de surnat'. Cela dit, j'avoue, j'aurais jamais pensé qu'elle sache se battre. Même si, à la S.P.A., ils m'ont bien dit que ses anciens maîtres l'avaient abandonnée soi-disant parce qu'elle était violente. J'avais zappé, mais ça me revient. En même temps, je l'ai depuis quatre ans et elle n'a jamais été violente donc...

— Si vous me balancez que Chaplin est magique, je vous préviens, ça va mal se mettre.

Angèle glousse.

— Non, elle n'est pas des nôtres. Ce n'est effectivement qu'un chat. Toutefois, saviez-vous que les chats font partie des animaux qui ont été vénérés ? Les humains l'ont toujours associé au surnaturel. Ils n'ont pas tort. Les chats sont attirés par les gens de pouvoir, sensibles à autre chose qu'à leur sens, ceux qui voient plus loin que les apparences.

C'est plus ou moins ce que m'a dit Alphéas. Je considère Chaplin. Elle me regarde et je jurerais distinguer un sourire se dessiner sur sa bouche. Saloperie de greffier. J'aurais dû adopter un hamster. Mais non, j'ai pris un chat. Histoire de cultiver le cliché du familier.

— Ils sont de très bons compagnons et je les respecte. Tant que nous ne sommes pas proches, je la vouvoie, comme je vous vouvoie, continue Angèle.

J'ai l'impression d'être un peu sans cœur sur ce coup-là. J'adore Chaplin et je lui parle. Mais je n'ai pas l'habitude que d'autres le fassent et la prennent en considération. Du coup...

Machinalement, je lève ma main et caresse mon chat derrière l'oreille. Elle se penche pour s'appuyer sur mes doigts et ronronne. Je souris, bêtement heureuse de la satisfaire.

— Bien, maintenant, il va falloir que ça mijote, au moins jusqu'à demain, lâche la sorcière.

— Vous utilisez pas mon sang du coup ?

— Non, ma chère. On peut préparer la potion en amont, mais il faudra y ajouter votre sang au dernier moment. Le jour J.

Oh. D'accord. Je regarde le liquide doré tournoyer et bouillonner au fond du chaudron. Il n'y a aucune odeur qui s'en dégage ce qui me perturbe. Je me laisse hypnotisée quelques instants puis le champ de bataille se rappelle à mon bon souvenir.

— Est-ce que vous auriez des fioles vides à me prêter ?

Angèle penche la tête sur le côté.

— Je n'ai plus de boules puantes.

— Oh, oui Saurimonde m'a parlé de cela. Est-ce vraiment efficace ?

Je hausse les épaules.

— Disons que ça distrait assez bien. J'obtiens des effets un peu inattendus, des éternuements ou ce genre de choses.

Angèle lève les sourcils, visiblement surprise. Et amusée aussi. Je ne peux rien dire, j'admets que ça prête le flanc.

— Je dois pouvoir vous trouver des contenants, affirme-t-elle finalement.

J'acquiesce. Je m'apprête à lui demander des formules de potions que je pourrais utiliser, comme de l'acide ou des poisons. Puis, je me souviens que je peux fracasser moi-même des fioles. J'ai moyennement envie de m'empoisonner toute seule. Et un trou dans la jambe, avouons, c'est pas terrible.

— Installez-vous sur la table, m'invite-t-elle.

Je m'exécute, me disant que j'ai aussi besoin de pas mal de matériel. J'ouvre la bouche pour demander à Angèle, mais la table se change soudainement en laboratoire. Une paillasse carrelée, des béchers, des pipettes, des réchauds, des alambics, des balances et tout l'arsenal indispensable apparaissent comme par enchantement.

À côté, des fioles refermables de couleurs différentes surgissent sans prévenir, ainsi que des sachets avec les ingrédients nécessaires. Je pourrais carrément me faire à la magie. Je me sens curieusement dans mon élément en chaussant une blouse, des gants en latex et des lunettes.

Une impression de normalité me transperce et m'apaise. Pour un peu, je pourrais croire à la présence de Marlou, Ulysse et Gontran. Je payerais cher pour connaître le fond de sa pensée. Enfin, dans l'hypothèse où je pourrais leur en parler. Gontran essayera de trouver des témoignages d'autres personnages, Marlou s'inquiéterait de savoir ce que ça me fait et Ulysse appellerait probablement un psychiatre.

Enfin... Bref.

Je commence à faire mes mélanges. Du coin de l'œil, je vois Angèle partir. Je m'attendais à ce qu'elle me pose des questions et soit curieuse, mais non. Remarquez, tant mieux, j'aime pas quand on regarde par-dessus mon épaule.

Je prépare trois recettes différentes pour une dizaine de fioles chacune. J'arrive pas à déterminer si c'est bien ou pas assez... Je confectionne de nouveau des bombes au pétunia et tente celles au poivre. Je ne sais pas si ça sera très efficace, mais ça irrite de toute manière. S'ils ont des yeux, peu importe le type de créatures, ça ne devrait pas leur faire du bien.

Je m'étire et aperçois soudainement Alphéas dans un coin de la pièce. Il me sourit légèrement lorsque nos regards se croisent. J'ignore depuis combien de temps il est là, à m'observer. La luminosité a baissé. Je suppose que ça fait quelques heures que je bosse.

— Désolée, j'ai un peu... occupé l'espace.

C'est rien de le dire. Je me fais la réflexion que j'ai faim, signe que la pause de midi a été sautée. Je ne sais pas où ils ont graillé, mais pas sur la table de la salle à manger. Et personne ne m'a proposé un sandwich d'ailleurs. Sympa.

— Ce n'est rien, assure Alphéas en approchant.

Il considère mes fioles. Son intérêt n'est pas feint et il manipule les flacons avec précaution. Toutefois, je me sens quand même hyper gênée.

— Je sais que c'est pas de vraies armes, mais...

Il repose la bouteille et braque ses yeux sur moi. Son charisme m'explose à la tronche. Il a oublié de le désactiver pour une conversation normale.

— Ce sont tes armes, Ursule. Et elles fonctionnent.

— Mouais... pas autant que ton épée.

Oui, ça pourrait être mal interprété. Mais non, c'est vous qui avez l'esprit mal placé.

— C'est plus définitif, mais ce n'est pas plus efficace. Le but est de rester en vie. Tu ne peux pas te battre contre plusieurs adversaires comme je le fais. Tu as trouvé quelque chose qui te permet de déstabiliser tes ennemis suffisamment pour pouvoir t'en occuper un après l'autre. C'est brillant et cela te facilite le combat. Ce sont donc des armes efficaces.

Wow... ouais, c'était pas du tout prévu en fait. Là, ça donne l'impression que j'avais tout planifié, que j'ai un super esprit de stratégie alors qu'en réalité... ben, non. Mais je vais pas le contredire, hein. Je vais le laisser croire que tout était programmé.

— Pourquoi tu te bats ?

La question est partie toute seule. Même moi, je ne sais pas pourquoi je la pose et d'où elle me vient. Mais maintenant, je tiens à comprendre ses raisons.

— Tu es chasseur, mais je... oui, enfin je suppose que c'est pour protéger les humains...

Je vous promets que je veux pas prendre un ton moqueur, mais je ne peux pas m'en empêcher. Il sourit.

— Tu estimes vraiment que l'humanité ne doit pas être préservée des créatures néfastes ?

— On a déjà eu la conversation. Je dis juste qu'on n'est pas tous des gens super.

— Mais ça n'a aucune importance, assure-t-il. Bons ou mauvais, personne ne devrait mourir par la main de quelqu'un d'autre.

C'est puissant ce qu'il dit. Mais parfois, j'ai quand même envie de buter certaines personnes. Je soupire en ôtant ma blouse et en terminant de fermer les flacons. Tout disparaît au fur et à mesure que je n'en ai plus besoin. Le silence s'étire et devient gênant. Difficile de renouer la conversation dans ce contexte. Je pense qu'on restera en désaccord, lui et moi, sur ce sujet.

Et je vais peut-être vous choquer, mais je suis pour la peine de mort. Certaines personnes ne devraient jamais revoir la lumière du jour. La rédemption... je ne sais pas. J'y crois pas. Les violeurs multirécidivistes, les tueurs en série, les psychopathes, ceux qui s'en prennent aux enfants... C'est viscéral, mais j'ai toujours éprouvé de la haine pour eux. Je peux compatir pour certains criminels, mais eux. J'y arrive pas.

Et ça me gonflerait drôlement qu'Alphéas se fasse buter pour protéger ce genre d'enfoirés.

Mon estomac gargouille, me soulageant de cette ambiance soudainement un peu lourde. Le regard amusé d'Alphéas m'apaise. Peut-être que ce n'est rien finalement, cette tension entre nous.

Odeur 33

J'observe Angèle mettre la potion en pot hermétique. Elle a mijoté toute la journée d'hier, la nuit et ce matin. On vient de terminer le déjeuner et Angèle a décidé qu'il était temps. Apparemment, elle doit avoir développé suffisamment ses propriétés.

Elle me tend la fiole avec un sourire. Je la prends, une moue dubitative imprimée sur mon visage. Je jette un œil à Alphéas. Les bras croisés sur la poitrine, il m'observe, mais ne dit rien. En fait, il n'a pas décoché un mot depuis hier. On a mangé ensemble, on a passé une grande partie de l'après-midi à s'entraîner (oui bon d'accord, il m'a légèrement parlé pour ajuster mes positions et tout) et puis il est allé se coucher tôt.

Je n'ai pas trop veillé non plus. Je pensais qu'on discuterait un peu d'aujourd'hui, mais rien à faire. Cette distance entre nous m'est intolérable, et en même temps ce sentiment m'insupporte. Je ne le connais que depuis quelques jours et je fais comme si nous étions amis de longue date. Je déteste quand ça me fait ça.

Ça ne vous est jamais arrivé ? De rencontrer quelqu'un et d'avoir l'impression que vous l'avez toujours connu, au point que si vous ne lui parlez pas d'une journée, il vous semble qu'un grand vide se crée en vous. Et le pire c'est lorsque la première dispute éclate. Ou divergence d'opinions.

Dans mon cas, ce n'est qu'une divergence d'opinion sur le devenir des humains. Je ne dis pas que je voudrais qu'on crève tous, mais... lui, il désire sauver tout le monde. Je suis partisane du juste milieu.

Enfin, bref, tout ça pour dire qu'on ne s'est pas vraiment parlé. Je n'ai pas abordé le sujet. Je n'ai pas envie d'aller le voir pour m'excuser parce que c'est mon avis et que je n'ai rien fait de mal. Pourtant, j'aimerais réduire la distance entre nous. Bon, ce sont les considérations déprimantes d'une trentenaire sur le point de se faire saigner pour déclencher l'apocalypse. Pas sûr que ce soit pertinent de les lire. Encore une fois, contentez-vous des dialogues, c'est tout !

Encore, l'auteur vous a pas ennuyé avec les détails de la journée d'hier, elle a enfin utilisé le principe de l'ellipse.

Bref, revenons à Angèle qui me tend la potion qui sert à réveiller les Cavaliers de l'apocalypse. Oublions Alphéas qui joue au taciturne.

— Alors comment ça fonctionne ?

— Très facilement, ma chère. Vous devrez vous rendre au point de confluence des énergies, là où les Quatre Cavaliers ont été créés puis répandre la potion. Ensuite vous y mêlez le sang nécessaire. Les Quatre se lèveront et ainsi vous les contrôlerez.

La Prophétie

Je fais la moue. Ça a l'air d'une simplicité enfantine. Combien de chances pour que je me foire ?

— Si j'arrive à les maîtriser, marmonné-je.

— Vous possédez la puissance en vous. Le sang ne ment pas.

Mouais. On me l'a déjà faite celle-là. J'y croyais pas avant, je ne vais pas m'y mettre maintenant.

— Et je dois faire ça le jour de mon anniversaire, c'est ça ? Dans cinq jours. Sinon...

— Sinon, vous continuerez à rester une cible pour les deux camps.

Super. J'aime bien Angèle, elle est hyper rassurante comme nana. Avant je pensais qu'il n'y avait que les néfastes qui voulaient ma peau, mais évidemment, les fastes peuvent s'y mettre. Si ça lui pète, la Reine Blanche peut déclarer ma mort et Alphéas me passera au fil de son épée.

— OK. Où c'est ? Le point de confluence ?

— Sur le mont Lozère.

J'en ai de la veine, c'est dans la région. C'est ironique et en même temps, ça m'arrange bien. Si j'avais dû subir un trajet de plusieurs heures en voiture ou en train pour m'y rendre... Parce que je suis persuadée qu'ils auraient encore voulu essayer de ne pas y aller en portail.

— Y a une station de ski sympa là-bas, noté-je.

Familiale, petite... parfaite pour apprendre enfin à skier à vingt-sept ans et demi. Je ne sais toujours pas d'ailleurs. Je suis une calamité sur des skis et j'étais bien contente de me foirer uniquement devant les moniteurs et une bande d'enfants de six à huit ans. C'était le pied total. Après j'ai supplié Marlou de retourner dans la vraie vie.

Cela dit, je suppose qu'Angèle se tamponne de la station.

— Eh bien, si elle est fréquentée par les humains, cela vous permettra de faire attention quand vous invoquerez les Quatre Cavaliers. Si vous n'y parvenez pas, ils n'auront pas loin à aller chercher pour leur victime.

J'aime vraiment Saurimonde. Elle remet toujours les choses dans le contexte. On ne peut pas oublier les enjeux avec elle.

— Cela n'arrivera pas. Ursule a les capacités de contrôler les Cavaliers. L'échec n'est pas envisageable.

Merci pour le vote de confiance, Alphéas. Ce n'est pas rassurant. Ça rajoute de la pression. Je ne sais pas si ça vous le fait, vous, mais moi, c'est ça. Tu as envie de m'encourager, abstiens-toi ! Sinon je stresse encore plus. Comme mon père qui a cru bon de venir à ma soutenance de mémoire.

Il m'a dit « je crois en toi, tu vas les épater ». Résultat, j'ai balbutié pendant vingt minutes, je me suis renversé de l'eau sur mon chemisier blanc (oui, j'avais un soutif noir, bien évidemment) en essayant de me calmer et on a dû interrompre la soutenance parce que j'ai fait une fausse manipulation sur mon ordinateur qui a bloqué le vidéoprojecteur.

Non, clairement, arrêtez d'encourager les gens.

— Ouais enfin... c'est quoi votre plan B ? Si jamais je n'y arrive pas, que les Cavaliers se disent subitement que je suis appétissante ou qu'ils n'aient pas envie de m'obéir ?

Angèle échange un regard avec Alphéas. Je vous ai déjà dit à quel point ça me gonflait, ça ?

— Il y a plusieurs possibilités de plan B, finit-elle par prononcer, les yeux toujours rivés sur Aragorn. Certaines devront être assumées par ceux qui n'en ont pas le désir.

OK. Ça aide grandement. Alphéas sait un truc à ce point. Sa mâchoire joue puis il se détourne, visiblement furieux.

— Nous n'aurons pas besoin d'un plan B, grogne-t-il.

— Cela dit, c'est toujours bien d'en prévoir un, lâche Saurimonde.

Tiens, pour une fois, je suis d'accord avec elle.

— Je suppose que la Reine Blanche prendra les Quatre Cavaliers avant le Roi Noir si vous n'y parvenez pas. De toute manière, probablement que plus votre anniversaire arrivera, plus la traque s'intensifiera. Les deux camps seront sur les dents. Un affrontement n'est pas à écarter.

Et elle m'annonce ça aussi facilement que si elle me prédisait la météo pour demain. Nature, peinture. (Pour ceux qui habitent au-dessus d'Avignon, ça veut dire qu'elle est brute de décoffrage, sans filtre)

— Un affrontement ?

Elle acquiesce, grave.

— Dans le but de vous empêcher d'invoquer les Cavaliers.

— La Reine Blanche ne s'opposera pas à Ursule. Elle souhaite le rétablissement de l'équilibre, intervient Alphéas. C'est du Roi Noir que nous devons nous méfier.

— Peut-être.

Je note qu'elle n'a pas l'air hyper convaincue.

— Mais si elle sent la moindre faiblesse chez Ursule... elle agira.

Alphéas ne répond rien.

— Question... Pourquoi je dois pas la laisser faire déjà ? Parce que perso, si je peux éviter de me récupérer Quatre Cavaliers... j'ai déjà un chat, ça me suffit.

— Si la Reine maîtrise les Cavaliers, l'équilibre sera rompu et tous nos rêves d'indépendance partiront en fumée, lâche Saurimonde comme si j'étais une demeurée.

Mouais... mais qu'est-ce que j'en ai à secouer qu'ils soient indépendants ? J'ai bien compris leurs trucs de trois royaumes tout ça... mais franchement, rendre les hommes autonomes, je suis toujours pas convaincu. Par respect pour Alphéas et les enfants et certains humains que j'aime bien, je veux bien tenter d'éviter que le Roi Noir prenne l'ascendant (et aussi parce que j'ai pas envie de mourir). Mais la Reine Blanche, puisqu'elle est si merveilleuse, soi-disant...

— Vous trouverez des réponses là où vous vous rendez, assure Angèle.

— Là où je vais ?

Première nouvelle. Je vais quelque part ? Enfin...

— Au mont Lozère ? Parce que je dois partir tout de suite ?

— Non. Vous ne vous rendrez au mont que le jour de votre anniversaire, lorsque la lune atteindra son paroxysme.

Ah, ça va se passer de nuit en plus... chouette. Pourquoi c'est toujours la nuit leur connerie ? C'est comme le fait de partir à l'aube. C'est toujours départ à l'aube. Pour les quêtes, les aventures, chercher le petit-déjeuner pour une colonie de gamins affamés...

— En attendant, vous ne pouvez pas rester ici. Le Roi Noir finira par envoyer ses sorciers ou bien des créatures encore plus terrifiantes. Mes protections céderont et nos deux guerriers ici présents n'arriveront pas à les contenir.

Je déglutis péniblement tandis que la peur s'insinue de nouveau dans mon esprit. C'est idiot, je me sentais en sécurité. Je pensais naïvement que j'allais avoir quelques jours de vacances pendant lesquelles je pourrais essayer de percer les secrets d'Alphéas.

— D'accord... dans ce cas, je vais où ?

Encore une fois, Angèle et Alphéas se regardent. Je lève les yeux au ciel, en soupirant. J'ai déjà l'impression d'être une patate chaude qu'on refile, alors j'ai vraiment pas besoin de comploteurs avec moi. Alphéas crache finalement le morceau.

— On rejoint Mélusine pour qu'elle nous fasse rentrer au royaume blanc.

Odeur 34

J'hallucine. Le royaume blanc ! Honnêtement, je croyais que c'était un truc du genre inatteignable. Une autre dimension où je ne sais pas quoi. Je ne pensais même pas qu'on pouvait y aller.

Ouais je sais je suis bête. Parce que s'ils ont conduit une guerre chez nous, c'est qu'ils ont pu venir donc qu'on peut s'y rendre aussi... CQFD. Mon cerveau n'a pas réfléchi jusque là.

Vous me direz, c'est pas parce qu'on peut aller quelque part que le retour est possible. Parfois y a des déviations, des crashs, des routes qui n'existent plus, des GPS qui s'amusent à vous faire prendre des sentiers de vignes qui n'aboutissent qu'au fossé ou qui vous obligent à emprunter des escaliers en bagnole. Les voitures peuvent donc descendre des marches si, si, comme dans les films. Bref, c'est vrai que dans certains cas, on ne peut pas revenir en arrière.

Mais ça serait débile de la part de la Reine Blanche de dépêcher des troupes sans qu'elles puissent rentrer. Sans parler du Roi Noir. Le type, il envoie ses sbires me capturer... a priori, va bien falloir me ramener.

— Le royaume blanc ? répété-je, un peu choquée quand même. Là où potentiellement y a le petit peuple qui veut me buter ?

Dois-je rappeler que Veyrarc le représentant des fées, lutins et autres farfadets (ouais j'ai appris ce que c'était le petit peuple hier après-midi en potassant le livre que j'ai trouvé la nuit d'avant) a essayé de me tuer pour empêcher l'apocalypse ?

— Nous resterons loin de leurs quartiers, assure Alpheas.

Je fronce les sourcils. Leurs quartiers ?

— Le royaume blanc est plus une confédération qu'un vrai royaume. Chaque race vit dans un territoire délimité, il y a peu de mixité, explique Angèle.

— Pourquoi ?

— Parce qu'ils n'affectionnent pas les mélanges, maugrée Saurimonde.

Angèle pose une main apaisante sur l'épaule de la fée. Elle semble se dérider un peu, comme si le contact lui enlevait tous ses soucis. C'est bizarre, mais j'ai toujours aimé voir les effets sur les gens des relations qu'ils tissent avec d'autres. Comment une caresse, un baiser, un acte anodin peuvent donner des résultats différents en fonction des liens qui unissent les personnes ?

Lorsque mon père me presse le genou, ma mère me serre dans ses bras, Marlou me prend la main, Ulysse me tape l'épaule... je sens automatiquement une étrange complicité et un soulagement immédiat, comme si on m'ôtait un poids. Ça me fait ça aussi quand Alphéas me parle ou me scrute. Je prends conscience du lien qui nous unit au moment où je vois Angèle et Saurimonde poser leurs fronts l'un contre l'autre.

La tristesse et la nostalgie me surprennent comme si un manque naissait en moi. Je glisse un œil vers Alphéas, troublée. Il répond à mon regard, mais je n'arrive pas à déchiffrer le sien. Pendant un instant, je crains que la distance entre nous ne demeure, mais son air s'adoucit et mon être y réagit, de la même manière que j'aurais subitement une bouffée d'oxygène.

Il se détourne finalement, me laissant bouleversée. Et en colère.

Crotte, pourquoi est-ce qu'il me fait autant d'effet ? J'essaye d'occulter mes émotions et me concentre sur la suite de la conversation qu'Angèle a reprise.

— Les créatures surnaturelles n'aiment pas les mélanges de manière générale. Ce n'est pas le propre du royaume blanc. Chaque race, chaque espèce est invitée à rester ensemble. Les interactions nécessaires comme le troc ou la défense militaire sont réalisées par le biais de conseillers et de représentants, mais il n'y a jamais beaucoup plus de relations.

La discussion que j'ai eue avec Alphéas me revient comme un boomerang. *Les amants sont... exécutés et les enfants, s'il y en a et s'ils sont viables, connaissent le même sort.* Mais je pensais que c'était valable qu'entre néfastes et fastes ça.

— Je croyais que la mixité était permise entre les créatures fastes.

— Non, assène Angèle. Le mélange des races n'est pas encouragé. Les enfants qui naissent s'avèrent en général trop instables ou trop... puissants. Ce sont des menaces potentielles pour l'autorité. Simplement, grâce à leur essence, si une fée et une sirène engendrent une progéniture, cette dernière sera tolérée puisque la Reine Blanche pourra tout de même exercer son emprise sur lui.

J'opine. C'est ce qu'Alphéas m'avait expliqué. Je pensais naïvement que du coup, les créatures fastes vivaient dans un joyeux *melting pot.*

— Tolérée, répété-je. Mais pas souhaitée.

— En effet, confirme Angèle. Mais je crois qu'Alphéas vous a mis au courant pour les enfants entre fastes et néfastes.

Je déglutis et acquiesce. Pas besoin d'y revenir. J'ai compris le principe.

— C'est inutile d'en reparler, coupe ce dernier. Les ethnies ne se mélangent pas, à la fois par communautarisme pur et simple et ensuite pour éviter effectivement les éventuelles conséquences fâcheuses. Les royaumes blanc et noir sont donc divisés en territoire occupés par les différentes races menées par leur chef. Nous irons au royaume blanc, dans la capitale, essentiellement habitée par les anges.

La Prophétie

J'écarquille les yeux. Les anges. Non désolée, ça me fait quand même un sacré effet. Celui que j'ai rencontré m'avait fait une bonne impression. Peut-être parce qu'il avait pris la défense d'Alphéas. Je ne sais pas.

— Vous y croiserez peut-être des représentants du petit peuple, mais ils n'oseront pas vous agresser si vous vous trouvez sous la protection des anges, assure Angèle.

— Sauf si la Reine Blanche a décidé de me mettre à mort, noté-je.

La sorcière reste un instant interdite puis pince les lèvres.

— Dans ce cas, nous aurons un problème.

— La Reine Blanche n'a aucun intérêt à empêcher Ursule de lever les Cavaliers. Au contraire, rappelle Alphéas.

— Nous verrons bien, lâche Angèle.

C'est pas hyper rassurant quand même.

— Quoi qu'il en soit...

Elle n'achève pas sa phrase, une grande flaque d'eau émerge dans le salon. Mélusine en sort et nous sourit. Je la regarde, stupéfaite. Attendez une minute... Elle peut apparaître dans la maison d'Angèle ? Et elle nous a envoyés en bas de la montagne ? On a dû se taper la montée, les marais, la bataille avec Saurimonde alors qu'elle aurait pu nous amener directement dans le salon ?

— Mélusine, accueille Angèle affable.

Pas surprise pour deux sous, notez bien ! Y a que moi que ça choque ?

— Fermez votre bouche Ursule, vous ressemblez à un poisson hors de l'eau, se moque Mélusine.

Crotte. J'ai envie de l'envoyer bouler.

— Angèle m'a écrit un message pour me dire qu'elle me donnait temporairement l'accès à sa maison pour venir vous récupérer. Il y a encore quelques créatures qui rôdent et nous voulions vous épargner la descente.

Mouais... ça part d'un bon sentiment. Mais elle n'aurait pas pu communiquer avec elle avant ? Pour m'épargner la montée ?

— Êtes-vous prête à y aller ? continue-t-elle.

J'ai déjà rassemblé mes affaires ce matin, Chaplin est sur les starting-blocks, même si je doute qu'elle accepte de retrouver son sac. Alphéas est armé de pied en cap et j'ai bouclé ma ceinture de fioles. Je n'ai plus qu'à trouver un espace pour la potion d'Angèle.

— Presque. Juste un truc à rajouter, dis-je avant d'ouvrir mon sac de voyage.

Je prends le flacon d'Angèle, fais de la place au milieu des chaussettes et des t-shirts, extirpe un pull pour l'enrouler à l'intérieur puis remets le tout. Ça ne devrait pas péter de cette manière. J'aurais pu l'attacher à la ceinture avec les autres, mais soyons honnêtes, y a une chance sur deux pour que je la brise par inadvertance. Ça serait ballot.

— C'est bon, indiqué-je.

Mélusine acquiesce. Je me rends compte qu'elle s'était approchée d'Alphéas et qu'ils semblaient discuter tous les deux. La jalousie me consume et je serre les poings. Aragorn détourne son regard quand j'essaye de le confronter silencieusement. Je tâche de ne pas me faire dépasser par mes émotions qui bouillonnent. Va falloir que je règle le problème, parce que j'ai l'impression que ça empire.

— Angèle, je vous remercie d'avoir accepté d'embrasser notre cause. Je suis certaine que la Reine Blanche...

La sorcière lève la main pour interrompre la fée.

— Laissez la Reine Blanche là où elle se trouve, conseille-t-elle. Je ne demande rien et encore moins un quelconque changement à mon égard. Oubliez-moi comme vous avez tendance à le faire.

Mélusine hésite, mais finit par opiner.

— Bien. Dans ce cas, allons-y.

Elle effectue un geste pour m'inviter à la rejoindre lorsqu'une sonnerie retentit.

Ring Ring. Je la reconnaîtrais entre mille. Non seulement c'est un titre d'ABBA, mais en plus c'est celle de mon téléphone. Ben oui, elle est de circonstance. Mélusine soupire en levant les yeux au ciel.

— Oh oui, c'est vrai, lâche-t-elle.

Elle extirpe d'un des replis de sa robe mon portable. Ah, je me disais bien que je l'avais oublié ! Elle me le tend avec un air énervé.

— Votre appareil n'arrête pas de sonner toutes les heures, c'est extrêmement irritant.

Je regarde l'écran. Marlou s'affiche en grand. Je grimace. Oups. C'est vrai qu'elle m'avait fait promettre d'appeler tous les jours. On est jeudi et je ne l'ai jamais contactée. Elle va me tuer. Je n'ai pas le temps de répondre que la boîte vocale s'enclenche. Je m'aperçois alors qu'elle m'a carrément inondée d'appels, de SMS, de messages sur les réseaux sociaux…

L'icône indiquant qu'elle m'a laissé un message s'affiche. Je crains de l'écouter cependant.

Je me demande si elle a mis sa menace à exécution et si elle a prévenu les flics. Je ne connais pas leurs protocoles, mais s'ils étaient en train de me tracer, je souhaite bon courage au policier pour expliquer à son chef que d'un coup mon téléphone a parcouru plusieurs centaines de kilomètres en deux secondes. Merci Mélusine et son portail.

En faisant défiler l'écran, je m'aperçois qu'Ulysse et Gontran ont aussi appelé. Ainsi que ma mère. J'espère que Marlou n'a pas mis la puce à l'oreille de ma mère, sinon, je vais avoir droit à un harcèlement puissance trois.

— Un problème ? demande Alphéas.

Il me ramène à la réalité. Oui, d'accord, la réalité du monde magique… C'est fou comme d'un coup, c'est le monde des humains qui me paraît complètement fantasque et le monde magique parfaitement normal.

— Non, juste une amie qui s'inquiète. Est-ce que je peux l'appeler pour la rassurer ?

Mélusine hoche la tête et je m'éloigne un peu. Puis je me ravise.

— Y a un truc à ne pas dire ? Enfin je veux dire... je suppose que je ne peux pas lui parler de votre existence et tout...

Les surnat' se regardent, visiblement surpris par ma demande. Je ne saisis pas ce qu'il y a d'étonnant pourtant.

— Notre existence ne doit pas être dévoilée aux humains de manière générale. C'est mieux pour eux de ne pas savoir, résume Alphéas.

— Ils t'ont vu, rappelé-je.

— Mais j'ai l'air d'un humain. Ce n'est pas choquant, contre-t-il.

Il marque un point. Bon... je vais trouver un truc à raconter à Marlou. Je compose le numéro. Elle répond à la première sonnerie.

— *T'es où, bordel ?*

— Dis donc, si jamais c'était mon kidnappeur qui te contactait pour demander une rançon, il serait super emballé de tomber sur toi, raillé-je.

— *Si jamais c'était ton ravisseur, je lui dirais ma façon de penser. Mais pas autant qu'à toi ! Trois jours, Ursule ! Trois jours !*

— Je sais. Désolée, Marlou. Les choses se sont un peu... précipitées.

Une dizaine d'attaques, je suppose qu'on peut qualifier ça de « précipitées ».

— *Tu m'expliques ?*

Le nœud du problème.

— Je peux pas vraiment, Marlou. Je... Alphéas a vraiment besoin qu'on bosse sur son projet et on a dû rejoindre des copains à lui. Là, on va devoir partir ailleurs et je pense que je ne pourrais pas t'appeler avant un moment.

— *T'es sérieuse ? Tu as conscience que ça fait un peu femme enlevée, là ?*

— Peut-être. Mais Marlou, fais-moi confiance. Si j'étais en danger, je te le dirais.

— *Mais si tu es sur écoute, tu ne peux pas tout me dire.*

— Marlou.

— *Non. Tu vas me raconter comment tu as découvert que Ulysse et moi étions ensemble. Si tu mens, je saurais que tu es en danger. Si tu dis la vérité alors je serais assurée que tu ne cours pas de danger. Et si ton beau mec écoute et que c'est un agresseur, il ne saura pas si c'est un mensonge et je ne dirais rien.*

Je souris. Le pire c'est qu'il y a une certaine logique. Mais heureusement que je ne suis pas vraiment en danger. Enfin... si en quelque sorte, je suis en danger, mais pas le même qu'elle imagine.

— Tu savais qu'Ulysse dormait avec une veilleuse, réponds-je.

Je perçois un soupir de soulagement. Son inquiétude me fait chaud au cœur. Combien de personnes ont des amis comme ça ?

— *Tu rentres quand ?*

— Je ne sais pas trop.

— *Tu seras pas là à ton anniversaire ?*

Je grimace. Peut-être que je serais égorgée à cette période, aucune idée. Je préfère ne pas m'avancer.

— Je ne pense pas. J'espère me tromper.

— *Ta mère va te tuer.*

Ouaip... y a de fortes chances. Mais va falloir qu'elle fasse la queue d'abord.

Odeur 35

J'ai hésité à contacter ma mère. Je me disais que comme elle avait appelé, je devrais sans doute lui rendre la politesse. Sauf que je craignais que la conversation dure des plombes. Parfois ça va vite, parfois non. Et en écoutant le message qu'elle m'a laissé (j'ai supprimé tous ceux de Marlou sans les écouter en entier après avoir compris qu'ils consistaient tous plus ou moins en une bordée d'injures ou des menaces à l'encontre de mon potentiel agresseur), elle ne me téléphonait que pour savoir ce que je voulais pour mon anniversaire.

J'ai envoyé un SMS, lui expliquant que je la rappellerai dès que je pourrais, mais que j'avais des soucis de réseau et lui donnant une petite liste d'envie. J'ai regardé si d'autres personnes m'avaient contactée, hormis Ulysse et Gontran. Adam m'avait écrit un SMS pour savoir si je reviendrais lundi... Je lui ai répondu que je prolongeais mon congé d'une semaine supplémentaire.

Rien n'était urgent (sauf des promos chez ma boutique de geek préférée que j'allais louper) et j'ai rangé mon téléphone avant de retourner avec les autres. J'ignore ce qu'ils fabriquaient, mais aucun bruit de discussion ne m'est parvenu et je les ai retrouvés relativement au même endroit où je les avais laissés. Ce qui est assez flippant.

Je pensais que Saurimonde et Angèle s'entendaient bien avec Mélusine, mais le climat est assez électrique. Je me demande bien ce qui a pu se produire. Chaplin me passe entre les jambes et je trébuche pour éviter de l'écraser. Toujours au bon endroit, cette chatte. Je ne compte plus le nombre de fois où j'ai failli m'éclater la tronche contre le mur pour esquiver cet animal qui ne trouve rien de mieux que de foncer dans mes pattes alors que je marche.

— Vous avez terminé ? demande Mélusine.

— Oui. Il faudra peut-être que je réponde à d'autres appels si je ne veux pas que mes parents s'inquiètent. Est-ce que ça capte au royaume blanc ?

Alphéas s'approche de moi.

— Donne-moi ton téléphone, prie-t-il.

Intriguée, je lui obéis néanmoins. Il prend le sien de sa poche et l'ouvre en deux pour retirer la carte SIM. Enfin, ce que je pense être une carte SIM. Ça se révèle être une pierre de la taille d'une carte SIM, mais pas une carte SIM. Il répète l'opération avec le mien et insère la pierre à l'emplacement de la deuxième carte SIM que je ne possède pas. Il referme et me rend mon bien.

— Maintenant, ton appareil fonctionnera au royaume blanc, affirme-t-il.

— OK... et le tien ?

Oui, je sais j'aurais pu poser des tonnes de questions concernant ce cristal, le royaume blanc, les téléphones, la technologie humaine, mais honnêtement, je m'en tape. S'il me dit que ça marche, ça me va. Sinon, il va me sortir des considérations techniques que je risque de ne pas saisir, vous allez vous prendre une tartine de termes compliqués et, à la fin du chapitre, on aura pas avancé. Vous désirez vraiment tout savoir ?

C'est bien ce que je pensais. Par contre, j'aimerais être sûre que ça ne va pas l'handicaper qu'il m'ait passé son cristal.

— Ne t'inquiète pas, je m'en procurerai un nouveau quand nous y serons. Et puis, ce téléphone ne sert pas souvent.

— Uniquement pour tes conquêtes humaines, je présume.

Je voulais faire de l'humour (bon et apprendre s'il a eu des conquêtes humaines aussi), mais son air étonné fait mourir le rire dans ma gorge. Il ne répond rien, me laissant sur ma faim et Mélusine rappelle à tout le monde qu'on a mieux à faire.

— Nous devrions y aller. Arial nous attend pour vous emmener au royaume blanc.

J'essaye de me souvenir d'Arial. Yeux bleus, ailes blanches. OK, je la remets.

— Bonne chance, Ursule. Nous comptons sur vous, fait Angèle en m'adressant un petit signe de la main.

J'opine. Elle a l'air confiante et me sourit légèrement. Saurimonde ne me calcule pas. Je suis sûre qu'elle n'attend que mon départ pour sauter de joie. Je me tourne vers Mélusine qui m'invite à emprunter son portail. Je prends une profonde inspiration puis sens la présence d'Alphéas près de moi.

Je pivote doucement vers lui. Nos regards se croisent et un petit sourire se dessine sur ses lèvres. La confiance déferle en moi alors que nos mains se frôlent. J'ai terriblement envie que nos doigts se mêlent pour me donner de la force. À cet instant, un contact physique me confirmerait que les tensions entre nous ne sont pas graves.

Mais il s'abstient. Et je n'ai aucun courage pour le faire moi-même. Après tout, j'ai l'intuition que c'est à lui de faire ce pas-là. Peut-être que je me trompe. Quoiqu'il en soit, il me lance un regard encourageant avant de s'engouffrer dans le portail. Mélusine le suit et la jalousie me pousse à franchir le seuil. Pas question qu'ils fassent des trucs le temps que j'arrive.

J'ai encore une fois l'impression de me noyer, d'être emportée dans les profondeurs avant d'émerger devant les bureaux de la F.I.S.C.S.

J'avoue, je ne m'attendais pas à y retourner. Et en même temps, où est-ce qu'elle nous aurait emmené Mélusine, sinon ? Chez elle ? Pfff, je parie que c'est un appartement tout blanc, tout parfait, avec des supers meubles et pas de chat pour tout dégueulasser. Non pas un appartement, une énorme maison sur les hauteurs, avec une vue imprenable sur je ne sais quoi, un super endroit. Et toujours pas de chat pour tout dégueulasser.

D'ailleurs, je me retourne pour découvrir Chaplin en train d'émerger à son tour. OK, j'ai merdé, j'aurais quand même dû la garder dans mes bras. Aragorn m'a troublée. En parlant de lui, je le retrouve qui tape la discute avec Mélusine. Qu'est-ce que je vous disais ?

Je tâche de m'approcher doucement pour essayer de saisir la teneur de la conversation.

— Angèle a eu cette vision... il faudra peut-être que vous finissiez par prendre la mesure de votre destin, prévient Mélusine.

Alphéas grimace. Il déteste qu'on lui dise ça j'ai l'impression.

— Il y a d'autres moyens.

— La prophétie est formelle, Alphéas. Vous devez arrêter de craindre votre passé et vous tourner vers le futur.

— J'aimerais qu'Ursule soit au courant avant d'agir dans son dos.

OK, ça, c'est inquiétant. Y a encore un truc que j'ignore (ouais, je sais que ça frôle l'abus) et en prime faut que je m'attende à ce qu'Alphéas me poignarde lâchement. J'adore.

— Que je sois au courant de quoi ?

Ils se retournent, visiblement surpris par ma présence. Ils croyaient que je mettrais combien de temps pour traverser ? Je croise les bras sur ma poitrine, exprimant toute la colère que je ressens sur ma figure. Enfin, vous comprenez. J'essaye de ressembler au Balrog. En moins enflammé.

J'insiste en silence alors qu'ils me contemplent avec des yeux de merlan frit. Ah non, mais là je ne vais pas laisser passer. Alphéas détourne le regard.

Pétard, ce type, il a que de la gueule en fait. Remarquez, Aragorn n'aime pas non plus la confrontation avec les femmes. Il se barre aussi quand Elrond lui dit qu'il doit renoncer à Arwen.

En fait, c'est un frimeur, Aragorn. C'est pas parce qu'il beugle en partant au combat ou qu'il ouvre les portes d'une manière sexy (qui n'a jamais rejoué cette scène sérieusement ? Perso, les portes coupe-feu du lycée doivent encore s'en souvenir) qu'il est courageux et tout. Comment ça je suis pas crédible ?

Du coup, je reporte mon regard balrogesque sur Mélusine. La fée semble hésiter puis secoue la tête.

— Je ne suis pas la mieux placée pour vous parler de tout ça.

J'aurais dû demander un euro à chaque fois qu'on m'a sorti ça. Depuis le début de cette histoire, je serais multimillionnaire.

— Ben, trouvez-moi quelqu'un qui l'est. Parce que je sature là ! Et les secrets j'en ai marre ! Vous voulez que j'invoque les Cavaliers, mais y a encore un truc après ? C'est quoi le problème avec toi, Alphéas ?

Alphéas me regarde avec un air douloureux. J'ai mal au cœur, mais je me ferme comme une huître. Zut, flûte, crotte de bique, je vais pas me laisser faire.

— Ce n'est pas..., commence-t-il avant que Mélusine ne l'interrompe.

— L'endroit pour en parler. Arial va vous emmener au royaume blanc, vous installer pour les prochains jours et vous donner toutes les explications que vous souhaitez.

— Ben voyons, on m'a déjà fait le coup pour Angèle, lâché-je.

— Cette fois, je m'engage à répondre à vos interrogations, intervient une voix.

Je me tourne pour découvrir Arial en train de s'approcher de nous. Ses ailes sont rabattues sur son dos. Elle marche comme si le monde lui appartenait et je suis subjuguée par sa présence.

— Vous devriez avoir plus d'éléments que vous n'en possédez à l'heure actuelle, continue-t-elle.

Avec le petit regard de reproche adressé à Mélusine. Elle me plaît déjà beaucoup, cette ange. Je me sens soudainement bien plus forte et puissante. C'est fou comme on gagne en confiance quand on a quelqu'un à ses côtés.

— La surcharger d'informations n'est pas nécessaire, assène Mélusine.

— Pour le plan que vous ourdissez, si. À moins que vous ne souhaitiez qu'elle ne soit que votre pantin ?

Je vois distinctement Mélusine serrer les poings le long de ses hanches. Ah, apparemment, elle n'aime pas ce que lui dit Arial. Moi, ça m'intéresse fort en revanche. Un pantin ? Parfaitement ce que je craignais. Déjà, je déteste les pantins de base. J'ai toujours eu horreur des ventriloques. Rien qu'à imaginer... Y en a c'est les clowns, moi c'est les pantins. Chacun sa merde.

Depuis le début de cette histoire, c'est ce qui me fait peur. Être manipulée dans un sens et me gourer. Pour le moment, j'ai plus ou moins l'impression de faire le bon choix, mais ce n'est qu'avec les infos qu'on m'a données. Aussi bien, avec d'autres éléments, je vais en tirer des conclusions différentes. Et je souhaiterais pouvoir le faire avant que les Quatre Cavaliers ne se pointent.

— Mélusine ne désire pas manipuler Ursule, soutient Alphéas.

Qu'il intervienne pour la défendre, ça me met en boule. Et du coup, ce qu'il dit a moins de poids.

— Mais j'aimerais bien en être convaincue par autre chose que par ta parole.

Mes mots sont sortis tout seuls. Alphéas me regarde comme si j'étais subitement devenue verte. Ce regard m'est douloureux, mais je m'endurcis de nouveau. Je veux savoir. Je crois que même vous à ce stade, vous avez envie de savoir. Ce n'est pas contre lui... en tout cas, pas directement. Mais je vois bien dans ces yeux qu'il prend ça comme un affront personnel. Je n'y peux rien.

Lorsqu'il se détourne de moi, je n'ai jamais eu aussi mal au cœur. Le fossé entre nous semble s'être agrandi et je culpabilise terriblement. Je n'ai pas le temps de m'en appesantir.

— Ursule, si vous voulez bien me suivre, je vais vous conduire dans le royaume blanc.

Arial me tend la main. J'hésite brièvement, comprenant qu'elle ne paraît vouloir emmener que moi et que Alphéas est déjà à quelques mètres. Il ne restera pas à mes côtés. Je me blinde encore, priant pour que les larmes ne coulent pas. Ce serait le comble.

Je prends la main d'Arial. Elle m'attire contre elle, puis ses ailes se referment autour de nous.

— N'ayez pas peur, le transfert n'est pas douloureux, assure-t-elle.

Je sens une pression sur mes épaules puis j'ai l'impression de tomber dans le vide, seulement retenue par les bras d'Arial. Alors que le sol se stabilise, une migraine terrible éclate dans mon crâne.

SALOPERIE D'ANGE À LA NOIX !

Odeur 36

Les ailes d'Arial s'ouvrent et j'essaye de ne pas me recroqueviller sous la souffrance. Pas douloureux, je t'en foutrais. J'ai l'impression d'être passée dans une machine à laver en mode essorage.

— Pourriez-vous récupérer votre chat ?

Je pivote vers l'ange. Elle a gardé une voix stoïque et je ne sais pas comment elle a fait. Chaplin est sur son épaule, les griffes crispées sur sa tunique, les poils hérissés et les yeux écarquillés. Elle a dû bondir sur l'ange juste avant qu'elle ne m'emmène, parce que comme une abrutie, je n'ai pas pensé à la prendre dans mes bras une fois de plus.

Je suis une mauvaise maîtresse. Et avoir été obnubilée par Alphéas n'est pas une excuse. Finalement, tant mieux qu'il soit resté là-bas avec sa chère Mélusine. Au moins, maintenant, j'ai l'esprit clair.

Je m'approche de l'ange et tends les mains vers Chaplin. Je la flatte un peu pour la détendre. Elle me regarde et semble reprendre du poil de la bête. J'enlève doucement les griffes empêtrées dans le tissu puis l'attire contre moi. Elle se laisse faire et se blottit contre ma poitrine. Je la caresse lentement pour achever de la tranquilliser.

— Est-ce qu'elle va bien ? demandé-je à l'ange.

Elle la contemple un instant avant d'acquiescer.

— Oui. Le transfert n'est pas dangereux. C'est impressionnant de voir le monde se tordre, c'est pour cela que je vous ai protégé avec mes ailes. Mais elle a sauté sur mon épaule au tout début. Je ne pouvais pas m'arrêter. Je suis navrée qu'elle ait assisté à cela.

Le regret semble sincère. Ce qui me touche.

— Ce n'est pas votre faute. Elle fait uniquement ce qui lui chante de toute manière.

Je retiens une remarque acerbe en direction de ma compagne à quatre pattes. Je pourrais la gronder, mais c'est ma faute. J'aurais dû me soucier d'elle. Elle s'installe un peu mieux au creux de mes bras. J'ai l'intuition qu'elle ne va pas se détacher de moi aussi facilement.

— C'est une chatte dévouée, note Arial.

Il y a un sourire sur son visage qui la rend encore plus belle si cela était possible. Y a pas à dire, les anges sont magnifiques. Et gentils. Du moins, pour l'instant. Dans l'ordre, les monstres, ça craint, les fées sont des poufiasses, les mecs ténébreux taciturnes, les sorcières possèdent de sublimes baraques très pratiques et les anges semblent sympas. M'enfin, la classification des êtres magiques peut changer à tout moment.

— J'aimerais qu'elle le soit un peu moins. Si j'avais eu le choix, je l'aurais laissée à la maison, mais... je ne savais pas que tout allait s'enchaîner.

Arial pince les lèvres. Elle a l'air navrée pour moi. J'ai pris Chaplin avec moi parce que je craignais que les bêtes ne reviennent. J'avais l'intention de la laisser chez mes parents, mais j'ai pas eu le temps d'aller chez eux. Au lieu de ça, Alphéas m'a emmenée à la F.I.S.C.S. puis chez Angèle et maintenant le royaume blanc.

Cela dit, ça pourrait être pire. Elle aurait pu se faire dévorer devant moi. Au lieu de ça, elle s'est transformée en guerrière. Sans elle, je sais que je serais morte... ou plus amochée en tout cas. Bon, je suis traumatisée, hein. Pas dit que je lui donnerais encore un morceau de steak ou du thon en boîte. Je l'ai vu bouffer assez de viande pour la vie, je crois. Il va falloir qu'elle se contente de croquettes ou de pâté. Sinon, ça sera légume. La première chatte végan. Fallait pas manger du basilisc. C'est Alphéas qui sera heureux.

Bordel, il peut arrêter de s'inviter dans mes pensées toutes les deux secondes celui-là ?

— Alphéas et Mélusine auraient dû vous prévenir, regrette Arial.

J'acquiesce. Mais j'évite de parler plus avant. Je n'aime pas faire ma commère et même si Arial m'apparaît sympa, je n'ai aucune certitude sur elle. Elle est une conseillère de la Reine Blanche. Peut-être qu'elle souhaite également me manipuler en prétendant me sauver de Mélusine. Je déteste me sentir ainsi. J'ai l'impression d'évoluer dans un panier de crabes.

— Bienvenue dans le royaume blanc, fait finalement Arial.

Je reste interdite alors qu'elle m'invite à regarder autour de moi. À quoi peut bien ressembler le royaume blanc ? À des nuages cotonneux ? Des toges et des colonnes romaines immaculées ? Une copie de notre monde en monochrome ?

À rien de tout ça.

Des plaines d'herbe verte s'étendent à perte de vue. Le ciel est bleu, lumineux, exempt de tout nuage. Ça exhale l'été, la nature et la terre. Une note de citron et d'orange s'ajoute aux effluves ambiants. Je me sens bien, curieusement revigorée et en paix. J'ai envie de déposer mon fardeau, de m'allonger et de ne plus bouger.

Je pivote légèrement pour apercevoir des tentes... non des toiles tendues. Je ne sais pas comment elles sont maintenues en l'air et au sol en même temps. Mais ça forme comme des habitations, en plus complexe parce qu'elles se superposent les unes aux autres au point de me faire croire qu'il y a un immeuble caché en dessous. C'est à la fois simple et magnifique, coloré et harmonieux.

Plus loin, j'aperçois une forêt. Les arbres immenses, noueux, sont surchargés de lumières. Elles étincellent derrière les feuilles et entre les branches. On dirait des sapins de Noël, mais en plus classe. Peut-être plutôt les bois de la Lothlorien. Si jamais ils me font dormir entre des racines et que je vois Galadriel passer, je... non en fait je ne sais pas ce que je fais.

— Tout le royaume blanc ressemble à ça ?

La Prophétie

Ouais, je ne trouve rien de plus à dire. Arial sourit.

— Non. Cela dépend du territoire sur lequel vous vous rendez. Ici, nous sommes à ce que vous appelleriez la capitale. De grandes plaines où chacun peut adapter son mode de vie. Les elfes et les fées habitent dans les forêts et les voilages, indique-t-elle.

J'acquiesce. En fait de capitale, ils ont pas de soucis d'urbanisation.

— La cité des anges se trouve là-bas.

Elle me fait pivoter puis marcher un peu et je reste bête devant le spectacle qui se déroule devant moi. Les plaines s'arrêtent net, sur une falaise donnant sur un océan. Au-dessus de l'eau, une grande sphère plane. Enfin grande... immense. La taille d'un continent. Ouais, bon, j'exagère légèrement... celle d'une ville quoi.

D'énormes arches de métal (du moins je pense que c'est du métal) tournent autour de la sphère, répandant une lumière dorée. À l'intérieur, j'aperçois des bouts de terre flottant, avec des bâtiments parfois épars, parfois agglomérés. Au centre, un territoire plus gros, en pente douce, accueille plusieurs immeubles et une grande construction dont le rôle m'échappe.

Je dois quand même admettre que je suis époustouflée, ébahie et tout ce que vous voulez.

C'est bien loin de ce que j'imaginais et en même temps ce spectacle m'est familier.

— WOW ! m'exclamé-je.

Je vois le sourire mi-moqueur mi-attendri d'Arial.

— Ouais, je suppose que tous ceux qui ne connaissent pas disent ça.

Je suis prévisible au possible.

— Pas vraiment. Ça dépend de qui arrive. Les humains ne viennent pas souvent, il faut dire. Les autres créatures trouvent que c'est trop tape à l'œil. Mais ils nous détestent.

OK, il y a trop d'informations dans cette tirade. Essayons de prendre les choses dans l'ordre des priorités.

— Il paraît que je ne suis pas humaine.

Oui, le truc qui a trait à ma personne. Rappelez-vous, je suis profondément égoïste. Automatiquement, je commence par moi et après je m'intéresse aux autres.

Arial penche la tête et m'observe.

— Vous n'êtes pas totalement humaine, effectivement. Mais si je dois vous compter parmi les créatures surnaturelles, vous êtes humaine.

La migraine me guette. Sérieux, j'y comprends que dalle. Soit ils s'y prennent comme des manches, soit l'auteure a des idées pas très claires et je douille parce qu'elle ne sait pas où elle va. Déjà que je suis pas très fortiche pour démêler les informations... Ouais, je suis du style à avoir besoin de beaucoup d'éclaircissements. La fille dont vous dites, elle comprend vite, mais faut lui expliquer longtemps.

Si en plus, les précisions sont données par plusieurs personnes distinctes, lâchez l'affaire. Ça me rappelle mon année d'histoire de 4e. On a eu quatre professeurs d'histoire différents. Ouais, on a eu la guigne, ils sont tous tombés malades les uns après les autres, y avait peut-être un virus spécial prof d'histoire cette année, mais bon personne en a parlé. Soit parce qu'on s'en fout des profs d'histoire soit parce que c'était que dans notre collège. Bref. Je digresse. Mais vous avez l'habitude.

Donc, j'en reviens à mon anecdote. J'ai jamais compris pourquoi on était passé d'un despotisme à un empire et d'où venait la révolution industrielle. Mais je crois que c'est parce qu'on a pris le programme à l'envers et qu'on a commencé par la révolution industrielle. Enfin, je sais pas. De toute manière, je suis une bille en histoire. Les rois s'appellent tous Louis et je confonds les dates.

Notez que j'ai aucun problème avec les chiffres. Sauf les dates. Mes némésis. La preuve, c'est à mon anniversaire que je dois me faire saigner. Voyez bien que j'ai un truc avec les dates.

— Vous avez prévu de m'expliquer encore comment ça se passe ?

— Oui, je vais tout vous dire et pour écarter tout doute, je vous laisserai libre accès à notre bibliothèque et nos archives si vous voulez trouver des réponses par vous-mêmes. Il n'y en a pas de plus fournie que la nôtre.

L'attention me touche. Je ne suis pas un rat de bibliothèque et les recherches, à part scientifiques, je ne saurais pas trop comment faire. Toutefois, je me dis que je pourrais toujours essayer.

— Dans un premier temps, j'aimerais que vous fassiez connaissance avec nos nouveaux quartiers, que vous preniez un peu de repos et nous discuterons.

— OK pour le premier point, mais allons directement au troisième. Je ne peux pas dormir sans comprendre.

Arial hoche la tête puis me tend la main.

— Si vous souhaitez vous rendre dans la cité, nous devons voler, explique-t-elle.

— Oh.

Oui, évidemment. Tu es idiote, Ursule. Il n'y a pas l'ombre d'un pont entre la falaise et la ville angélique. Je récupère Chaplin dans mes bras.

— Vous n'auriez pas pu nous téléporter directement dedans ? demandé-je en fermant mes doigts sur les siens.

— Si. Mais admettez que vous auriez perdu quelque chose en ne pouvant pas admirer la vue.

Je pince les lèvres. Elle n'a pas tort. D'autant que ce spectacle m'a un peu apaisée et me fait presque oublier l'absence d'Alphéas. J'aurais aimé vivre ça avec lui. Oui, je sais, c'est fleur bleue, pathétique et puéril. J'y peux rien. Il me manque. Ce qui est idiot, parce que je suis toujours fâchée contre lui, qu'il a clairement fait son choix, qu'on ne se connaît que depuis même pas une semaine et que j'ai une saloperie de cœur d'artichaut.

Arial m'attire contre elle et ses ailes commencent à battre lentement. On s'élève et je m'agrippe un peu plus fort. Si ça la dérange, elle ne dit rien. La vitesse s'accroît alors que ses ailes battent de plus en plus rapidement. Le vent me cingle, frais, aux effluves océaniques. Chaplin crispe ses griffes sur mon bras.

Je remplis mes narines, constatant que l'odeur d'Arial est très discrète, à peine une note de soleil et de tournesol. Très chaleureuse et généreuse.

J'essaye de profiter du voyage et regarde le paysage. La mer laisse rapidement place à la sphère et à ses entrelacs métalliques. Je doute que ce soit du métal, mais c'est un matériau que je ne connais pas. Donc je dirais métal parce que c'est ce qui se rapproche le plus de mon impression.

Lorsqu'on passe le rideau irisé pour pénétrer à l'intérieur, j'ai une sensation bizarre, à la fois chaude et froide, familière et inconnue, douloureuse et apaisante. Arial me serre un peu plus contre elle, comme pour me donner du courage.

Je vois défiler les étranges terres flottantes, comme des morceaux de continents détachés. On dirait des blocs, avec une bonne épaisseur sous la surface d'où émergent des racines. Je note d'ailleurs que certains sont reliés par ces racines, mais pas tous.

Arial nous emmène à l'île (oui je ne trouve pas de terme même s'il n'y a pas d'eau) principale, la plus grande et se pose à l'ombre de l'énorme monument. Chaplin s'échappe, visiblement pas très contente de ce voyage par ange.

— Le cœur de la capitale, indique-t-elle. Le siège des archanges, des diplomates et de la Reine Blanche.

Ah... Quand même. J'observe le bâtiment plus en avant. Immaculé, composé de blocs hétéroclites, mais formant une harmonie. Il y a des inscriptions, des symboles, des dessins sur tous les murs. J'ignore ce qu'ils veulent dire, mais de la même manière que les matériaux, ils semblent se mélanger pour constituer un tout.

— Venez, ma maison se trouve par là.

Arial fait quelques pas et indique un immeuble plus modeste, aux grandes baies vitrées, à la végétation luxuriante mêlée aux pierres... Je ne saurais dire si le bâtiment est fait de roche et que la végétation s'est immiscée en elle ou l'inverse. Encore une fois, tout semble se fondre avec une facilité déconcertante.

Arial pousse la porte faite de branches et de fleurs et je pénètre dans un intérieur lumineux, aux tons chauds. À l'image du reste : la verdure y est omniprésente, ce qui me fait penser à la bibliothèque de la F.I.S.C.S. et à ses meubles végétaux.

C'est magnifique et je me sens subitement bien. Chaplin, comme toute chatte bien élevée qui se respecte, grogne en arrivant.

Odeur 37

— Chaplin, arrête ! T'es pas obligée de faire ta sauvage !

Sérieusement, elle me fout la honte à peine arrivée. Peut-être que je devrais m'inquiéter. Après tout, si elle grogne c'est qu'elle ressent une menace. Mais je ne vois pas ce qui pourrait être dangereux ici. Ou dans ce cas faut que je me méfie aussi des anges et je suis à ma limite. Je vous ai dit que je n'aimais pas me méfier. Mélusine épuise déjà tout mon stock.

Si je dois devenir paranoïaque, je ne vais pas y arriver. J'ai pas les épaules. Déjà je trouve les complotistes hyper courageux de vivre dans l'anxiété permanente. Alors parano en plus... J'ai le cerveau pour, parce qu'il adore se raconter des histoires depuis qu'Alphéas a débarqué dans mon quotidien (encore là lui ?), mais je préférais avant. Quand je ne savais pas que je pouvais être suspicieuse.

J'essaye de rattraper ma chatte qui s'avance comme un loup à l'affût vers l'escalier. Arial me saisit par le bras.

— Je crois que nous devrions les laisser faire connaissance, suggère-t-elle.

Je me demande bien de qui elle parle puis je vois une bête descendre les marches. Je dis une bête parce que je discerne des poils et une queue. Peut-être que c'est une créature quelconque et pas un animal.

— Euh... je voudrais pas qu'il arrive une bricole. Non parce que ma chatte s'est découvert une passion pour la viande surnaturelle.

— Ne vous inquiétez pas, Hercule est un Sidhe.

Je regarde Arial, un air perplexe sur mon visage. Arial sourit avant de m'expliquer.

— Les Sidhe sont des chats sacrés, gardiens des esprits et protecteurs des foyers. Ce sont eux qui parfois choisissent les âmes des humains qui s'élèveront. Ils bénissent les maisons où ils sont bien accueillis et condamnent les autres. Ils ne sont pas dangereux pour les animaux, encore moins pour les félins. Votre chatte ne court aucun péril.

Mouais... alors ça, c'est à voir. Pétard, je vais récolter une malédiction sur mon appartement. Déjà qu'il se situe au-dessus d'un hôpital psychiatrique, qu'il n'y a pas d'ascenseur, pas de clim et pas d'insonorisation... Franchement, j'ai pas envie. Cela dit, aussi bien, je n'y retournerais jamais.

J'observe les deux félins se tourner autour. Chaplin est toujours autant hérissée. Elle est courageuse parce que le Sidhe fait quand même la taille d'un chien. Mais elle, elle semble persuadée que de dresser son poil, ça va suffire à la rendre impressionnante. Va peut-être falloir que je lui passe une fiole qui pue pour l'aider.

Hercule à l'inverse a tout de l'animal placide qui observe et qui ne se sent absolument pas en danger.

Je me demande si Arial ramène souvent des inconnus avec leurs chats chez elle. Peut-être que pour lui, tout ceci est d'une banalité affligeante.

— Venez, je vais vous montrer votre chambre, propose Arial.

Je suis quand même tentée de rester assister à l'issue de la confrontation, mais l'ange semble pressante. Peut-être que je ne devrais pas insister. Je me fais du souci pour Chaplin tout en me disant qu'elle s'est attaquée à des basilises sans récolter une égratignure.

— Chaplin ira parfaitement bien, vous avez ma parole, assène-t-elle.

Je l'observe, essayant de voir si je peux détecter un mensonge, une manipulation quelconque... mais évidemment, comme j'ai l'intuition d'une crevette, je ne trouve rien. Je soupire et cède. Je finirais bien par entendre si mon chat a besoin d'aide.

Je suis l'ange qui gravit les marches. Sous mes pieds, c'est à la fois souple et solide, comme une moquette ou un tatami. Je note qu'Arial est pieds nus (est-ce qu'elle l'était avant ou s'est-elle déchaussée en rentrant, aucune idée, je vous avoue que les pieds, c'est pas le premier truc que je regarde chez les gens) et je me sens subitement horriblement malpolie d'avoir conservé mes godasses.

On parvient sur un palier orné de tournesols et de crocus. J'aime le paradoxe. Les tournesols s'épanouissent au soleil, les crocus à l'ombre, mais tous deux semblent parfaitement s'acclimater dans cette maison.

Arial pousse de longues branches où pendent des grappes de fleurs jaunes que je reconnais comme étant du cytise. Alors non, je vous arrête tout de suite. Je ne suis pas une fana des fleurs et ne me confiez pas une plante, elle crèvera dans la seconde. Les plantes d'intérieur n'ont jamais survécu chez moi, sauf une, que j'oublie d'arroser, mais qui résiste tenacement.

Bref, je suis nulle en végétaux et en jardinage. Par contre, j'ai un peu étudié les fleurs pour leur parfum. Et le cytise... bon, c'est odorant, mais pas que. C'est surtout que c'est toxique du pied à la graine. Apparemment pas pour les anges. Arial marche dessous les fleurs et me fait signe de la suivre.

Tuée par une fleur. Elle n'a pas eu le temps de dégainer une boule puante.

Encore une super épitaphe. Le graveur va se poiler quand on passera commande. Je soupire et passe outre ma peur pour emboîter le pas de l'ange. Je pénètre dans une immense pièce. Le cytise fait office de porte.

La chambre est à l'image du reste de la maison : une grande baie vitrée et une harmonie plante/pierre qui m'inspire. J'ai l'impression d'être dans une ancienne église envahie par la végétation ou alors dans une forêt qui se prend pour une église. Comme vous voulez.

Le lit est composé de montant fait de branches entremêlées où jaillissent des fleurs blanches et jaunes, les meubles poussent là où bon leur semble. Une commode aux feuilles rouges et aux fleurs orange sur la gauche, un guéridon de bois jaune, une table et des chaises ornées de délicates clochettes dorées, des bibliothèques formées par des entrelacs de vigne vierge...

Les seuls intrus si j'ose dire sont deux fauteuils à haut dossier en velours mordoré, les coussins (enfin de visu) et un grand bac de pierre derrière une petite treille qu'Arial définit comme la douche.

Je vous jure qu'après le poisson/pomme de douche, plus rien ne m'étonne.

— J'espère que cela est à votre convenance, s'enquit Arial.

Je comprends que mon manque de réaction et ma bouche ouverte peuvent passer pour une attitude horrifiée. Ce n'est pas le cas. Loin de là. Je suis définitivement fan de ce style de déco et il faut que je leur demande si je peux récupérer des graines pour une table et des chaises et comment faire pousser tout ça dans un appartement.

— C'est magnifique, balbutié-je.

L'ange sourit, manifestement heureuse que je sois contente. Et puis je jure. Je ne sais pas ce que j'ai foutu de mes bagages. Alphéas en avait récupéré une partie en partant de chez Angèle. Enfin je crois. Sérieusement, je suis en carton. Non seulement j'ai plus de petite culotte (encore), mais en plus la potion d'Angèle était dans mon sac que je ne suis pas fichue de retrouver.

Le boulet.

J'étais tellement prise par le départ que…

— J'ai oublié mes affaires, marmonné-je.

Je déteste devoir avouer avoir commis une bourde. Je le fais, mais c'est toujours difficile de passer pour l'abrutie de service.

— Mélusine nous les enverra, assure Arial.

Elle semble sûre d'elle, mais je me sens quand même relativement conne. Je perçois mon portable dans ma poche. J'aurais aimé écrire un texto à Alphéas, mais je me souviens plus de ce qu'il m'a dit. Est-ce que son téléphone continue de fonctionner malgré le fait qu'il m'ait donné son cristal ou non ? Ou bien c'est juste qu'il ne marche plus quand il est dans le royaume blanc, mais qu'il marche encore s'il reste sur Terre.

Parce que le cristal fait office de booster, c'est ça ? Ou d'adaptateur. Ou alors de carte SIM et du coup j'ai piqué le numéro d'Alphéas et garder mon portable ne me sert à rien puisque personne ne pourra plus me contacter. Ce qui est bête. Donc, j'écarte cette solution.

— Tranquillisez-vous, insiste Arial.

Je soupire. Oh, je ne suis plus à une petite culotte près. Et puis au pire, on pourra toujours demander à Angèle de repréparer de la potion. Arial me propose de m'asseoir sur les fauteuils et je ne me fais pas prier.

Elle prend place sur le siège d'à côté et m'observe. Elle attend visiblement que je parle et je me souviens qu'elle souhaite discuter. J'essaye de remettre mes idées en ordre. Finalement, j'aurais peut-être dû accepter l'option repos avant conversation. D'autant que cette histoire de bagage me trotte dans la tête et que je n'aime pas commencer à bavarder l'esprit encombré.

Sans parler de mon chat en prise avec un Sidhe. Bon, OK, j'entends rien, ce qui me réconforte. Mais clairement, ça fait deux inquiétudes dont je me passerais bien. J'essaye de respirer profondément pour me détendre avant d'entendre miauler doucement.

Je pivote sur le fauteuil et vois Chaplin entrer dans la pièce. Elle observe un peu de partout, mais ne met pas longtemps avant de me rejoindre et de sauter sur mes cuisses pour les pétrir et me donner un coup de tête sur l'estomac. Je la caresse machinalement, vérifiant rapidement qu'elle n'a rien. Elle semble indemne et je l'interroge du regard.

Elle ne répond absolument pas (où avais-je la tête ?) et commence à ronronner en s'installant. Hercule jaillit quelques secondes plus tard pour se positionner aux pieds d'Arial. Il se roule en boule et s'endort (enfin apparemment) aussi vite que l'éclair. Chaplin le scrute, mais sans animosité. Je vois même une lueur de jeu dans son œil.

Pétard, j'ai l'intuition qu'ils sont devenus potes et que ça ne va pas être bon pour moi.

Je fais la moue avant de tomber sur le visage doux d'Arial. Elle me laisse du temps, mais je sais que je dois saisir l'opportunité d'obtenir les réponses. Chassant les inquiétudes de mon bagage au fond de mon esprit, je demande simplement :

— Expliquez-moi tout.

Épée 4

Je reste un instant bloqué sur l'endroit où Arial et Ursule ont disparu. Le vide dans ma poitrine est béant et je combats ma douleur. Cette souffrance ne peut être réelle, pas aussi vite, pas sans magie, pas sans... cette foutue prophétie.

— Alphéas, appelle Mélusine.

Je soupire intérieurement. Je me tourne vers la fée. Elle me regarde, sincèrement inquiète, je le sais. Plus que tous les autres, elle sait ce que j'ai traversé, ce que j'ai vécu et pourquoi je freine des quatre fers. Pourtant, comme tout le monde, elle insiste.

— Vous ne pouvez pas vous cacher ainsi. Vous avez une place à prendre.

— Ursule s'en sortira très bien sans moi. L'équilibre n'a pas besoin de moi. Les royaumes n'ont pas besoin de moi.

— Vous vous trompez. Vous êtes aveuglés par votre peur, Alphéas. Votre passé n'a aucune importance.

— C'est pourtant lui qui a modelé qui je suis et qui vous désireriez que je sois.

Mon ton est acerbe. Je me débats contre des moulins à vent. Je le sais. Je ne veux pas de ce fardeau. Il y a une certaine forme de lâcheté en moi.

Que je tente de qualifier de grandeur d'âme, mais qui n'est que le reflet de mon angoisse.

— La prophétie...

— Oh, je vous en prie, Mélusine ! Les prophéties ne sont pas fiables ! À quelques exceptions près ! Pourquoi serait-ce différent ici ? Ursule est au centre de la prophétie, mon rôle n'est que secondaire. Je l'ai protégée jusqu'ici et je continuerai. Quant au trône gris, oubliez-le. Il a été détruit, rasé et les habitants du royaume massacrés ou réduits en esclavage. Un nouvel équilibre a été instauré et Ursule deviendra la garantie que vous cherchiez pour les humains. La F.I.S.C.S. changera de but, mais c'est anecdotique.

— La F.I.S.C.S. n'était qu'un pis aller, Alphéas. Elle n'a pas vocation à durer.

Je hausse les épaules.

— On s'adaptera.

— Pourquoi ? Je vous connais. Vous ne manquez pas de courage. Pourtant, vous abandonnez avant même d'avoir essayé. Cela ne vous ressemble pas.

— Je n'ai pas besoin d'essayer, Mélusine. Je ne vais pas de nouveau attirer les foudres de la Reine Blanche et du Roi Noir sur des innocents.

— Ils sont tués à l'heure où on parle, Alphéas ! Si vous ne vous dressez pas contre eux, la liberté mourra. Peu importe que Ursule arrive ou non à maîtriser les Cavaliers. Les humains seront peut-être saufs, mais vous condamnez toute une frange de la population surnaturelle. Vous ne pouvez pas faire cela.

Je ne réponds rien. Je sais trop bien les conséquences de ma décision. Pourtant, je n'ai pas envie d'en changer. Je crains trop les effets de mon indépendance. En tant que chasseur, je ne suis ni faste, ni néfaste, ni hommes, ni sorcier. Mon statut particulier m'a valu des ennemis, des brimades, une vie solitaire. Je ne suis pas malheureux. Mais je n'ai pas le droit de m'attacher ou de construire quelque chose.

Ursule ébranle toutes ses convictions, tous ses principes sur lesquels j'ai érigé mes longs siècles d'existence. Cette attraction m'a tenté. Difficile de ne pas l'être. Mais à présent, je reviens à la raison. De toute manière, elle s'éloignera d'elle-même quand elle saura tout.

Et je ne doute pas que cela sera imminent. Arial est un puits de connaissance et elle ignore ce que signifie mentir. Elle dira tout à Ursule.

Ce qui scellera mon destin.

Odeur 38

Arial hésite. Je le vois. Elle ignore par où commencer. Je vais lui filer un coup de pouce.

— Plus que tout, je souhaiterais comprendre quel rôle Alphéas joue dans tout ça.

Le regard d'Arial se rétrécit. Elle me jauge. Si jamais elle me demande pourquoi Alphéas m'intéresse autant, je ne sais pas quoi lui répondre. Je suis tombée sous son charme parce qu'il ressemble à un acteur que j'aime beaucoup beaucoup qui incarne un personnage plein de charisme dans une trilogie fantastique et qu'il a effectué un triple salto dans mes escaliers pour sauver mon chat.

Oh, finalement, c'est pas si mal. Y a des romans écrits sur moins que ça. Mais bon… clairement, c'est pas flambant. Pas de quoi bousculer une charrette.

— Bien, dit-elle sans autre commentaire.

Elle humecte ses lèvres et inspire profondément.

— Je suppose qu'ils vous ont dit qu'il y avait trois royaumes.

J'acquiesce. C'est effectivement ce que j'ai compris.

— Au début, il n'y avait pas de scission. Les territoires étaient unis et les habitants vivaient en harmonie. Et puis, ils ont été séparés. Les quatre souverains ont décidé que cela suffisait et ont souhaité une indépendance de leur couronne. Les Quatre Royaumes sont ainsi nés, chacun gouverné par un principe sacré. Le libre arbitre pour les humains, la tolérance pour les gris, la bienveillance pour les fastes et la liberté pour les néfastes.

J'enregistre chaque information. J'ai l'impression d'entendre les rouages dans mon cerveau qui vibrent et cliquettent. Si finalement je ne suis qu'une saloperie d'automate et qu'on verse dans le steampunk, va falloir que l'auteure arrête de fumer.

— Pendant un temps, tout se passa bien. Chaque souverain se conformait aux limites de l'autre, les flux de personnes étaient encadrés, soumis à des règles strictes et les émissaires de chaque royaume écoutés et respectés. Le royaume humain, plus faible, pouvait compter sur le royaume gris pour faire entendre ses griefs. En contrepartie, le royaume humain prenait son parti contre le royaume blanc ou noir.

Ça me paraît logique. Désolée par avance, il va y avoir pas mal de répétitions de royaumes, rois, etc. Arial fait de son mieux je suis sûre, mais bon, difficile quand ce sont les noms officiels.

— Et puis, un jour tout bascula. Les royaumes blanc et noir voulurent annexer le monde des hommes. Ils déchaînèrent leurs sbires sur les humains. La Reine, dépassée, demanda de l'aide au royaume gris. Ils firent front ensemble, combattant aussi bravement qu'ils le pouvaient. Heureusement pour eux, les royaumes blanc et noir ne pouvaient pas s'entendre. Le royaume noir s'unit aux deux autres et les créatures fastes furent repoussées du monde des hommes.

Arial marque une pause. *J'ignore si elle a vécu tout ça. Quel âge peut bien avoir un ange ? Déjà Alphéas ne sait pas l'âge qu'il a... Bon, cela dit je n'ai toujours aucune idée de ce qu'il est et pour le moment, je n'ai pas l'ombre d'une réponse. Enfin si, je me tends à chaque fois qu'elle prononce le mot gris parce que je sens qu'il est lié à tout ça en tant qu'héritier. Mais encore une fois, est-ce arrivé de son vivant ou... ?*

Une autre question germe dans mon esprit. La Reine Blanche et le Roi Noir sont-ils immortels ?

— Ce fut une période de ténèbres, de peur et de superstition. Après la guerre, la Reine humaine eut du mal à ne pas accepter que les créatures néfastes parcourent la Terre. Le Roi Gris, que le conflit avait rendu exsangue, s'était retiré dans ses territoires pour panser ses plaies. La Reine humaine se retrouva seule face au Roi Noir. Au bout de quelques siècles, l'équilibre menaçait de se rompre et le Roi Noir fut sur le point de conquérir la Terre après son invasion lente. La Reine humaine réclama alors de l'aide à la Reine Blanche. Cette dernière accepta.

Je me demande s'ils ont des noms. C'est vrai quoi, ça serait plus marrant d'avoir des prénoms au lieu de reine humaine, Reine Blanche et tutti quanti. Cela dit, si ce sont des noms à la Cunégonde, Berthe et autre Philibert, pas sûre de les retenir. Bon, laissez tomber, c'est redondant, mais au moins je situe.

— Cette aide n'était cependant pas sans conséquence et but précis. La Reine Blanche souhaitait plus que tout l'anéantissement de la lignée grise. Le royaume gris devait être rayé de la carte et seules trois couronnes subsister.

Je hausse les sourcils.

— Et les habitants ?

Arial ferme les yeux et soupire. Visiblement, elle n'aime pas penser à tout ceci.

— Massacrés sans autre forme de procès.

Son ton ferme est sans appel. Dans son regard, c'est comme si je pouvais vivre en direct les assassinats qui ont dû suivre. Sans que je ne puisse comprendre pourquoi cela me touche, mon cœur se tord.

— Et la Reine humaine a accepté ? Alors qu'ils avaient été ses alliés ?

— Refuser signifiait condamner les hommes au Roi Noir. Pour la survie de sa race, elle n'a pas eu d'autres choix que de signer l'arrêt de mort d'une autre.

Et après on se demande pourquoi je ne souhaite pas diriger un pays (oui, je sais bien, personne ne me l'a jamais proposé, mais quand même). Tu parles d'une sinécure et de décisions compliquées. Sérieusement, je ne veux pas le pouvoir et je n'ai jamais compris pourquoi y avait des gens que ça faisait triper. Prendre la responsabilité de la vie et de la mort, savoir que la moindre bourde peut coûter la vie ou le travail de dizaines de personnes... Je ne pourrais pas vivre avec un tel fardeau.

— Elle a fait ce qu'elle croyait le mieux pour son peuple.

Je sens que ça a été une erreur.

— Que s'est-il passé ?

— Les armées blanches ont déferlé sur le royaume gris.

Arial déglutit péniblement et baisse les yeux, comme si elle avait honte. Je comprends pourquoi quand elle reprend.

— Nous avons anéanti les cités, massacré les habitants, mis en déroute l'armée et pourchassé le roi. La Reine et lui se sont battus, mais elle a triomphé. La lignée grise a été brisée et ses territoires rayés de la carte comme elle le souhaitait.

Ma poitrine se serre. Quelle horreur ! Soudainement, la Reine Blanche perd de sa superbe. Elle a subitement une tête de Mélusine, qui serait bien capable de faire ceci. Peut-être que vous ne pigez pas pourquoi je la déteste. Je vous rassure, je suis pas sûre de comprendre pourquoi. Mais des fois, c'est viscéral, ça ne s'explique pas.

Est-ce qu'Alphéas a assisté à tout ça ? Au massacre de son royaume, de sa lignée, de son... père ? Le Roi Gris était-il son père ou un lointain ancêtre ?

— Et le Roi Noir ? Il n'a pas réagi ?

— Si. D'autant que nous l'avions court-circuité et que nous avions commencé à reprendre les positions humaines. Il est allé voir la Reine humaine pour lui demander de lever des troupes et de lancer ses sorciers à nos trousses. Comme prévu, elle a refusé, disant qu'elle avait conclu un pacte avec nous. Furieux, le Roi Noir a... Il l'a tuée.

Flûte. C'était pas le bon plan quoi. Elle s'est foiré en douceur.

— À partir de là, ce fut le Chaos. Deux royaumes sur quatre étaient sans chef. Les deux restants se sont battus pour déterminer qui devait prendre les territoires et la tête des sorciers. La guerre a duré de longues années, jusqu'à ce qu'ils se rendent compte que personne ne remportait la victoire. Sans alliés à leurs côtés, les forces des fastes et néfastes sont équivalentes. Les humains avaient fini par rallier l'une ou l'autre en fonction de leurs affinités, stabilisant un peu plus les armées surnaturelles. C'était une impasse.

— Alors ils ont signé une trêve ?

— Le Roi Noir savait qu'un équilibre des forces était nécessaire, quelque chose pour contrebalancer les créatures féeriques, une opposition. La Reine Blanche s'est, elle aussi, rendu compte de son erreur. Nous n'aurions jamais dû anéantir le royaume gris. Nous avons manqué de bienveillance, qui est pourtant notre qualité principale.

— Massacré un peuple... ouais, ça manque de bienveillance. Personne a tilté ?

J'ai l'impression de frapper un animal à terre. Arial a un air douloureux.

— Sur l'instant, nous étions persuadés de notre décision. Cela ne pouvait être autrement. Le royaume gris...

Elle hésite. Bon, j'ignore toujours en quoi Alphéas est lié à tout ça, mais... je crève d'envie de savoir.

— Qu'est-ce qu'ils vous ont fait ? Pourquoi s'en prendre à eux ?

Elle cherche visiblement ses mots.

— Le royaume gris était composé de la progéniture illégitime entre les fastes et les néfastes, les enfants issus de viol, d'accouplement contre nature...

J'écarquille les yeux. Je revois Alphéas et la douleur de son regard. *Les amants sont... exécutés et les enfants, s'il y en a et s'ils sont viables, connaissent le même sort.*

Le meurtre de masse. Parce qu'ils n'auraient jamais dû naître. Les larmes me montent, en pensant aux gosses massacrés. Je me sens en manque d'air et à deux doigts de vomir. Je vous ai prévenu que quand on parlait d'enfants, j'avais tendance à être bouleversée.

— Pardon ?

— Je sais que vous ne pouvez pas comprendre notre position. Mais...

— Non, Alphéas m'a expliqué que ce genre d'union était interdite parce que les enfants pourraient ne pas obéir à cause de leur gêne ou de je ne sais quoi... Mais vous êtes sérieux ? Vous ne pouvez pas contrôler des gens alors vous les massacrez ?

— Résumé ainsi...

— Il n'y a pas de résumé ! C'est exactement ce qu'il s'est passé !

Pourquoi ça m'énerve autant ? Aucune idée. Sans doute parce que c'est révoltant. Toutefois, je sais bien qu'Arial n'y est pas pour grand-chose. OK, elle a probablement participé à tout ça, mais pas plus qu'un soldat qui obéirait aux ordres. Et même si elle était peut-être convaincue à l'époque du bien-fondé de leurs actions, j'ai l'intuition qu'elle les regrette aujourd'hui.

— Nous nous sommes aperçus de nos erreurs.

Je ricane. Comme si ça suffisait pour les millions de vies qui ont été fauchées à ce moment-là.

— Il y avait plus qu'un simple problème de contrôle. Nous devions faire en sorte que le Roi Noir quitte les terres humaines. Anéantir le royaume gris avait aussi vocation de le priver d'un allié potentiel. La manière dont nous l'avons fait était trop... c'était une erreur stratégique et cela a conduit à la destruction de l'équilibre du monde.

Erreur stratégique. J'en peux plus. Massacrer un peuple entier... Si le but était de priver un autre d'un allié, y avait mille solutions. Des tractations, des pots-de-vin, même une prise de pouvoir et une destitution étaient possibles. Ce qui m'amène à comprendre la suite des événements.

— Vous avez essayé de réparer « votre erreur » en créant la F.I.S.C.S., je suppose.

— En effet. Les survivants du massacre du royaume gris, les fastes et néfastes qui le souhaitaient et les sorciers ont été conviés à se réunir pour devenir les protecteurs de l'humanité. Nous nous sommes ensuite retirés du monde des hommes et la plupart des êtres surnaturels demeurent à présent dans leurs royaumes respectifs.

J'avais raison. Je saisis beaucoup mieux comment tout ça s'est agencé. Il y a encore des zones d'ombre. Finalement, je vais laisser Alphéas de côté. Il est l'héritier d'un royaume exterminé. Je comprends un peu mieux ces allusions, sa douleur et ses hésitations. J'ai maintenant besoin d'en savoir plus sur la seconde partie.

— Pourquoi la prophétie ? Pourquoi mêler les Quatre Cavaliers ?

— Mélusine a dû vous dire que nous cherchions à restaurer l'équilibre. Ou du moins une partie.

J'opine.

— Nous ne pouvons continuer à garder deux Royaumes et une institution soumise à la corruption comme la F.I.S.C.S.. Je conçois qu'ils font de leur mieux. Mélusine et les autres dirigeants provinciaux abattent un travail considérable. Toutefois, certains intérêts territoriaux l'emportent parfois, déstabilisant la balance. Soit le royaume blanc triomphe par la présence de conseillers plus puissants, soit c'est le royaume noir et ses sbires. Les sorciers s'agitent, demandant leur indépendance, mais ils cherchent un leader qu'ils essayent de trouver parmi eux ou chez d'autres créatures surnaturelles.

— En quoi lâcher les Quatre Cavaliers va aider dans tout ça ?

Arial me regarde. J'ai l'impression que je ne suis pas au bout de mes peines.

— Les Quatre Cavaliers ont été formés à peu près au moment de l'instauration des Quatre Royaumes.

C'est moi ou je me rends compte qu'il y a soudain beaucoup de quatre dans cette histoire. Bon, je savais pas qu'il y avait quatre royaumes (oui, j'aurais pu le deviner avant, ben si vous l'avez fait, je vous tire mon chapeau, c'est bien, vous êtes plus intelligent que moi), mais maintenant, je sens le parallèle arriver.

— Chaque dirigeant a modelé un gardien, redoutable parce qu'il est conçu sur la faiblesse de son créateur. La Reine humaine a engendré Mort, le Roi Noir Famine, la Reine Blanche Conquête et le Roi Gris Guerre. Ces protecteurs sont censés préserver les Quatre Royaumes. Mais ils ont été placés en sommeil quand ils se sont révélés trop puissants. Nous souhaitions les oublier.

— Parce qu'ils menaçaient l'équilibre ou votre pouvoir ?

— Ne soyez pas aussi prompte à nous juger. Nous faisons des erreurs, mais nous tentons de les réparer.

— Par une prophétie où les Quatre gardiens que vous vouliez enterrer doivent revenir mettre fin au monde ?

— Non, en essayant de restaurer les trônes perdus.
— Je croyais qu'il n'y avait qu'un trône perdu.
— Le trône gris pour Alphéas, le trône humain... pour vous, Ursule.
HEIN ? ?

Remerciements

Comme tu le sais, un roman ne s'écrit pas tout seul. Et encore moins celui-là.

Cette idée folle, venue pendant un visionnage du Seigneur des Anneaux (évidemment) a été contre toutes attentes adoré par mes abonnés sur Instagram.

Alors je me suis lancée dans l'écriture, ignorant où j'allais et postant les premiers chapitres sur Wattpad.

Ce ne fut pas le succès du siècle, mais peu importe.

Pendant la rédaction deux femmes, chères à mon coeur, m'ont soutenue, jouant les alpha, riant et me demandant où j'allais chercher tout ça.

Jennifer et Jo, je crois que vous le savez, mais je vous le redis quand même : Merci ! Du fond du coeur.

Une autre femme m'a également épaulée dans cette rédaction, me soutenant et m'assurant de tout l'amour qu'elle éprouvait pour Ursule. Ava, merci ! On a toujours un crossover à prévoir !

Pas de bêtas du coup, sur ce tome-ci puisque la parution était quasi simultanée avec Wattpad.

Je remercie également mes mécènes pendant cette période, Anna, Ava (elle est partout parce qu'elle est géniale), Carole, Annie et Laurine. Des femmes formidables qui me soutiennent sur Patreon et contribuent encore plus fortement à me faire vivre mon rêve.

Merci à mon mari qui supporte sans broncher mes visionnages simultanés et en boucle de la trilogie de Peter Jackson (parce qu'il faut quand même tout vérifier).

Merci à toi qui lis ces lignes, qui a lu ce livre, qui a ri (je l'espère en tout cas, sinon, je suis désolée) et qui a peut-être hurlé à la fin en cherchant s'il ne manquait pas des pages...

Rassure-toi, la suite arrive bientôt ! J'aime trop la compagnie d'Ursule et d'Alphéas pour les laisser seuls trop longtemps.

Si tu as le temps et l'envie, pense à poster ton avis sur Amazon, les réseaux sociaux ou les sites de lecture, ça m'aiderait grandement.

Et si tu as envie de me donner tes impressions, mon mail et mes réseaux sociaux sont toujours ouverts pour une discussion.

A très vite

Simonne

Printed in France by Amazon
Brétigny-sur-Orge, FR